De son enfance en Haute-Savoie, ***Frédérique-Sophie Braize*** *a retenu les coutumes et traditions d'une région dont elle connaît tous les reliefs et paysages. Elle y a côtoyé des hommes et des femmes aux prises avec les malheurs de l'histoire et les tourments du cœur. Ils ont raconté leur quotidien, effrois et bonheurs mêlés, qu'elle restitue sous une forme romanesque. Des récits justes, à l'émotion intacte. Elle est l'auteur de recueils de nouvelles remarqués par la critique, pour lesquels elle a reçu les prix Vedrarias 2012 et Gaston Welter 2013. Elle publie ici son troisième roman.*

Sœurs de lait

Du même auteur

Autres éditeurs

Paysannes de montagne
Pour quelques arpents de rêve

De Borée
45, rue du Clos-Four - 63056 Clermont-Ferrand Cedex 2

Frédérique-Sophie Braize

Sœurs de lait

De Borée

Pour Blanche,
figure maternelle avec laquelle je suis liée
d'amitié, en plus des liens familiaux.

La vie, à ce qu'il semble, n'est facile pour aucun de nous.
Mais quoi, il faut avoir de la persévérance,
et surtout de la confiance en soi !
Il faut croire que l'on est doué pour quelque chose,
et que cette chose il faut donc l'atteindre coûte que coûte.

Marie CURIE

I

1922

Ce mardi de novembre, les cloches s'agitaient pour les tendres épousailles d'Anthelmette et d'Anselme, le faiseur de bois cintré. Une assistance tassée et bavarde gesticulait face à l'autel du rosaire. Le jeune couple exhibait son bonheur à ses familiers au complet, ou presque : la mère de la mariée attendait la noce hors de l'église. Depuis que le sort et la guerre lui avaient pris ses trois fils dans les langes, un gendre en entier et un morceau d'un autre, Prunelle Baud avait les dents sur le Puissant. Son comportement dénué de tout fond de catholicité ne froissait pas le curé que le lourd tribut payé par ses ouailles avait rendu compréhensif. Le ressentiment de la mère ne s'arrêtait pas là. Elle avait aussi une rancune contre Anselme qui s'était fait réformer alors que son mari avait été mobilisé. Pourtant, son âge avancé aurait dû tenir Prudent éloigné des tranchées d'où il était revenu gazé à la bertholite. La lâcheté du boisselier légitimait toutes les défiances pour la raison qu'il s'était exempté du danger au mépris des autres. Et tant pis pour eux s'ils avaient laissé des morceaux dans le conflit ! La cuisse amputée de Paulin le

Veuf et la gueule cassée de Zéphir en témoignaient. Et c'était sans parler des disparus, comme le mari de Ferdinande, sa fille aînée entrée en condition à Paris. Non, Prunelle ne se réjouissait pas de cette union, mais un petit était en route et il y avait urgence à officialiser. « Me voilà avec un embusqué pour gendre, se dit-elle en remarquant que les cloches n'en finissaient plus de s'agiter. Manquerait plus que Coqueline s'entiche d'un protestant et on aurait deux réformés dans la famille ! » Heureusement, sa fille cadette n'était pas encore en âge de convoler. Mais il fallait la veiller de près, car Coqueline, dite Coco, avait tourné femme. Prunelle cessa de fixer le clocher ajouré d'où émanaient les tintements pour regarder la mariée sortir de l'église en robe noire. Elle tenait le bras d'Anselme vêtu d'un « costume à cinquante-deux francs » orné d'un bouquet à la boutonnière – après l'armistice, l'État avait fourni aux démobilisés cette tenue fabriquée à la hâte à partir de vêtements d'armée transformés et teints. Son chapeau corbeau faisait presque oublier sa mine chafouine, tandis que le voile nuptial dissimulait la bouche moustachue d'Anthelmette. Derrière les époux apparurent le curé, Prudent Baud et sa mère Léonie, septante-sept ans, dont les bras portaient le petit Zian. Prunelle rejoignit le quatuor qui s'approchait du char à bancs tiré par Fend la Bise. Ses fanons, légers pour un cheval de trait, laissaient apparaître ses sabots cirés à la graisse de marmotte pour l'occasion. Le prêtre monta en voiture, puis ce fut au tour de l'ancienne de se hisser avec son arrière-petit-enfant de quinze mois. Son fils unique lui poussa le train de derrière pour l'aider à grimper. Prunelle pesta contre les éternelles lenteurs des personnes âgées.

– Allez, Prudent ! Pars devant avec les *vieilleux*, sans quoi la noce sera finie que vous serez toujours en chemin !

À dater de 1887, année de mariage du couple Baud, mari et femme peinaient à s'accorder. Prudent reprochait à son épouse de n'avoir jamais enfanté un garçon né viable, tandis que Prunelle estimait que c'était la faute de son conjoint si leur maisonnée n'en comprenait aucun. Elle tenait cette information de la Nant-Nant où elle était allée à la consultation après le trépas hâtif de son troisième fils. La faiseuse de secrets lui avait affirmé que c'était l'homme qui donnait des mâles aptes à vivre. Elle avait ajouté qu'aucun paysan sensé ne viendrait à blâmer une terre agraire après de mauvaises récoltes quand c'était la semence qui était médiocre. Quant à Prudent, il ne pouvait s'empêcher de penser qu'il lui avait fallu se marier pour être méprisé et qu'il lui faudrait mourir pour être enfin loué.

– Hue donc, Fend la Bise ! ordonna-t-il en haletant.

Il s'essoufflait au moindre effort en raison de ses voies respiratoires endommagées par les gaz de combat. Les rênes de bride en main, il leva ses bras courts, fit onduler les courroies. Le cheval à la robe baie s'ébranla dans le sonnaillement des grelots qu'il portait à l'encolure. Son pas donna le signal du départ au cortège sous une pluie douce, tandis qu'une neige molle et humide tombait sur les sommets. Au dire des têtes chenues, cette blanche collante était présage de malheur. Les époux, suivis de leurs invités, traversèrent le bourg à pied pour aller au banquet, emmenés sur un air entraînant par un joueur d'accordéon. Le groupe reprit avec allégresse les chansons encensant l'amour et le mariage. Derrière le jeune couple marchait Zoé, la sœur jumelle de la mariée. Elle donnait le bras à son mari Zéphir, surnommé « Nez de Cuir », car il portait un masque en peau pour cacher son visage défiguré. Derrière eux déambulait une Coqueline irradiant la gaieté, accompagnée par la Nant-Nant qui avait fait le déplacement pour la noce, mais pas uniquement. Puis venaient Pasque et son père, Paulin le Veuf, bien peignés et endimanchés. Ce dernier avait refusé de voyager en voiture à cheval en dépit de ses difficultés à se déplacer sur son pilon de bois. Suivaient l'instituteur et le garde champêtre, en famille également.

Après avoir cheminé en riant et en chantant, les invités disposés en rangs successifs franchirent le pont et arrivèrent au lieu dit Chez Bourrin. La grange des Baud avait été aménagée afin que la noce pût manger, boire et danser jusqu'à épuisement des réserves et des convives. Sur place, le cortège retrouva les personnes voiturées par Fend la Bise. Le cheval avait été dételé et conduit à l'écurie bien que sa rusticité lui eût permis de rester en plein air intégral sur les pelouses alpines. Passé les moments de félicitations, les mariés partagèrent une soupe dans la même écuelle, avec une seule cuillère. Anthelmette dut donner à manger à Anselme, et inversement, pour symboliser le travail en commun qui les attendait. Puis on remit à l'épousée trois pains longs sur lesquels on avait tracé un signe de croix dans le levain, avant cuisson. Elle en offrit un à sa famille pour signifier qu'elle se devait d'être économe. Elle en donna un autre à ses amis pour leur dire qu'elle serait toujours là pour eux, mais qu'elle devait d'abord nourrir sa famille. Il lui revenait de couper le troisième pain en deux parts égales pour représenter les deux entités du couple, mais elle préféra tendre la baguette à Anselme. Il s'en empara d'un geste théâtral et la rompit aux trois quarts et demi pour amuser la galerie. Dans une main, il tenait le gros du pain contre son ventre. Dans l'autre main, il avait l'entame qu'il tendit à sa femme. L'assemblée s'offusqua à haute voix de la lourdise du boisselier. Anthelmette regarda en silence le quignon du pain. La déception sur son visage tenait lieu de réplique à son offenseur de mari qui avait pris de l'avance sur sa noce et était déjà gris comme un chantre. La vieille Léonie s'avança pour tirer les oreilles d'Anselme non moins qu'à un mauvais écolier, provoquant des rires. Il s'empressa d'embrasser son épouse pour se faire pardonner, sous les applaudissements de tous, sauf de Prunelle pour qui le pas de clerc de son gendre était de mauvais augure. Qu'allait-il inventer ensuite ?

– À table ! ordonna-t-elle en protégeant sa robe des dimanches d'un tablier brodé.

Les convives s'exécutèrent dans un brouhaha joyeux, sans faire cas de son ton bourru. Le fait d'avoir dû enterrer trois garçons morts en bas âge et élever quatre filles l'avait rendue revêche. Son abord peu accommodant était d'autant plus toléré par la communauté que les jumelles n'étaient pas d'elle. Sur le plateau de table se trouvait une fumante fricassée de pommes de terre pour accompagner la *saigne*, ces morceaux frais du cou du cochon occis la veille par le boucher ambulant. La partie située autour de l'endroit où le couteau était entré ne se conservait pas ; elle avait été préparée sans attendre, à la manière d'un civet. Le plat était arrosé d'une boisson de ménage faite avec du moût de raisin, parfaite pour imbiber les gosiers desséchés des noceurs chantant à tue-tête. Quand les estomacs furent pleins et les esprits enivrés, il fut temps de répondre à l'appel des jambes qui fourmillaient dans l'impatience de chacun à danser. Il appartenait aux époux d'ouvrir le bal. Anthelmette avait retiré son voile. Elle ne pouvait risquer d'abîmer cette pièce d'étoffe légère ayant déjà servi pour Ferdinande et Zoé, et devant encore servir pour Coqueline. À la place, elle portait une coiffe blanche agrémentée de six rangs de tulle gaufré. À son cou étaient suspendus, par un ruban de velours, une croix jeannette et un cœur en or qu'enviaient les filles à marier. L'accordéoniste scanda l'air à coups de galoche ferrée sur le plancher fort. Le couple entama une valse frappée. Les gestes en bois de l'épousée contrastaient avec l'allure souple et déliée du marié. De nombreux invités se levèrent pour les rejoindre, mais pas Coqueline qui préféra admirer sa grande sœur. Plus que les bijoux qu'Anthelmette portait en pendentif, c'était ce qu'elle avait aux pieds qui faisait rêver Coco : des bottines à danser. Elles avaient été fabriquées par Zoé et Zéphir dans leur atelier de cuir sur bois. Chaussée de ses sabots des dimanches, Coqueline soupira en détaillant les souliers de peau montant jusqu'au mollet et fermés par des petits boutons. Pasque s'amusait de la voir émerveillée et envieuse comme une exploratrice débarquant dans un nouveau monde. Le fait qu'il eût deux ans de moins que sa cousine par alliance ne l'empêchait pas de la chaperonner, comme le père Baud le lui demandait parfois. À dix-sept ans, elle nécessitait une surveillance rapprochée en raison de son tempérament débordant auquel s'ajoutait, depuis peu, une physionomie triomphante qui attirait les jeunes gens. Paulin le Veuf était favorable à ce chaperonnage, car Coqueline était la seule à savoir dérider le front de son fils. Pasque était sujet à la tristesse depuis qu'il avait vu sa maman se faire tuer par la foudre alors qu'elle conduisait sa petite sœur aux cabinets extérieurs – parce qu'elles se tenaient par la main, l'électricité était passée de la mère à l'enfant et aucune des deux n'avait survécu à la décharge. Mais rien ne pouvait empêcher Coco de s'amuser. Aussi entraîna-t-elle Pasque quand l'accordéoniste lança la polka à trois figures. Du banc des parents, Prudent et Prunelle observaient leur fille cadette. Alors qu'Anthelmette aurait dû être la reine de la fête, on ne voyait que sa jeune sœur. Certes, la mariée était bien mise, mais elle avait une raideur de statue tandis que Coqueline avait le charme de la fleur et du printemps en même temps. Dans les bras déjà solides de Pasque, elle marquait le rythme avec chaque pied dans un mouvement circulaire. Ses jupes s'ouvraient en corolle, laissant deviner ses mollets galbés. Suivie des rubans colorés de sa coiffe, elle sautait sur un temps de repos, attirant tous les regards. Coqueline ne ressemblait pas à son père, Prudent, qui était minuscule et noueux, mais elle tenait de sa mère, Prunelle, ses heureuses proportions et de sa grand-mère Léonie quelque façon de ruse. L'ancienne et son fils échangèrent au sujet de Coco dont le cœur débordant lui laissait ignorer quels étaient les dangers que pouvait courir une fille de son âge. Prunelle n'intervint pas dans la discussion.

Après avoir préparé les épousailles, servi le repas et débarrassé les plats, elle voulait profiter de la noce. C'était compter sans Zian qui faisait ses dents. Les joues écarlates, le fils de Zoé grognonnait dans les jupes de sa grand-mère auxquelles il s'accrochait, car il ignorait comment marcher. En fine observatrice, la Nant-Nant fit aller ses sabots garnis de paille jusqu'à Prunelle qui traînait sa fatigue. De sa besace en peau de chamois corroyée, la faiseuse de secrets tira une minuscule pochette en cuir repoussé qu'elle lui tendit. À l'intérieur se trouvait la mâchoire d'un écureuil. Prunelle approcha la pochette de Zian. Il la mordilla entre ses huit quenottes avant de s'amollir, les yeux mi-clos déjà. Elle la retira de la bouche tendre et la glissa dans la première épaisseur de ses langes. Puis elle enroula son petit-fils dans une couverture et le coucha dans le foin de la grange. Elle se félicita d'avoir invité la Nant-Nant qui devait son surnom au fait d'habiter une petite maison tout en bois aux Nants. La mère ignorait que la guérisseuse n'était pas venue pour banqueter, mais pour jauger la personne à qui elle voulait transmettre le secret, avant son grand départ céleste. À l'aube de ses septante ans, la leveuse de maux devait trouver un digne successeur à son ministère qui exigeait que cette désignation eût lieu de son vivant.

Enfin assise sans rien dans les mains ni personne dans les jambes, Prunelle put se distraire. Des conversations montaient de l'assemblée. Les anciens combattants discutaient de Raymond Poincaré. Il avait accepté de redevenir président du Conseil suite au tollé provoqué par la demande d'allègement des réparations de guerre que l'Allemagne devait payer aux Alliés. Tous espéraient que l'ancien chef d'État se montrerait ferme avec les Boches. Les villageois abordèrent le sujet de l'inflation, les prix ayant été multipliés par trois entre 1914 et 1922. Ils citèrent des noms qui n'évoquaient rien à Prunelle, comme Staline ou Mussolini. Ils parlèrent de miliciens, de chemises noires, d'émigrés italiens venant voler le travail des Français en Isère et dans les deux Savoies. Elle tourna le dos aux hommes pour regarder la jeunesse s'amuser. La valse des danseurs appela son attention sur les ventres ronds des jumelles âgées de vingt-cinq ans. Les deux brunettes se ressemblaient en tout point, à l'exception de la moustache dont seule Anthelmette était affublée. La mariée balançait en cadence avec son époux Anselme autant que si elle était encore vierge – ce qui aurait été de circonstance. À l'inverse, Zoé peinait à suivre le rythme dans les bras de son mari Zéphir qui était le seul à être venu masqué au bal. Si les deux futures mères se vantaient d'être parfaites sœurs bessonnes au point d'en être au même stade de gestation, il était visible que leurs activités physiologiques différaient. La grossesse de Zoé tendait sa robe autant que ses traits accusaient la fatigue. De façon contraire, la tenue nuptiale d'Anthelmette suffisait à effacer son ventre habité. Cette femme d'énergie affirmait qu'elle attendait un garçon, pas embarrassée de l'avoir mis en route après ses fiançailles. La jumelle à la lèvre ombrée n'avait pas son pareil pour convaincre Anselme de se défaire de ses pantalons. À chaque fois, c'était le même rituel. Elle tenait le boisselier si fermement cloué sur le lit par son corps qu'il ne pouvait plus remuer. Avec elle, il avait le sentiment d'être pris comme une femme. Le temps de leurs ébats, il avait l'impression de changer de sexe, d'être une célimène, une bourgeoise subissant les assauts de son amant. Anthelmette se comportait en maîtresse du domaine et lui en garçon de peine. Elle lui imposait de lui faire un fils qui se substituerait à son frère de lait trépassé et tant pleuré par le couple les ayant adoptées, elle et Zoé. Depuis leur naissance, elles faisaient la paire dans la tragédie de leur vie gémellaire. Leur drame commun s'ouvrait par une mort et se dénouait par un décès. Rien ne manquait. Ni la passion ni l'enchaînement d'événements cruels dont l'issue avait été fatale.

Les convives au pied valseur retournèrent à table pour déguster des rissoles fourrées de poires jandet, ces fruits à la chair jaune et âpre devenant rouge et douce une fois cuits. Une liqueur de génépi fit glisser les chaussons farcis dans les avaloirs des invités. Et tous de repartir danser la *marletta*, y compris la vieille Léonie qui se risqua à esquisser quelques pas sur le plancher, faisant tanguer son chignon blanchi par les ans. Un sourire libéra les rides prisonnières de ses joues. L'ancienne resta un moment debout, immobile face aux noceurs. Elle soupira d'aise en embrassant du regard la riante assemblée. La grange était un bouillonnant torrent d'hommes et de femmes. Tous chantèrent et dansèrent jusqu'à la perdition de leurs forces, jusqu'à oublier le présage de malheur qui les menaçait.

* *
*

Au même moment, une aube froide pointait sur Paris où Ferdinande était déjà au travail. Elle avait entamé sa journée par enfoncer sa mousseuse masse de cheveux blonds sous son bonnet plat bordé d'une dentelle de fils. Elle tisonnait les braises, les deux liens de sa coiffe noués sous le menton. Parce qu'elle était chargée du service de la bouche, l'aînée des filles Baud passait son temps en cuisine. La pièce possédait ce que Ferdinande aurait rêvé d'avoir eu chez elle : une dépense pourvue de placards aménagés où sa maîtresse entassait des provisions en quantité. Des armées de pâtés de foie occupaient les rayonnages aux côtés d'une cohorte de terrines de volaille. Des bataillons de salaisons pendaient à une couronne d'office. Des régiments de pots de petit salé peuplaient les étagères. Des confitures d'abricots et de fraises formaient une escadrille. Du jamais vu pour cette veuve de guerre ayant connu la faim aux dents. Entrée au service de madame seize mois plus tôt, Ferdinande avait appris la tâche, la patience et le silence de ceux qui servent. Elle avait quitté son village natal pour entrer en condition afin d'oublier son douloureux deuil et de subvenir aux besoins de ses enfants. Sa patronne savait que sa nouvelle rôtisseuse était venue à la capitale après des malheurs, mais rien d'autre. Madame était une rentière sans enfants, une bombance de chairs sanglée dans un corset, veuve d'un riche mari mort dans son lit. Elle se disait atteinte d'une maladie rare appelée faim canine, caractérisée par un appétit insatiable qui imposait la présence permanente d'une cuisinière à son chevet. C'était pourquoi elle avait demandé qu'on lui trouvât une femme honnête et vaillante après le décès de sa précédente casserolière, morte d'épuisement une nuit de boulimie. Les *pays* montés à Paris l'avaient su et l'avaient fait savoir à leurs concitoyens. Afin de faciliter l'intégration des nouveaux arrivants, ceux déjà installés plaçaient les leurs dans des boutiques, des maisons de maître, des cafés, des restaurants ou au sein de la Compagnie générale de voitures de Paris. Les sociétés d'assistance mutuelle les regroupaient et les aidaient à s'installer. Avant guerre, les cochers de fiacre se retrouvaient chaque jour au *Café du Mont-Blanc*, 9 rue du Dragon, chez Ernest et Emma Bibollet, originaires du val d'Arly. Leur lieu de rendez-vous se déplaça ensuite près de Montmartre, où le couple Bibollet s'était installé dans un café-restaurant-charbon. Sur place, ils échangeaient les nouvelles pouvant servir à leurs compatriotes. D'une personne à une autre, l'information que madame recherchait une fricasseuse droite et solide était parvenue jusqu'aux oreilles du curé. Sachant que Ferdinande cherchait à entrer en condition, il l'avait fait prévenir. L'affaire s'était conclue malgré la distance grâce au prêtre qui avait mis au télégraphe une dépêche, aussitôt reçue par madame. On aurait dit que le bon abbé voulait, par la rapidité de cette communication, regagner les années de vie en retard que la veuve avait par la faute de la guerre. La montagnarde ayant été recommandée pour ses talents culinaires et décrite comme probe et courageuse, la rentière l'avait embauchée. Elle avait expédié, par mandat télégraphique, une somme d'argent pour le voyage. Voilà de quelle manière Ferdinande avait laissé derrière elle son village, tandis que Zoé, Anthelmette et Coqueline avaient baissé la tête devant le chalet familial. Toutes trois craignaient de ne jamais revoir leur grande sœur qui partait avec un seul bagage et deux enfants. L'eussent-elles retenue que la cuisinière eût été tentée de renoncer, mais aucune des filles Baud n'avait esquissé l'ombre d'un geste en ce sens. Toutes savaient que Prunelle leur aurait fait payer cher – elles n'étaient jamais parvenues à aimer leur mère sans la craindre. Ferdinande avait eu le sentiment qu'elle tenait davantage à ses sœurs que ses sœurs ne tenaient à elle. Au moins, les choses étaient claires : elle avait bien fait de quitter cet endroit où plus personne ne la retenait depuis la mort de son mari. Et certainement pas ses parents.

Ferdinande était née en 1888, quelques minutes après son frère jumeau. Elle était souffreteuse, mais tous étaient trop occupés à s'extasier sur le robuste garçon. Il était l'aîné des enfants Baud, la fierté de sa mère et une promesse de bras puissants pour son père. Alors pourquoi se soucier de la petite qui moribondait à ses côtés quand on savait que les filles étaient à doter avant de les marier, à nourrir en pure perte avant de les laisser aller besogner dans le foyer du gendre ? Si cette gamine vivait, c'était tant mieux pour elle et tant pis pour ses parents. Oui, mais voilà, rien ne s'était déroulé de la sorte. Le solide enfançon avait été retrouvé inerte au matin, tandis que sa grêle jumelle avait survécu. Prudent était donc repassé devant le syndic pour lui expliquer la façon dont les choses avaient tourné à nuit faillie. L'édile avait alors demandé au père de préciser l'appellation de la survivante.

Certes, la nouveau-née avait été déclarée à l'état civil, mais pas nommée sur le moment – à quoi bon user un prénom pour une chétive en instance de trépas ? À court d'idée, le père Baud avait demandé au notable d'ajouter un « e » à la fin de Ferdinand. Voilà comment Ferdinande s'était retrouvée affublée du petit prénom féminisé de feu son frère besson. Insupportable pour Prunelle qui en avait terriblement voulu à son mari pour son manque d'imagination. Elle avait à tout jamais refusé de prononcer ce prénom funeste, préférant appeler sa fille « l'aînée ». Prunelle avait ensuite subi l'opprobre d'une Léonie mécontente lui reprochant de négliger sa nouveau-née. En plus de ses injonctions, la belle-mère avait jeté des regards sévères au caraco de sa bru, trempé de son lait perdu. Le curé s'était abouté avec Léonie en sermonnant la jeune mère endeuillée qui avait finalement plié. À son corps défendant, Prunelle avait donné le sein à Ferdinande. Aujourd'hui encore, l'aînée avait en bouche le goût âpre du lait salé aux larmes de sa génitrice dont le rejet lui avait coupé la première appétence.

Ferdinande n'était pas la seule à avoir été heurtée par les froids au revoir familiaux. Dans la mémoire de ses enfants, leur départ de Montriond au printemps 1921 et le voyage qui avait suivi devaient rester à jamais. C'était la première fois qu'ils quittaient leur village et les gens qu'ils aimaient le plus. Pour Florimont, alors âgé de quatorze ans, il s'agissait de Léonie, son arrière-grand-mère qu'il préférait à sa grand-mère Prunelle, sans toutefois oser l'avouer. Pour Fleur, onze ans à l'époque, c'étaient ses trois tantes affectueuses. Le frère et la sœur avaient écouté leur mère leur annoncer leur départ pour Paris sans piper mot parce qu'ils avaient été éduqués dans l'obéissance ; ils savaient aussi qu'elle faisait toujours ce qui était le mieux pour eux. Le fait d'aller vivre à la capitale les perturbait, mais ils admettaient qu'il fallût partir pour échapper à la misère – leur lot depuis la mort de leur père.

Tous deux se rappelaient le trajet qu'ils avaient fait : la longueur du voyage, les fermes en plaine où la végétation de mai était beaucoup plus avancée qu'en montagne, les villes aux rues pleines. Ils se souvenaient de leur mère leur parlant de la bonne place qui l'attendait chez une dame aisée, des sœurs grises où Fleur serait placée, de l'écailler où Florimont irait travailler. Il était grand temps pour lui de s'y mettre, puisqu'il avait dépassé d'un an l'âge de l'enseignement obligatoire. Arrivés sur place, les deux jeunes avaient eu l'impression de pénétrer dans un pays nouveau dont les codes n'étaient expliqués qu'aux initiés. Ils avaient regardé les hôtels particuliers, les maisons de ville, les magasins de nouveautés. Ils avaient observé les gens faisant foule sur la chaussée : marchandes de prospectus, valets en livrée, pelletiers de charbon, crochetiers, rastaquouères, badauds, michetonneuses, demi-mondaines sous des ombrelles, dames bien mises, bourgeois en manches de chemise. Et partout des loqueteux et des guenilleuses parmi lesquels se trouvaient des gamins à demi nus qui semblaient payer pour toute la société. Non, jamais au grand jamais, Florimont le blond et Fleur l'ambrée n'auraient pu oublier leur voyage et leurs premiers jours à la capitale. Eussent-ils su ce qui les attendait qu'ils eussent poussé leur mère à faire demi-tour et à repartir en sens inverse avec hâte.

* *
*

Au Crêt, il faisait déjà sombre. En décembre, le jour perdait vite sa bataille contre la nuit. Dans sa fabrique de bois cintré, Anselme n'y voyait plus assez clair pour découper des lamelles de pin cembro. Il regagna son chalet où il mit une bûche au feu. L'endroit était froid et désert, alors qu'il pensait y trouver Anthelmette. La savoir loin dans son état le contraria. À l'annonce de sa grossesse, il lui avait demandé de renoncer à l'assister dans son travail. Mais allez donc commander à un chamois de ne pas courir les sommets ! Le matin même, elle avait pris la direction d'Essert-la-Pierre pour livrer un seau à traire. C'était sa dernière livraison éloignée ; Anthelmette avait promis. Les époux s'étaient mis d'accord : la future mère pouvait continuer à porter la boissellerie à condition de réduire ses déplacements au fur et à mesure que son ventre avançait et que la neige s'amoncelait. Au réveil, elle avait eu de petites douleurs, mais elles n'avaient pas duré. Une fois en route, elle avait eu un sentiment de liberté. La liberté d'être une femme indépendante dans une société patriarcale où la guerre l'avait soustraite à un mariage arrangé avec un rustaud mort au front. En chemin, Anthelmette avait eu d'autres douleurs. Elle avait supposé que cela devait être habituel. En fait, elle ignorait tout du déroulement d'une grossesse. Orpheline de mère, puis de père, elle avait grandi avec sa jumelle sous la tutelle de Prunelle dont la pudibonderie faisait que certains sujets étaient passés sous silence. Tout ce qu'Anthelmette savait, c'était qu'il restait du temps avant l'arrivée de son fils. Car c'était bien un fils qu'elle attendait. Son ventre pointu en attestait. Bientôt, il serait là. Son garçonnet qu'elle emmènerait partout avec elle. Quand il serait grand, il pourrait rester dans l'atelier où son père lui apprendrait l'art délicat de la boissellerie : empreinte à beurre, caisse à grain, baquet à lessive, brouette, planche à laver, coffret… Quel que fût l'objet, Anselme œuvrait avec le soin qui était sa marque, le bois ayant été le premier amour de cet enfant trouvé dont le père et la mère ne s'étaient jamais fait connaître.

Depuis maintenant plus d'une heure, le faiseur de bois cintré guettait l'arrivée de sa moitié dont le retard le tenait en souci. N'en pouvant plus d'attendre, il chaussa ses sabots d'écurie et partit à sa rencontre. Il prit la précaution d'emporter un falot tempête et un épais châle de laine ; Anthelmette devait être frigorifiée. Anselme l'aimait d'un amour entier, car elle était la seule à ne jamais lui avoir reproché de s'être fait réformer. Elle n'avait pas non plus cherché à connaître le motif de son exemption militaire, sujet sur lequel il était toujours resté discret. Le boisselier avait également pour elle une admiration sincère, car elle l'aidait à faire bouillir la marmite en assurant les livraisons. Beaucoup d'hommes se seraient cru déshonorés de savoir leur épouse seule sur les routes, mais pas lui. Il s'estimait heureux d'avoir pu marier cette impétueuse moustachue promise à un autre quand la guerre avait éclaté. Ayant été abandonné à sa naissance par des parents tombés dans la nécessité, il pensait que travailler en couple pouvait aider les familles à sortir de la pauvreté. Anselme était désireux de transmettre sa conception du monde à sa progéniture quand son tour viendrait d'être père. Et c'était pour bientôt, à condition qu'il retrouvât son épouse. Il avait parcouru deux kilomètres en tenant sa lampe par l'anse, comme on l'aurait fait d'un panier, quand il aperçut des traces dans la neige. Elles venaient en sens inverse et se dirigeaient vers Grange Vieille, une construction non entretenue dont la porte laissée ouverte avait conduit à sa dégradation. Il s'en approcha.

– Thelmette ? appela-t-il.

La jumelle à la lèvre ombrée vit entrer un porte-falot dont elle ne distinguait pas le visage, aveuglée par l'éblouissement. Anselme fit tomber la lumière de sa lanterne sur le sol tandis qu'elle l'observait. Cette barbe en éventail, ce nez droit aux ailes mobiles, ce corps mince, c'était bien son mari. Elle remercia la Vierge noire d'Einsiedeln qu'elle avait priée avec ferveur, car cela relevait du miracle qu'il fût là, avec elle, sous le faîtage du toit dont les pannes de charpente avaient travaillé avec le rude climat montagnard. Le faiseur de bois cintré s'accroupit près d'Anthelmette couchée dans le foin. Ses traits tirés disaient qu'elle avait besogné trop dur pour une femme grosse. Mais à quoi bon lui faire des reproches à présent ?

– Les grandes douleurs sont là, dit-elle.

Elle voulut parler encore, mais la souffrance montait. Il prit conscience qu'elle allait se délivrer sans qu'il pût aller chercher de l'aide. Il se releva, couvrit la poitrine gonflée de la parturiente avec le carré de laine qu'il avait emporté. Elle lui adressa un faible sourire. Elle affrontait l'enfantement avec courage, persuadée qu'il y aurait une récompense pour celle qui aurait tant géhenné à donner la vie. Une nouvelle vague d'élancements la parcourut. Elle remonta ses jupes vers elle tandis que son mari plaçait le falot tempête de façon à éclairer la scène ouverte. L'enfant était là. Il voyait ses cheveux. La tête passa avec lenteur, puis une épaule, et il glissa hors de sa mère qui arracha l'étouffant châle. Anselme sortit son Opinel de sa poche, déplia la lame, l'essuya dans sa manche et coupa le lien. Il ramassa le carré de laine dans lequel il enroula le nouveau-né avant de le poser dans la paille. Restait l'arrière-faix.

– Non ! Non ! cria sa femme en tapant du poing dans le foin.

– C'est bientôt fini, la rassura-t-il sans relever la tête des jupes.

Il ramassa la lampe qu'elle venait de renverser dans le fourrage avec son pied. Heureusement, la flamme était protégée par un globe de verre lui-même entouré par des tourillons de fil de fer. Sans cela, la grange aurait eu vite fait de partir en fumée avec ses occupants d'un soir. Il n'avait pas vu que c'était la découverte du sexe de l'enfant qui avait fait s'agiter Anthelmette, et non les dernières douleurs de la délivrance. Dans un geste de brusquerie, elle avait reposé le nourrisson sans même le recouvrir du tissu laineux qu'elle avait entrouvert pour voir. Anselme n'avait rien dit, car il savait qu'elle serait déçue. Il jeta l'enveloppe interne au loin, se frotta les avant-bras avec de la paille pour enlever le plus gros des souillures. Il redescendit les jupes de l'accouchée qu'il déplaça en douceur sur une litière propre. Il referma le châle sur le bébé tandis qu'Anthelmette se couvrait le visage avec ses mains pour rencogner ses larmes.

– Où est ma récompense d'avoir tant marné ? ragea-t-elle.

– Elle est là. Tout de même, le bon Dieu nous a bien gâtés.

– Le bon Dieu nous a fait accroire qu'on aurait un gars.

Elle roula de façon à tourner le dos à son mari qui se concentra sur sa progéniture : un bébé gros comme le poing, un ravissement de petite fille.

– On pourrait l'appeler Anne, en mémoire de ta pauvre mère.

– Ça m'est égal, râla-t-elle avant de sombrer dans le sommeil.

Puisque personne ne pouvait le voir faire, le boisselier se pencha sur la nouveau-née pour murmurer à son oreille :

– Ma petite Anne, tu seras aimée de moi. Anne-Aimée, voilà un prénom qui devrait bien t'aller, ma fille.

Pour avoir été réformé, Anselme savait ce que c'était que d'être rejeté par son entourage. Il ne voulait pas de cela pour son bébé. Avant de partir chercher de l'aide, il déposa de légers baisers sur le minuscule front, puis recoucha Anne-Aimée dans le foin. Sa fillette parviendrait-elle à gagner sa mère à sa cause ?

II

1923

L'ALLEMAGNE FAISAIT DÉFAUT sur ses livraisons de bois et de charbon, bafouant la clause de culpabilité de guerre du traité de Versailles. La Commission des réparations vota pour occuper la Ruhr. Ce 11 janvier, soixante mille soldats français et belges entraient en Allemagne en vue de contrôler ses usines et ses mines. Pasque avait mieux à faire que de s'occuper des perdants : il partait skier, contre l'avis du curé. Durant les messes hivernales, le prêtre sommait les pères de famille de faire aller droit cette jeunesse tentée de se vautrer dans la poudreuse. Paulin le Veuf était mal placé pour sermonner son fils : vingt ans plus tôt, il avait démoli un tonneau pour en fixer les douves à ses sabots et faire sa première descente. À l'époque, il laissait traîner un bâton entre ses jambes sur lequel il s'asseyait quand il voulait s'arrêter. Aujourd'hui, l'ancien combattant était privé de glisse par son cuissard à pilon – descendant de « la jambe des pauvres » d'Ambroise Paré. Sa prothèse en peuplier n'était robuste qu'en apparence, car elle était creusée à la plus faible épaisseur du bois afin d'en réduire le poids. Sa forme d'emboîture empêchait de retrouver le schéma de la marche, contrairement aux mécanismes fabriqués par les prothésistes allemands, passés maîtres en appareillage. En France, des progrès restaient à faire dans ce domaine, tout comme dans celui du matériel de ski. Anselme travaillait à le perfectionner en relevant uniquement l'avant des lattes de bois. Il obtenait ce cintrage après avoir plongé du pin cembro dans un cuvier d'eau bouillante. Le boisselier avait missionné Pasque pour tester ces planches dont la longueur devait être proportionnelle à la taille du skieur et à l'espacement de sa foulée. Voilà pourquoi, skis aux pieds, le jeune homme montait en ciseaux dans le champ de neige. À mi-parcours, il dut faire une halte derrière un épicéa, en proie à un flux de ventre. Depuis qu'il avait vu sa mère et sa sœur griller sur pied devant les cabinets, il souffrait de constipation que coupaient des coliques précipitées. En haut de ce qu'il considérait être une piste, il s'élança et descendit en effectuant une succession de virages. Si ses planches étaient de meilleure facture grâce à Anselme, ses galoches restaient inadaptées à l'activité. Il décida d'aller voir Zéphir. Le cordonnier avait mis au point une chaussure de marche en montagne pouvant également servir à skier quand on l'attachait sur des planches. Il cousait sur le pourtour une bande de cuir à l'aide d'une soie de porc servant d'aiguille et d'un fil imbibé de résine de sapin pour sceller les trous de la couture. Les membres du ski-club de la vallée du Biot s'équipaient avec ses brodequins, car ils ne se laissaient jamais pénétrer par l'eau. En 1921, Zéphir avait ouvert une boutique de chausseur à Morzine en face de l'*Hôtel des Alpes* fondé en 1809 afin d'accueillir les voyageurs de passage l'été. Malgré sa gueule cassée parée d'une névralgie intermittente de la face, il avait gardé son caractère optimiste grâce à l'attachement indéfectible de son épouse Zoé. Il était persuadé que le bourg allait devenir un lieu de villégiature où les touristes viendraient l'hiver aussi bien que l'été, même si, pour le moment, les rares vacanciers étaient plus des estivants. Quoique son commerce dégageât de quoi vivre, cela restait trop peu en raison des faibles moyens des locaux qui portaient des sabots dont les avantages n'étaient plus à démontrer. Les chaussures de bois évidé étaient chaudes, étanches et solides au point d'absorber un choc équivalent à mille quatre cents kilos sans que les pieds à l'intérieur ne fussent blessés. Pasque n'eut qu'à longer l'hôtel, traverser la route devant le bâtiment, puis passer le pont de pierre pour se trouver devant la boutique de chausseur. Avec ses doigts qui sortaient tout rouges de ses mitaines de laine, il défit les lanières de cuir retenant ses galoches. Il planta sa paire de skis dans la neige, sous le panneau sur lequel on pouvait lire, gravé dans le bois :

À tout pied
Cordonnier-bottier
Articles chaussants
à étanche d'eau

Quand il poussa la porte, il trouva Zoé dans l'atelier, couchée à même le plancher, avec le petit Zian hurlant en appui contre son flanc.

– Tu tombes à pic ! s'exclama Zéphir. Ses eaux ont percé. Va vite chercher la Prunelle et la Thelmette !

Le jeune homme tourna sur ses jambes musculeuses de même que sur un pivot. Il ressortit de la boutique et prit la direction du Crêt au pas de course. Le cordonnier remercia le Ciel de lui avoir envoyé leur cousin par alliance à point nommé. Obéissant et prompt comme le tonnerre, il aurait vite fait de prévenir les femmes.

Quand Prunelle pénétra dans la boutique, une heure plus tard, entra sur ses talons Anthelmette qui avait confié Anne-Aimée à Coqueline. La mère balaya la scène de ses yeux bistre. Sa fille de lait se tordait de douleur sur le lit de travail, tandis que Zéphir tentait de calmer Zian. À 18 heures, Zoé mit au monde un garçon que sa jumelle enveloppa dans un linge. Prunelle tordit le cordon, le mouilla de gnôle, puis le coupa à l'Opinel. Voyant qu'autre chose que l'arrière-faix se présentait, elle se signa le front de son pouce maculé de sang. Elle y laissa une trace en croix sans s'en rendre compte.

– Faut-il qu'on soit toutes maudites, dans cette famille ? maugréa-t-elle en perçant la seconde poche.

À 18 h 15, Zoé mit au monde un second garçon. Torsion du cordon, giclée de gnôle et coup de couteau. Prunelle tendit le second bébé à Anthelmette dont le dos fut secoué d'un spasme traduisant son émotion à voir naître des bessons. La mère plissa de souci son front taché de rouge coagulé ; l'expulsion de deux arrière-faix doublait le risque d'hémorragie. Zéphir fut appelé pour installer son épouse au propre dans leur lit conjugal. Découvrant deux enfants au lieu d'un, il retira son chapeau qui révéla l'attache haute de son masque de cuir. Passé la stupéfaction de se trouver non pas nez à nez, car le sien avait disparu, mais face à face avec des jumeaux, il fallait voir sa fierté. Il n'arrêtait pas d'embrasser les mains de Zoé tandis que Zian se tenait debout de son mieux, ses menottes en appui sur l'assise d'un tabouret bas. Prunelle auscultait les bébés. L'aîné était un gros garçon aussi criard et vif que le puîné était malingre et languide. Le bel état de santé du premier-né rappela celui de feu Ferdinand à Prunelle ; elle craignit aussitôt que le solide enfançon ne fût retrouvé mort au matin. Remarquant le trouble de sa mère de lait, Zoé trembla car elle connaissait la malédiction des bébés Baud. Elle eut peur pour ses deux fils, ne sachant sur lequel la fatalité déciderait de s'acharner : le gaillard, qui mourrait trop tôt par tradition familiale, ou le faiblard, qui semblait condamné de toute façon. Elle leva des yeux anxieux vers Prunelle qui eut une parole opportune :

– Ils ont besoin d'être nourris. Celui qui hurle le plus fort passe d'abord. Allons-y, sans quoi nos oreilles vont percer.

Elle prit le criard dans ses bras, le tendit à Zoé qu'elle aida à s'installer. L'énergie de l'aîné faisait qu'il saurait mieux téter que son frère. Il déclencherait la montée de lait, permettant au puîné de se nourrir malgré son engourdissement physique.

– C'est Zigmond qui inaugure, puis ce sera Zébulon, dit l'accouchée. Quand on cherchait un prénom, on n'arrivait pas à se mettre d'accord. Avec des bessons, on n'a plus besoin de trancher.

– C'est juste, se réjouit Zéphir. On peut garder les deux.

– Si Dieu le veut, lâcha Prunelle.

Zoé frémit à songer qu'un de ses enfançons ou, pire, les deux pourraient lui être enlevés. Anthelmette comprit que des idées noires assaillaient sa jumelle. Elle lui tendit Zébulon dont c'était le tour d'être mis au sein. Il ne prit presque rien, comme pour apporter une preuve de la justesse des mots de la mère. Poussé par la curiosité, le petit Zian renonça à l'appui sécurisant de son tabouret bas et en profita pour faire ses premiers pas. Il approcha balin-balan de la scène intime où deux bessons se faisaient face, couchés sur le buste découvert de sa maman. Ce territoire lui étant réservé jusque-là, il recommença à pleurer, faisant venir à lui son père. Après les deux tétées, Prunelle plaça une ardoise de Morzine sur le ventre de sa fille de lait.

– Faut du poids pour faire revenir plat ton estomac, lui dit-elle. À présent, repos. Je reviendrai te voir. En attendant, ne t'attache pas trop à tes marmots. Le sort pourrait trouver que t'en as un de trop.

Avant de partir, elle expliqua à Zéphir que Zoé devait garder le lit une douzaine de jours afin d'éviter la fièvre des accouchées. Il opina du chef, bien qu'ignorant comment il allait faire pour prendre soin de son épouse épuisée, s'occuper des trois petits, travailler à la cordonnerie et tenir la boutique de chausseur.

Sur le chemin du retour, Prunelle et Anthelmette discutèrent de la situation. La petite famille était en difficulté, d'autant plus que Zébulon était si atone qu'il avait à peine la force de téter. Les circonstances leur faisaient se ressouvenir de la façon dont les choses avaient tourné au début de la guerre, quand Zoé avait perdu un bébé, né trop faible. Elle n'avait pas eu d'aide, car la mobilisation des hommes avait fait que les femmes croulaient sous la besogne. Arrivées au chalet, Prunelle et Anthelmette furent assaillies par Coqueline. Elle attendait de savoir, avec l'ancienne et Prudent, à peine moins impatients qu'elle. La petite Anne-Aimée dormait, indifférente à ce qui se passait dans le monde des adultes où le gouvernement allemand avait ordonné la résistance passive suite à l'occupation – toute la Ruhr était en grève, prouvant que le perdant de 14-18 n'était toujours pas convaincu de sa défaite.

– C'est un biquet ou une biquette ? demanda Coco en observant l'étrange croix de sang que sa mère avait sur le front.

– Deux biquets, trompeta Anthelmette dont la jumelle était la première de la famille à réussir ce doublé.

– Comment ça s'est passé ? s'enquit la vieille Léonie.

– Zoé a grand souffert, répondit Prunelle. L'aîné des bessons est bien robuste, mais l'autre est tout *maléficié*. C'est la mauvaise chance qui nous poursuit encore.

Chagrinée par les propos pessimistes de sa mère de lait, Anthelmette préféra prendre congé de ses proches. Une fois dehors, elle entendit qu'on l'appelait. Elle se retourna avec une raideur de statue, vit Coqueline qui venait à sa rencontre avec un ballot.

– T'as oublié ta petite ! s'exclama-t-elle en lui tendant l'emmaillotement de laine dans lequel dormait Anne-Aimée.

Anthelmette prit le paquet avec des gestes en bois. Elle regarda sa fillette qu'elle n'avait plus présente à l'esprit, leva la tête en direction de Prunelle qui la fixait de son regard jaune bistré surmonté d'une croix de sang séché. La jumelle poussa ses lèvres en une moue moustachue signifiant son agacement. Elle tourna les talons et s'éloigna, Anne-Aimée sous le bras. Coqueline rejoignit sa mère qui échangeait avec Prudent et la vieille Léonie. Les femmes s'inquiétaient pour les bessons dont l'un était souffreteux et pour l'accouchée devenue faible. Ce qu'elles ne disaient pas, c'était qu'elles voulaient se racheter de s'être peu souciées de la panique qu'avait ressentie Zoé, alors âgée de dix-huit ans, quand elle avait perdu son bébé tandis que Zéphir était au front. Cette fois, elle aurait de l'aide. Afin de préserver les habitudes de décence concernant les parties intimes, c'était une fille qui devait aller donner la main. Et comme fille, dans le chalet des Baud, il ne restait plus que Coqueline. Il fut donc décidé qu'elle irait chez Zoé le temps que les choses se réparent. Les montagnardes faisaient ainsi perdurer l'entraide séculaire. Depuis toujours, elles veillaient les unes sur les autres, ainsi que sur les petits de la famille élargie. La solidarité était de mise, de même que l'instinct maternel. Cela dit, il arrivait parfois qu'une femme ne s'intéressât pas aux enfants, quand bien même il s'agissait des siens. C'était le cas d'Anthelmette. Deux semaines après son accouchement, elle avait repris ses livraisons de bois cintré, alors que rien ne l'y obligeait. Le ventre plat comme si elle n'avait jamais donné la vie, elle parcourait les chemins enneigés avec un mulet ferré à glace, mais sans Anne-Aimée. C'était Anselme qui prenait soin de leur bébé au quotidien. Las de l'entendre hurler de faim, le boisselier avait fabriqué un cornet à allaiter. Il avait percé la pointe d'une corne de vache qu'il avait coiffée d'une tétine en fin cuir roulé maintenue par une ficelle nouée.

– Tu iras t'aider chez Zoé dès demain, dit Prudent à Coco.

Le cœur de la mère bondit, puis se serra. Son mari venait, sans le savoir, de prononcer les mêmes mots que son père lui avait dits en 1897 après la mort de sa sœur Anne, emportée par une avalanche. Bien que Prunelle eût alors trente ans, qu'elle fût mariée et mère, elle n'avait pas eu d'autre choix que d'obéir. Elle se souvenait encore combien elle avait été choquée de trouver son beau-frère pendu au-dessus des petites jumelles qui hurlaient de faim dans leur bercelonnette. Incapable qu'il était de vivre sans sa femme adorée, le veuf s'était lui-même homicidé dans la foulée. Alors Prunelle avait déboutonné son corsage et nourri Zoé et Anthelmette. Elle avait offert à ses nièces ses seins tendus comme des outres trop pleines, car délaissés par son deuxième fils, un nourrisson enlevé à son affection lors d'un accès de fièvre trois jours auparavant. Elle avait maudit son lâche de beau-frère. Comment avait-il pu se défaire de lui-même alors qu'Anne venait de le faire père par deux fois ?

La nuit était avancée quand Coqueline, la vieille Léonie, Prudent et Prunelle partirent se coucher. Tous avaient veillé pour la dernière soirée que la jeune fille passerait avec eux avant longtemps. Au moment d'ouvrir la porte coulissante de son lit clos, elle se signa le front d'un air malicieux. Son père et sa grand-mère ne purent contenir un éclat de rire, contrairement à sa mère qui ne plaisanta pas avec eux. Qu'y avait-il de si drôle ? Le départ de Coqueline faisait que Prunelle allait se retrouver seule avec sa belle-mère à qui elle devait le respect, contrairement à ses quatre filles qu'elle pouvait houspiller à loisir. En l'absence de miroir, de coquetterie et d'hygiène corporelle, comment aurait-elle pu savoir que ses proches riaient de la voir aller dormir avec le front barré d'une croix rouge ?

Le lendemain, Coqueline chemina jusque chez Zoé en compagnie de Pasque, chargé par le père Baud de la chaperonner. S'il semblait un peu braque depuis que sa mère et sa sœur avaient pris la foudre, il n'en était pas moins un garçon de la règle et du devoir. Depuis la descente des Moulins qui l'amenait chez sa sœur de huit ans son aînée, Coqueline aperçut le toit recouvert d'ardoises. La maison était construite en face de l'église, de l'autre côté de la Dranse. Pasque et elle franchirent le pont de pierre. La construction abritait l'atelier de cuir sur bois, la boutique de chausseur et la partie habitation. Le corps de logis était bâti sur le plat, contrairement au chalet de Chez Bourrin, encastré dans la pente afin d'offrir le moins de prise possible aux intempéries. Zéphir les accueillit chaleureusement. Soulagé de savoir que Zoé ne serait plus seule avec les petits quand il serait affairé, le cordonnier mit du lait à bouillir. Il prépara de la chicorée Leroux pour faire plaisir à tout le monde et du lait épaissi pour Zian. Le petit ne tarderait pas à se réveiller de son roupillon d'après-midi.

– T'aurais pas plutôt un petit remontant ? se hasarda Pasque, tandis que Coco allait embrasser sa sœur de lait.

– Bois plutôt ta chicorée au lait, ça te fera bien du bien.

– Le lait, c'est bon pour les veaux.

Le chausseur soupira en allant chercher le plus petit verre qu'il possédait ; il le remplit de gnôle jusqu'à la moitié. Il était compassionné pour ce jeune qui avait la vie dure, seul avec son veuf de père revenu bancal de la guerre.

– T'es regardant sur les portions, dis donc ! ronchonna Pasque.

Alors qu'il levait son minuscule verre à la santé des bébés, Coqueline lâcha un cri si aigu que les jumeaux se mirent à pleurer. Leurs sanglots tirèrent le petit Zian de son sommeil. Elle revint vers les hommes, le visage décoloré.

– Y a une ardoise posée sur le ventre de Zoé, chevrota-t-elle.

– C'est normal, la rassura son beau-frère. Son ventre est tellement renflé qu'il faut qu'une grosse pierre appuie dessus pour le faire revenir plat.

– C'est pas tant la pierre qui me fait souci. C'est qu'on dirait que tout va de travers par en dessous.

Coco semblait si affolée que Pasque n'osa pas vider son verre de gnôle ; il le reposa sur la table à regret. Zéphir se précipita vers son épouse. Elle lui parut presque inconsciente. Il souleva le rude drap de lin ; elle baignait dans une mare teintée de sang frais. La douleur à laquelle Zoé avait répondu par une plainte étouffée était engloutie dans l'écoulement ruisselant entre ses cuisses, et dont elle sentait la tiédeur sur sa peau.

– Faut faire quelque chose, bredouilla Coqueline.

Sa voix était couverte par les bêlements des bébés qu'elle dut ignorer pour s'occuper de Zian qui braillait plus fort que ses frères.

– Pasque, faut t'en aller chercher les femmes, dit Zéphir.

Le jeune homme sauta sur ses pieds et sortit du chalet en pensant à la gnôle qu'il avait dû laisser. Il se dit que personne n'aurait le temps de faire disparaître son verre s'il revenait rapidement. En route pour le Crêt, il crut entendre s'ébrouer un cheval en arrière de lui. Parce qu'il avait la vue courte, il ne se donna pas la peine de se retourner, préférant s'arrêter pour écouter. Quand il était moutard, feu sa mère l'incitait à se servir de son ouïe pour se guider à l'aide des bruits émis par l'activité humaine. Grâce aux encouragements maternels, il était maintenant capable d'interpréter les sons, de les différencier et de s'en servir tels des repères dans son monde éclairé en flou. Il entendit souffler un équidé. Il revint un peu en arrière, jusqu'à l'extrémité du lacet que formait le chemin. Un traîneau à cheval était arrêté avant le pont. Pasque distingua des crissements de pas. À sa façon de marcher dans la neige, il lui sembla que c'était un touriste. Le jeune homme aurait voulu aller à sa rencontre, mais il devait prévenir les femmes que les humeurs de Zoé circulaient vers l'extérieur. Il irait voir ce voyageur lorsqu'il redescendrait. Une fois sur place, Pasque expliqua la situation à la jumelle moustachue qui confia Anne-Aimée à Anselme, comme à son habitude.

Pour une fois, le boisselier trouva que c'était justifié. Mais en dehors d'un cas comme celui-là, son épouse avait été avertie qu'il n'était plus question de délaisser leur bébé. Il avait été clair : elle devait reprendre sa place au foyer. Anthelmette enfila un épais gilet de tricot avant d'emboîter le pas à Pasque et de passer chercher Prunelle qui pâlit en les voyant arriver. Depuis la veille, la crainte d'une hémorragie la tourmentait. Tout en marchant, Pasque chercha discrètement à voir où était rendu le *monchu*[1]. Mais il avait disparu avec le traîneau. Il avait probablement renoncé à son excursion en raison de la neige dans laquelle il enfonçait par endroits et sur laquelle il glissait à d'autres, ainsi que ses traces de pas en témoignaient. Pasque regretta de l'avoir raté. Un touriste à distraire, c'étaient des sous à prendre et les occasions de gagner quelques pièces étaient rares, surtout l'hiver. Il n'en dit rien aux deux femmes qui pressaient le pas.

Arrivé à la cordonnerie, le trio tapa ses sabots sur le sol pour en faire tomber la neige avant d'entrer. Sans même saluer Coqueline qui avait retiré l'ardoise, Prunelle se dirigea droit sur l'accouchée, à demi consciente. L'effusion de sang était considérable. La mine sombre, elle regarda Anthelmette. Celle-ci mouilla de salive son pouce droit et prononça sept fois au-dessus de sa jumelle la prière pour couper l'ardeur du sang coulant. Puis, par trois fois, elle traça un cercle de l'index autour du ventre qu'elle barra d'un signe de croix.

– Mon Dieu, mettez-y Votre Sainte Main avant la mienne, marmonna-t-elle.

Ses yeux jaunes agrandis par l'étonnement, la mère observait sans comprendre. D'où ils étaient, Coqueline, Zéphir et Pasque ne voyaient que le dos d'Anthelmette qui avait rendu ses propos inaudibles à dessein. Elle ajouta cinq *Pater* et cinq *Ave* qu'elle dirait chaque matin, pendant trois jours ensuite.

1. *Surnom donné aux touristes depuis le* XIX*e siècle et signifiant « monsieur » en patois savoyard.*

Après cela, elle alla s'asseoir dans le fauteuil près du poêle ; le soin l'avait épuisée. C'était la première fois qu'elle exerçait le secret et ses jambes en tremblaient. Le jour de son mariage, elle avait été désignée comme continuatrice de la Nant-Nant qui devait transmettre son don à quelqu'un de confiance pour ses septante ans. Dans les hameaux d'alentour, elle avait cherché un cœur vaillant, charitable et désintéressé, capable de montrer son humilité envers Dieu et de respecter la tradition. Et c'était sur la bessonne à la lèvre ombrée que la vieille femme savante était tombée par un singulier tour de roue de la Fortune. Voilà comment Anthelmette avait été appelée à se rendre aux Nants le vendredi 22 décembre 1922 au soir, à l'occasion de la nuit la plus longue de l'année. Dans la petite maison tout en bois, elle avait appris à exercer le secret afin de reprendre le ministère de la guérisseuse. C'était elle, maintenant, l'intermédiaire entre le Ciel et le souffrant. Pour tous, elle serait « la soigneuse », capable de lever les brûlures, de barrer un zona ou de couper le sang. Prunelle n'en revenait pas que la Nant-Nant n'eût pas trouvé mieux que la jumelle moustachue à qui transmettre son don. Néanmoins, la mère tut son bec car les paysans avaient trop besoin de la protection divine contre les souffrances affectant le corps. La santé était le fruit d'un échange entre les croyants et le Seigneur dont la leveuse de maux était l'entremetteuse.

Après une demi-heure de repos pendant laquelle Prunelle, Coqueline, Pasque et Zéphir n'avaient pas osé bouger, Anthelmette retourna voir sa jumelle. Constatant qu'elle ne perdait plus de sang, les draps furent changés. Zoé fut lavée et pansée. Elle reprit ses esprits à la fin de la tétée de Zigmond et de Zébulon qui s'était faite sans qu'elle en eût vraiment conscience. Prunelle la força à prendre un cordial. Elle avala ce remontant post-partum composé d'un œuf battu mêlé de miel et mouillé de gnôle de gentiane. Le petit Zian observait sa mère en appui sur le tabouret bas, bien qu'il sût désormais marcher. Zéphir prononça quelques mots de réconfort à son épouse avant de la laisser se reposer. Il vida le dressoir-vaisselier en chêne des montagnes où des planches sans râtelier servaient de support aux verres. Il dégaina sa bouteille de gnôle, en servit deux grands godets à ras bord pour les hommes, trois petits à moitié pour les femmes. Un sourire s'afficha sur le visage de Pasque ; il se retrouvait avec un grand verre en plus du petit auquel personne n'avait touché en son absence. Il leva les deux en l'air en s'exclamant :

– Je porte la première et la deuxième santé ! À Zoé et aux bessons !

– Grand merci d'avoir fait vite ! dit Zéphir avant de boire.

– Je me suis même pas arrêté pour causer au monchu.

– Quel monchu ? demanda Anthelmette.

– Celui qui montait par chez vous.

– T'as dû t'égarer les yeux, mon garçon, intervint la mère. J'ai vu personne en chemin.

– J'y vois goutte, mais j'ai des oreilles. Sûr qu'y avait un monchu. Je l'ai entendu souffler comme une forge dans la montée.

– Y avait bien un touriste, confirma Nez de Cuir. Je l'ai aperçu quand il s'est arrêté pour regarder la vitrine. Il portait une douillette ouatée et une casquette fourrée. C'est un jeune avec des gros sous.

Il omit délibérément de préciser qu'il chaussait d'onéreuses lunettes rondes montées en écaille. Bien que la myopie de Pasque eût nécessité de corriger sa vue, Paulin le Veuf n'avait jamais eu les moyens de faire fabriquer des binocles à son fils.

– Je lui aurais bien échangé une pièce contre de la distraction, reconnut le jeune miro. Mais fallait que j'aille faire la commission.

– Je lui aurais bien vendu une paire de chaussures à marcher, regretta Zéphir, mais fallait que je veille Zoé et les bessons pendant que Coco s'occupait de Zian.

– J'aurais pu lui proposer une tomme, se lamenta Prunelle.

– J'aurais pu le fournir en boissellerie fine, geignit Anthelmette.

Tous quatre soupirèrent de n'avoir pu faire ressource de la présence de ce touriste aisé. Quand passerait le prochain ? Le bourg ne recevait la visite que d'une vingtaine de voyageurs en hiver. Pasque et Zéphir n'étaient pas les seuls à avoir aperçu le monchu. Coqueline l'avait vu également. Ou plutôt c'était lui qui avait vu la jeune fille. Car c'était bien elle qu'il avait regardée à travers la vitrine d'*À tout pied*, et non les chaussures. Elle se trouvait dans la boutique où elle avait emmené Zian afin que Zoé pût se reposer. Quelle émotion intense elle avait eue quand elle avait remarqué que le jeune monsieur l'observait ! La bienséance aurait voulu qu'elle partît, mais elle était restée à le regarder, troublée. Troublante. Attiré par les yeux de passion de Coco, il s'était approché de la modeste vitrine et l'avait saluée en retirant sa casquette, dévoilant le châtain de ses cheveux. « Impensable mystère que de trouver une telle créature dans ce lieu si reculé ! » s'était-il dit. Elle s'était contentée de sourire en retour à ce beau jeune homme de la ville. Coqueline se garda bien d'en parler à ses proches et avala son verre de gnôle. Elle détourna les siens de leurs regrets quand elle toussa d'une toux étranglée en raison des cinquante-cinq degrés d'alcool qu'elle buvait pour la première fois. La discussion reprit sur les jumeaux. Leur baptême fut organisé aussitôt, car tous craignaient que Zébulon ne passât de vie à trépas à chaque instant. Par sécurité, l'ondoiement fut administré en attendant la cérémonie solennelle qui aurait lieu dans l'église en forme de croix latine.

* *
*

Assistèrent au baptême des bessons Anthelmette et Anselme en tant que parrain et marraine, Zéphir, Prudent, la vieille

Léonie, Paulin le Veuf et Pasque. Manquait Prunelle qui refusait désormais de lanterner dans un lieu saint. Elle attendait la fin de la cérémonie dehors, sous la statue de saint François de Sales. Elle s'était assise sur la luge en bois utilisée par sa belle-mère pour venir, ses jambes rhumatisantes ayant refusé de faire la route. C'était Pasque qui avait dirigé le traîneau à bras depuis le pont de Chez Bourrin. Il avait eu l'impression d'être poursuivi dans la descente par une potée savoyarde. Souffrant d'arthrose dégénérative, l'ancienne avait pris ses précautions avant de sortir dans le froid. Le matin même, elle avait écrasé des feuilles de chou au rouleau à pâtisserie qu'elle avait ensuite plaquées sur ses articulations douloureuses à l'aide d'un linge. En l'église Sainte-Marie-Madeleine, la cérémonie fut simple et brève. Le curé l'abrégea par considération pour Zoé, selon la version officielle – en raison de la forte odeur de chou, en réalité. L'accouchée était forcée à garder le lit sous la surveillance de Coqueline. Les bessons arrivèrent dans le même berceau de portage tenu par Prudent dont les *brandillons* étaient aussi courts que l'haleine depuis qu'il avait inhalé du gaz suffocant. Sa position bras tendus correspondait à mi-hauteur pour Paulin le Veuf dont la taille était élevée. L'unijambiste faisait de son mieux afin que son impotence ne vînt pas gâcher la cérémonie par la chute d'un des petits. D'un même mouvement, les deux anciens combattants abaissèrent le berceau devant le prêtre. Zéphir et Anthelmette purent ainsi en extraire les catéchumènes. L'aîné gesticulait dans les bras de son père, tandis que le puîné dormait dans ceux de la soigneuse. Au moment de la célébration, Zigmond fut déposé sur le bras droit de son parrain Anselme dont le bras gauche était occupé par Anne-Aimée. Zébulon resta dans le giron de sa marraine, sans même se réveiller. C'était à peine si on l'apercevait dans la dentelle de sa robe de baptême. Après la cérémonie, une partie de croustille attendait le groupe à la cordonnerie afin que Zoé pût profiter du baptême de ses fils. Greubons et bugnes étaient au menu. Le résidu croustillant de la fonte du lard qu'on étalait sur du pain frais était aussi apprécié que ces pâtisseries légères et croustillantes. Les invités se rendirent à la boutique à pied, sauf l'ancienne qui se déplaçait sur le traîneau avec le sentiment d'être une jument réformée qu'on menait à l'abattoir. Elle s'en serait bien passé, mais ses jambes s'enfonçaient dans la neige. Paulin le Veuf était dans le même cas. À chaque pas, il lui fallait extraire son pilon de la blanche dans laquelle il disparaissait. De fatigue, il se laissa tomber sur la luge tirée par son fils. Sa chute envoya une brusque secouée dans les mains de Pasque qui manqua de tomber en arrière sous le coup de frein. Malgré ses bras solides, le jeune homme peinait. Zéphir vint lui prêter son concours pour relancer le véhicule dont les patins s'étaient enfoncés dans la poudreuse. Ils auraient eu besoin de Fend la Bise, mais le cheval lourd était cantonné à l'écurie. En marchant, son poids compactait la neige dans la cavité de ses sabots ferrés sous lesquels se formait un énorme glaçon, impossible à retirer, même avec un cure-pied. L'appui étant instable, l'équidé aurait risqué une entorse à chaque pas, avec pour conséquence une tuméfaction de l'articulation. Pronostic mauvais pour un cheval, et donc pour son propriétaire – un étalon de trait pouvait coûter jusqu'à vingt-cinq mille francs dans les foires agricoles internationales au début du XXe siècle. Anthelmette marchait à côté de la luge avec Zébulon qu'elle avait installé sous sa pèlerine. Elle avait, pour son filleul, des gestes maternels qui laissaient deviner la bonne mère qu'elle aurait été si elle avait eu un fils et non Anne-Aimée. Parce qu'elle était marraine, la leveuse de maux portait ses plus beaux habits : une robe de laine noire sur laquelle ressortaient la croix jeannette et le cœur en or reçus aux fiançailles et aux épousailles. La sévérité de sa tenue était adoucie par un ruban de couleur tendu à la taille, assorti à un mouchoir de cou garni d'une frange. Un bonnet plat en dentelle blanche et ses bottines de mariage venaient compléter l'ensemble. Elle avançait à côté de son mari qui portait Anne-Aimée à l'intérieur de sa veste. « Depuis combien de jours cette petite n'a-t-elle pas été dans les bras de sa mère ? » se demanda l'ancienne qui avait remarqué qu'Anthelmette avait les seins bandés pour empêcher la montée de lait. Le cornet à allaiter avait affranchi la soigneuse de l'esclavage de l'allaitement, au grand dam du boisselier. S'il avait fabriqué cet ustensile, c'était pour remédier à l'absence de son épouse, et non pour la pousser à négliger leur fillette davantage. Néanmoins, il n'insistait plus car elle versait des larmes amères dès qu'elle prenait son bébé contre elle pour la tétée. Celles-ci tombaient sur ses seins, ruisselaient jusqu'au mamelon suçoté et s'infiltraient dans la bouche d'Anne-Aimée. La petite avalait plus de larmes que de lait – pareillement à Anthelmette quand elle-même était au sein de Prunelle qui venait alors de perdre son deuxième fils. Qui plus est, Anselme était froissé que sa femme n'eût pas pris la peine de lui demander son avis quant au secret. Il ignorait qu'elle avait deux bonnes raisons. La première était que, en mettant son mari devant le fait accompli, elle savait qu'il reviendrait sur sa décision de la forcer à rester à la maison ; jamais cet homme croyant ne l'empêcherait d'aller soigner les souffrants. La seconde raison était indépendante de sa volonté. Anthelmette avait le statut d'héritière nécessaire ; autrement dit, elle ne pouvait renoncer à cette succession. La continuatrice désignée par une faiseuse âgée était tenue d'utiliser le secret transmis. Et on pouvait dire que la Nant-Nant avait cherché la difficulté car c'était la première fois, au pays, qu'une leveuse de maux était aussi peu avancée en âge. Jamais la population n'avait été confrontée à une guérisseuse dans sa vingtaine, les soigneuses étant généralement vieilles comme les chemins.

* *
*

À Paris, Ferdinande retirait avec effort la suie de la cheminée à cuire quand elle entendit un son criard percer l'air clair du matin. Madame était réveillée. La cuisinière interrompit son activité, se dirigea vers l'évier en faïence pour se décrasser. Elle se séchait dans un torchon à mains quand la chambrière entra pour prendre le plateau que la montagnarde tenait prêt en permanence. Ferdinande y ajouta un verre d'eau miraculeuse qu'elle ne tirait qu'au dernier moment à la fontaine portative de madame. Le fonctionnement du Revigator était simple : une capsule de sels de radium était logée à l'intérieur de l'appareil dans lequel l'eau contenue absorbait l'émanation et devenait alors radioactive. La cure de boisson non gazeuse, unique pour la désintoxication générale, devait durer vingt et un jours. Suivait un arrêt de sept jours, avant de reprendre, conformément à ce que préconisait la notice de l'Office français du radium, société commercialisant des produits radioactifs. Les deux domestiques échangèrent un regard mi-envieux, mi-admiratif sur cette nouvelle potion magique dont raffolait leur maîtresse. Sans esprit, sans jeunesse, sans beauté, mais avec une fortune, madame se payait ainsi la santé. À la mort de son mari, la rentée, bien que parisienne, s'était astreinte à porter l'inflexible deuil des veuves de province, soit dix-huit mois de crêpe. Cette forme sophistiquée de snobisme avait maintenu l'attention sur elle, chose précieuse pour une mondaine dans la cinquantaine. Depuis peu, elle était passée au demi-deuil, délaissant le noir au profit du violet pâle. Elle vivait dans le luxe des gros faiseurs d'affaires qu'était feu son époux. Elle avait voiture, valet, loge au Français, maison aux bains de mer, chambrière et enfin cuisinière : Ferdinande. Cette dernière souffrait de ne plus avoir ses enfants avec elle, mais ils étaient placés et cela n'était pas donné à tout le monde. Trop souvent, la jeunesse se dévoyait entre les ruelles nauséabondes de la Villette et les fortifications d'où montait une perpétuelle clameur au ton âpre.

La fille de Ferdinande était entrée chez les religieuses hospitalières, dites les sœurs grises, vingt mois plus tôt. Alors âgée de onze ans, Fleur avait vite compris qu'elle allait devoir se fortifier, voire s'endurcir. Elle avait intégré la classe surchargée des orphelines de guerre et des filles de purotins – ou les deux –, l'autre classe étant réservée aux filles de bonne famille. À l'égal de ses camarades défavorisées, la gamine avait été mise au travail afin de réduire la charge financière qu'elle représentait pour l'établissement. En plus de la classe et des travaux, des temps étaient consacrés à la prière, matin, midi et soir. Au début, Fleur, qui avait vécu libre sur l'alpage, avait eu maille à partir avec les règles de vie. Les religieuses avaient mis son indiscipline moitié sur le compte de la raréfaction de l'oxygène en altitude, moitié sur l'ambre de sa chevelure. Parce qu'elle peinait à chuchoter très bas, la môme avait passé de longs moments à genoux sur la dalle glacée, à attendre qu'une sœur en robe grise à gros plis l'autorisât à se relever. Son parler savoyard avait fait qu'une religieuse portant un domino court en camelot – cette laine difficile à entretenir – lui avait administré une gifle cinglante. La première de sa jeune vie. Fleur avait mouillé ses yeux verts pendant des jours. Jamais ses parents n'avaient levé la main sur elle ; un regard suffisait à la faire aller droit. Elle avait pensé à sa mère, à Florimont et à ses trois tantes. Que sa vie d'avant lui manquait ! Puis le temps avait passé et la gosse s'était habituée, tout comme son frère s'était familiarisé avec les coquillages. De trois ans son aîné, le blond Florimont était écailler chez un marchand de marée aux Halles. Un travail dur, mais sur mesure pour un jeune apte à rester dans le froid à longueur de nuit, les mains dans la glace pilée. Son rôle était d'ouvrir des huîtres pour les restaurants qui n'avaient pas leur propre écailler, contrairement aux brasseries *Wepler* ou *Drouant*. Les goûts avaient bien changé depuis le Moyen Âge où les huîtres étaient mangées en civet. Au XVIIIe siècle, l'engouement avait été pour le frais ; quatre mille colporteurs parcouraient alors la capitale. Des côtes normandes et bretonnes, les huîtres voyageaient en voitures à cheval ou en bateaux qui remontaient la Seine de Rouen. Selon une ordonnance, elles devaient être livrées bonnes, loyales et marchandes ; celles jugées douteuses en les sonnant devaient être jetées dans un endroit éloigné. À présent, les huîtres arrivaient aux Halles emballées dans des paniers en osier dont le couvercle était cousu avec de la ficelle. Un coussin de fougère garantissait leur fraîcheur et leur évitait les chocs. Autant de précautions dont ne bénéficiaient pas les gamins dans le besoin, les adultes étant trop indifférents face au travail des enfants et trop intéressés pour s'embarrasser de scrupules.

* *
*

Anthelmette faisait de son mieux pour lever les maux. Elle n'était pas en reste de procédés pour venir en aide aux souffrants qui lui étaient reconnaissants de se déplacer, car il était rare qu'un bienfait arrivât jusqu'à eux. Afin de permettre aux accouchées et aux femmes allaitantes de se remettre sur pied, la soigneuse avait concocté une potion riche en fer. Elle laissait rouiller des clous dans de l'eau qu'elle filtrait grâce à un tamis de crin avant de la faire boire à celles manquant de vigueur, dont sa jumelle. Zoé souffrait encore d'une difficulté à l'effort, mais prenait quelques forces grâce à l'eau de clou. La jeune mère à la face anémiée s'épuisait à garder Zébulon en vie. Elle l'avait toujours contre elle pour lui transmettre les battements de son cœur. Jusque-là, sa méthode faite d'amour maternel semblait vouloir fonctionner. Certes, le dolent jumeau peinait, mais il était toujours de ce monde en ce début d'été 1923, allant à l'encontre du pronostic de tout un chacun. Coqueline s'occupait de Zigmond dont la solide constitution contrastait avec celle de son besson. Quant à Zian, il explorait le monde, ayant renoncé à récupérer l'attention que sa mère lui portait avant la naissance de ses petits frères.

L'été en était à la moitié de sa courte durée quand Zéphir dut laisser la boutique pour se ravitailler en cuir et en semelles de bois. Il voulut que sa femme le remplaçât, mais elle refusa de négliger les bébés et il ne se sentit pas de la contraindre encore. C'est qu'il lui en avait fallu de l'abnégation, à Zoé, pour le marier quand même ; beaucoup de fiancées auraient reculé en voyant revenir une gueule cassée à la place du beau gars parti en uniforme galonné. Pour comble de tout, Zéphir ne touchait pas de pension d'invalidité. La blessure au visage n'entraînait aucun droit, car elle n'était pas considérée comme une infirmité par l'État. S'ajoutait à cela la plainte cafardeuse qu'il émettait quand il parlait, à la manière d'un cor des Alpes. Le cordonnier n'insista pas auprès de Zoé. Pourtant, il ne pouvait se permettre de fermer son commerce alors que les estivants étaient là. Il avait passé l'hiver à fabriquer des chaussures dans l'espoir de les vendre durant l'été, engageant des dépenses. Jusque-là, il travaillait les cuirs que ses clients lui apportaient. Mais cette année, il avait confectionné des brodequins à l'avance, de différentes tailles et de différentes largeurs. C'était un pari dont il connaissait les risques et l'affaire était mal engagée. Zéphir n'eut pas d'autre choix que de demander à Coqueline de le remplacer à la boutique. Ce n'était pas l'idéal, car elle était candide, novice et étrangère au métier, mais sa nature curieuse fit qu'elle accepta. Coco vit ainsi passer chez *À tout pied* quelques-uns des huitante touristes présents à Morzine cet été-là. Des hommes principalement. Quand le chausseur rentra de sa course à jour faillant, il trouva des sous dans la caisse. La jeune fille avait vendu au prix fort une paire de chaussures basses et une paire de brodequins à clous. Zéphir la félicita. Tout le temps du souper, il la questionna pour savoir quel modèle avaient regardé les clients en particulier. Coqueline n'y avait pas prêté attention ; elle ne sut que répondre. Zoé aurait eu quelque chose à dire, mais elle n'en fit rien. Elle attendit d'être dans l'intimité de son lit clos pour raconter à son mari les péripéties ayant eu lieu en son absence, alors qu'elle observait sa sœur en cachette.

– Quand j'ai jeté un œil pour voir comment Coco se débrouillait, je l'ai trouvée sur le seuil de la boutique. Elle guignait dehors ce qui se passait, la porte ouverte.

– En voilà des manières ! s'exclama le cordonnier.

– J'allais justement la disputailler quand j'ai vu qu'un estivant approchait. Il est entré avec elle avant de ressortir avec des souliers neufs.

– Formidable ! Alors, t'as fait quoi ?

– J'ai fait comme si j'avais pas vu sa façon de se comporter. J'allais quand même pas lui reprocher de remplir la caisse ! J'ai nourri les petits et, quand ils sont partis dans leur roupillon, je suis retournée zieuter ce qu'elle faisait. Et là, je l'ai trouvée dehors en train de sourire aux touristes qui revenaient de randonner à pied.

– Faut-il qu'elle soit fouine !

– J'allais la faire rentrer quand j'ai vu venir un jeune monchu. Il l'a suivie dans la boutique où il est resté un sacré moment avant de ressortir avec des brodequins à cher.

– Épatant ! dit Zéphir dans l'esprit duquel une idée venait de germer.

De son lit bas, Coqueline entendait le couple chuchoter dans le noir tandis qu'elle se laissait aller à rêver au jeune monsieur qu'elle surnommait déjà le beau monchu. Les paupières closes, elle revoyait le châtain aux yeux pers qui s'était arrêté au retour d'une randonnée à pied. Elle avait rougi en l'apercevant, car elle avait souvent pensé à lui ces derniers temps. Le villégiateur l'avait trouvée touchante dans son embarras. Sous prétexte d'acheter des souliers, il était entré dans la boutique et était resté à lui parler. Durant l'échange, il avait remarqué que Zoé les surveillait de l'habitation, sa présence prolongée ayant attiré son attention. Afin de ne pas compromettre la suite avec Coqueline, il avait acheté les brodequins les plus chers sans même les essayer, puis avait pris congé d'elle. Il savait qu'elle allait l'obséder comme un remords qui revient chaque nuit dans les pensées. Elle était exaltée et naïve. Elle ferait l'affaire.

Le lendemain matin, Zéphir demanda à Coco de le remplacer deux jours côté boutique pendant qu'il avançait son ouvrage côté atelier. Il voulait vérifier si son impression était juste. De fait, la jeune fille se trouva rapidement à son aise chez *À tout pied.* Certes, les tâches n'étaient pas toujours palpitantes, surtout quand Zoé lui faisait balayer la fabrique artisanale. Mais la situation était emballante par ailleurs, surtout lorsqu'elle rencontrait les hommes pécunieux en villégiature, parmi lesquels se trouvaient des pontes de la Société des nations. Au soir du surlendemain, la caisse donna confirmation à Zéphir d'une chose : la remuante Coqueline se comportait d'instinct en demoiselle de magasin. Avec ses soyeux cheveux auburn flottant en bandeau de chaque côté de sa tête, elle plaisait aux touristes aisés. À ce rythme-là, elle l'aurait bientôt tiré des difficultés financières. La joie qui emporta le cordonnier fut de courte durée car la neige se mit à tomber sur les sommets, faisant fi du fait qu'août débutait. Elle fondit presque aussitôt, mais les estivants n'étaient plus là pour le voir. Dès les premiers flocons, ils avaient plié bagage afin de regagner les rives du lac Léman où le climat était plus clément. Le bourg s'était vidé d'un coup et Zéphir se retrouva dans la purée, aussi décida-t-il de se rendre à la foire de Fillinges qui avait lieu chaque année le 11 août depuis plus de deux siècles. Le chausseur confia les bessons et son commerce aux bons soins de Zoé et de Coqueline. Cela fait, il quitta son village avec une charrette pleine de sabots, de galoches, de brodequins, de semelles de bois et du cuir. Sans oublier ses alênes et son jeu de tranchets. Laissant derrière lui Les Gets et Taninges, il traversa Mieussy, Saint-Jeoire, Viuz-en-Sallaz et arriva à Fillinges après avoir parcouru quarante kilomètres. Placée sous le signe du cheval et du poulain, la foire du 11 août était le rendez-vous annuel de toute la région et plus encore. Maquignons, marchands, chalands, curieux et forains venaient du Chablais, du pays de Gex, de Suisse et d'Italie pour vendre et acheter des chevaux, des pouliches, des poulains, des bœufs, des vaches, des génisses et des cochons. Beaucoup de métiers étaient représentés. Toute la journée, Zéphir grava aux initiales des sabots des dimanches, ferra des sabots de semaine pour éviter l'usure, rapetassa des galoches, mais il ne vendit aucun brodequin. Étaient-ils trop chers pour les paysans ? Étaient-ils trop éloignés de leurs habitudes ancestrales ? Le cordonnier rentra chez lui son espérance déçue, mais s'appliqua à ne rien laisser paraître quand il tendit à son épouse le cadeau qu'il avait acheté pour elle. Zoé reçut deux livres de sucre en cadeau de naissance. La première était en poudre pour faire du lait de poule, un bon reconstituant pour une mère allaitante. La seconde était en morceaux réguliers, obtenus grâce à la casseuse François, procédé mécanique de sciage des pains de sucre. En transformant les grandes plaines betteravières en champs de bataille, la guerre avait fait chuter la production de sucre de moitié ; malgré la reconstruction, on était encore loin du niveau de production de 1913. Zoé fut enchantée de recevoir cette boîte de carton contenant des morceaux propres et rangés. Elle n'usa de cette denrée considérée comme un luxe qu'avec une parcimonie extrême. Zéphir prit part à son plaisir économe, bien qu'il fût contrarié de voir revenir le temps hivernal. Ainsi qu'il s'y attendait, ses chaussures lui restèrent sur les bras. Si cette inquiétude pour l'avenir était justifiée, il aurait été exagéré de noircir toutes les circonstances. Il y avait tout de même de quoi se réjouir puisque l'Avent arriva sans qu'il n'y eût de morts à déplorer durant l'année. C'était une situation exceptionnelle quand des familles nécessiteuses vivaient dans un environnement naturel aussi rude. Les têtes chenues s'étaient trompées en annonçant que la blanche collante tombée sur les sommets était présage de malheur. Personne ne leur en fit grief – la population ne manque jamais d'accorder son pardon à ceux qui se trompent en leurs calculs quand c'est à son avantage. Même Zébulon était toujours de ce monde, au vif étonnement de sa grand-mère. Le petit maléficié lui rappelait son troisième fils. Sorti d'elle mal formé, il n'avait pas survécu, contrairement à sa sœur jumelle : Coqueline. En secret, la jeune fille souhaitait partir de chez ses parents pour tenir boutique sans qu'on l'en empêchât. Son activité chez *À tout pied* lui avait montré qu'elle avait l'aptitude au commerce. Cette expérience lui avait donné un avant-goût de liberté. Et puis il y avait le beau monchu, ce hanteur de cœur qui avait disparu à l'arrivée des premières neiges. Les beaux jours le feraient-ils revenir en villégiature ?

III

1924

Ce jeudi 24 janvier, Zéphir et son beau-frère Anselme arrivèrent juste à temps à Chamonix pour la cérémonie d'ouverture de la Semaine internationale des sports d'hiver. Seize nations défilèrent au son de la fanfare du 6e bataillon de chasseurs. L'Allemagne était exclue de la compétition – la guerre était encore dans tous les esprits. L'équipe de France de ski était emmenée par son capitaine, un jeune de la vallée que tout le monde appelait Couttet-Champion. Alfred Couttet devait son surnom au fait d'avoir remporté le premier championnat de ski non militaire en 1909. Dans l'élan, il avait créé la première école de ski française, inventé une fixation de ski en métal et écrit le *Petit Manuel pratique du ski* conçu dans un format poche, idéal sur les pistes. Il était un guide de haute montagne réputé tant pour ses qualités sportives que pour sa vision avant-gardiste des enjeux représentés par les sports d'hiver et l'alpinisme. Zéphir et Anselme n'en revenaient pas de la foule qui se trouvait sur place. Habituellement, la fréquentation hivernale restait modeste ; sur les trente-quatre hôtels que Chamonix comptait au début du XXe siècle, seuls cinq ouvraient durant la mauvaise saison. Pour les deux beaux-frères, il s'agissait d'un voyage d'études destiné à observer l'équipement des sportifs. Ils allaient devoir ruser, car ils n'avaient pas les moyens de s'offrir des tickets pour assister aux épreuves. C'était déjà un exploit qu'ils fussent là. Le trajet était payé par Zéphir. Le logement était offert par un cousin guide, en échange d'une paire de brodequins *à étanche d'eau.* Cela valait bien une dizaine de nuits à dormir devant l'âtre à mille mètres d'altitude. La nourriture était fournie par Anselme. Il avait prélevé de la charcuterie, une tomme et un pain dans sa réserve sans en parler à Anthelmette à qui il n'avait pas laissé Anne-Aimée. Leur petite était chez Zoé avec les jumeaux et Coqueline. Quand le boisselier avait annoncé à la soigneuse son intention d'accompagner Zéphir à Chamonix, elle l'avait écouté avec son habituelle raideur. Elle ne s'était opposée ni à son voyage ni à l'idée de faire garder leur fillette. Son mari en avait été attristé, mais à présent qu'il était loin il se sentait plus tranquille de savoir Anne-Aimée chez sa tante plutôt qu'avec sa mère qui aurait été capable de l'oublier quelque part. Pour l'instant, il n'y pensait plus, trop occupé à essayer d'approcher les sportifs afin d'observer leur matériel. Et cela n'était pas chose aisée quand des milliers d'autres personnes se pressaient pour admirer les athlètes : deux cent quarante-cinq hommes et treize femmes. Au pied du mont Blanc, des millions de francs avaient été dépensés pour ériger une piste de bobsleigh, un tremplin de saut à skis, un stade de trente-six mille mètres carrés et la plus grande patinoire artificielle du monde. Comme la vie était différente à Chamonix ! Ici, on voyait grand. Même les sommets y étaient plus hauts que partout ailleurs en Europe. Et tout cela, on le devait à l'alpinisme. En 1783, mille cinq cents étrangers s'y pressaient déjà, des Anglais majoritairement. Les deux beaux-frères pensaient qu'il fallait maintenant convaincre les touristes d'aller dans des contrées plus reculées et moins bien équipées. Autrement dit, chez eux, où il ne manquait plus qu'un hôtel chic pour héberger les pionniers des vacanciers. En attendant, ils détaillaient les chaussures, les skis et les bâtons. Ils reportaient leurs observations le soir dans un cahier d'écolier, devant la cheminée du cousin. Grâce à la généreuse Compagnie des guides de Chamonix dont l'homme faisait partie, Zéphir et Anselme purent assister aux épreuves de combiné nordique. Trente concurrents participèrent à cette compétition au terme de laquelle les beaux-frères purent approcher les quatre vainqueurs scandinaves dont il fallait s'empresser de copier la technique.

Ce mercredi 6 février, Zéphir et Anselme montèrent dans le train du retour, en voiture troisième classe dotée d'une porte tous les deux compartiments. Tout le temps du voyage sur la PLM – Compagnie des chemins de fer de Paris à Lyon et à la Méditerranée –, ils bavardèrent. Le séjour à Chamonix avait rapproché les deux beaux-frères qui avaient eu des mots après guerre. Depuis quelque temps, ils avaient décidé de faire fi du passé, et c'était bras dessus bras dessous qu'ils avançaient dans la vie. Arrivés à la gare de Thonon-les-Bains, ils prirent l'autobus alpin pour Morzine. C'était un de ces autobus Berliet à chaînes et à bandage plein ayant été réquisitionnés pendant le conflit pour transporter les soldats et les munitions sur le front. Le cordonnier et le boisselier rentraient heureux de leur voyage. La manifestation de Chamonix les confortait dans ce qui n'était encore qu'un frémissement dans leur village : les sports d'hiver prenaient de l'ampleur et ils étaient l'avenir. Bientôt, les touristes se rendraient en nombre dans les stations de bon air. Les deux hommes rentrèrent grisés à cette idée, pleins d'énergie pour coudre des souliers à skier et fabriquer les planches qui allaient avec. Et puis ils en avaient des choses à raconter à leurs femmes ! Surtout Zéphir. Comme il avait hâte de retrouver Zoé pour lui faire part de son expérience ! Avant de partir, il avait demandé à Coqueline de le remplacer deux semaines à la boutique. Elle ne s'était pas fait prier pour gérer *À tout pied* où elle aimait travailler, quand bien même il s'agissait de ramasser les copeaux de bois tombés du rabot pour les mettre dans le poêle. Mais Zoé lui avait fait miroiter un projet autrement plus emballant : accompagner Zéphir à la prochaine foire de Fillinges afin d'y vendre les chaussures fabriquées pendant l'hiver. Et un voyage vers l'inconnu, n'était-ce pas ce qui manquait au bonheur de cette jeune fille curieuse de tout ? Aussi Coqueline arrangeait-elle de son mieux la boutique tout en surveillant Zian pendant que Zoé s'occupait des jumeaux et d'Anne-Aimée. La fillette aurait dû se trouver dans le giron de sa maman, mais Anthelmette courait les chemins pour lever les maux des malades. Avant de devenir mère, elle avait été une épouse aimante avec Anselme. Malgré la mort de ses parents, elle n'avait pas manqué de soins quand elle était petite. Prudent et Prunelle s'étaient montrés soucieux des jumelles, les élevant à l'égal de leurs autres filles. Et pourtant, la soigneuse se montrait rude avec Anne-Aimée qu'elle était incapable de plaindre quand une dent perçait, de bercer quand la nuit venait. L'attention et les gestes tendres venaient tous d'Anselme. Il se désespérait de constater que la joie de vivre et l'espérance avaient quitté sa femme quand leur fille était née. Mais était-ce la véritable raison de l'amertume d'Anthelmette ? N'étaient-ce pas plutôt le décès de sa mère, suivi du suicide de son père, de la perte de ses trois frères de lait et de la mort de son premier fiancé – dont elle se disait pourtant bien débarrassée ? Depuis ce mois de décembre 1922 où Anselme l'avait aidée à se délivrer dans Grange Vieille, son épouse agissait comme s'il n'y avait rien d'autre à attendre de la vie que des déceptions et des peines. Ses propos passaient d'une crainte à l'autre, toute persuadée qu'elle était d'un mal à venir, sans voir qu'Anne-Aimée elle-même était l'espoir. « Regarde notre petiote si elle pousse bien ! » disait souvent le boisselier à sa moitié. Mais elle ne se donnait même pas la peine de tourner la tête vers leur fillette. Alors l'homme à la barbe en éventail se concentrait sur son bébé, le cœur meurtri. Il avait compris qu'Anthelmette ne se remettait pas des épreuves endurées dans le passé, et qu'elle faisait payer à leur petite ce que la vie lui avait fait subir. Aux yeux de la soigneuse, le suicide paternel attestait que son père aimait davantage sa mère qu'elle-même et sa jumelle. C'étaient ses trois frères de lait que Prunelle et Prudent désiraient, et non leurs filles. Anthelmette préférait Anselme à son premier fiancé pour lequel elle culpabilisait d'avoir ressenti du soulagement en apprenant sa mort. Les choses s'étaient pourtant arrangées quand elle avait fréquenté le boisselier qui avait été sensible à sa féminité moustachue. Mais ce n'était qu'une apparence d'embellie. Malheureusement pour Anselme, cette demoiselle autrefois affolante avait changé et cela faisait bien longtemps qu'elle ne l'avait coincé au lit. Non seulement sa brunette n'abusait plus de lui, mais encore elle ne savait plus rire ni même sourire. La nuit, elle allait s'installer dans le fauteuil paysan, devant le poêle à bois. Elle fuyait la couche conjugale tandis que son mari devait vivre avec tous ces fantômes flottant au-dessus de leur lit clos. Souvent, Anthelmette demeurait là ; elle faisait semblant d'être assoupie quand il se levait. Elle attendait qu'il fût parti travailler pour se lever à son tour et aller s'asseoir sur une marche. Alors elle mettait ses yeux dans le creux de ses paumes et appuyait fort. Accablée de culpabilité, elle cherchait à revoir le visage de feu son fiancé derrière ses paupières écrasées. De tous les défunts, il était le seul dont le visage demeurait dans sa mémoire. Anselme avait compris quelque chose en épousant Anthelmette : ce n'est pas parce qu'on sait que quelqu'un ne viendra plus qu'on cesse de l'attendre.

De son côté, Zoé avait guetté le retour de Zéphir avec impatience tandis que tout le monde dormait. Quand son mari rentra, elle lui fit savoir qu'il lui avait manqué sans mot dire.

Rôdant en silence autour de sa proie, elle prit son air d'hermine en manteau, emmitouflée dans un paletot sous lequel dépassait le tablier de cuir de son époux. Avec lui, elle optait toujours pour la fantaisie. Elle le fit asseoir sur une chaise paillée et lui attacha les mains dans le dos avec son mouchoir de cou. Se délectant d'avance de ce à quoi il aurait droit, Zéphir la laissa lui faire des agaceries. Toujours derrière lui, elle se pencha, défit les premiers boutons de sa chemise de chanvre. Elle glissa ses mains dessous, palpa les muscles de son tronc jusqu'à bas, l'embrassa dans le cou. Puis elle le contourna, se plaça devant lui et retira son paletot. Elle se retourna, laissant apparaître ses fesses hautes et pommées entre les pans du tablier qui ne joignaient pas derrière. Elle fit quelques pas, le regard de son homme appuyé sur ses reins. N'y tenant plus, Zéphir défit ses liens. Le désir bouillant dans ses veines, il la rejoignit, dénoua les attaches du tablier. Celui-ci glissa au sol, dévoilant un caraco à l'évidence trop étroit. Il fit pleuvoir des baisers dans sa gorge, à la naissance de ses seins. Il la prit dans ses bras, la porta dans leur lit. Quand il voulut la recouvrir, elle se déroba, l'attendit sur la chaise où ils se livrèrent à des acrobaties jusqu'à ce que l'assise cassât. Zéphir haletait sous son masque de peau. En femme raisonnable, Zoé s'allongea sur leur couche pour lui permettre d'achever ce qu'ils avaient mis en branle. À peine leurs ébats terminés, ils entendirent les bessons pleurer. C'était l'heure de la tétée. Fin des festivités.

* *
*

Zoé s'installa pour répondre à sa sœur Ferdinande de laquelle elle avait reçu une lettre de Paris, en début d'année. À la requête de l'aînée, trop blessée d'avoir toujours été traitée en animal de moindre valeur, Zoé n'avait pas parlé de ce courrier à leurs parents.

25 mai 1924.

Chère Ferdinande,

J'espère que ta santé se comporte au gré de tes désirs et de ceux de Fleur et de Florimont. Je te demande pardon de n'avoir pas répondu plus tôt à ta lettre, mais je te dirai que je suis bien accaparée par mes trois garçons. Tous les matins, je me lève à l'aurore pour rendre les langes propres, traire Heidi, récurer le parterre et mettre à cuire. Toute la journée, je suis occupée à surveiller mes petits, à les nourrir, à les changer. Je n'ai pas un moment à moi, jusqu'au soir où je ne rêve que de dormir aux côtés de Zéphir qui fait tourner la boutique. À tout pied *est bien loin de mon esprit. Par bonheur, Coqueline y fait merveille. Cependant, je me tiens en garde contre sa fougue, aussi je veille sur elle comme au lait sur le feu.*

Mais parlons plutôt de toi. Je suis rassurée de savoir que tu as une bonne place dans une bonne maison. C'est que ta patronne doit être vraiment riche pour boire chaque jour cette eau de Seltz radioactive ! Si cette potion a permis sa guérison malgré un cancéroïde du cou, alors « miraculeux » est le mot. De même que tu le dis bien, c'est à Mme Curie qu'on doit ce fabuleux radium. Son extraordinaire découverte a mis à néant la croyance que le cerveau féminin n'était pas l'égal de celui de l'homme. Tu devrais le faire savoir aux parents dans une autre lettre. Ils sont si persuadés de l'inverse. Mais je ne t'apprends rien, hélas !

On vient me chercher pour aller m'occuper de mes fils. Pardonne, chère Ferdinande, les exigences d'une maman.

Souviens-toi de ne jamais nous oublier.

Ta sœur de lait qui t'embrasse,

Zoé

Le lendemain, la mère des bessons confia sa lettre à Coqueline. Celle-ci se rendit à la maison de la poste située en bordure de la route des Udrezants. Elle confia l'enveloppe au postier qui n'était plus rémunéré par l'impôt depuis la loi de finance de juin 1923. L'État avait profité du changement fiscal pour généraliser la distribution du courrier le dimanche sans demander l'avis de l'Église. L'employé prit connaissance de l'adresse du destinataire et ouvrit le premier casier de son cartonnier. Il en sortit une chemise brune de laquelle il tira une feuille imprimée sous presse rotative. Il s'aida de la dentelure pour détacher un timbre vert à dix centimes parmi les cent vignettes formant la planche. Il lécha, puis colla le timbre-poste à l'effigie de Pasteur pour l'affranchissement au premier échelon du poids – des machines à affranchir venaient d'être mise en service à Paris, mais qui le savait ici ? Le guichetier questionna Coqueline à propos de sa sœur dont tout le monde connaissait l'histoire au pays : celle d'une veuve de guerre dont le mari avait été enseveli vivant sous la gerbe de terre soulevée par un obus. À la lecture du libellé de l'enveloppe, l'employé des P & T avait subodoré que Ferdinande vivait dans les beaux quartiers de la capitale. Coqueline le renseigna avec tout l'épatement qu'elle ressentait pour l'aînée. Celle-ci avait quitté un chalet encastré dans la pente pour emménager dans un hôtel particulier situé à la Muette.

À une semaine près, la mère des bessons aurait pu ajouter une triste nouvelle dans sa lettre à Ferdinande et économiser ainsi un timbre-poste à dix centimes. Mais la catastrophe arriva après le départ du courrier. Zoé dut donc s'acquitter d'un nouvel affranchissement pour envoyer un faire-part de décès à Paris : un tiers des effectifs de ses garçons était manquant. Zian avait profité de l'absence de Coqueline pour s'éclipser à l'insu de ses parents, comme il l'avait déjà fait plusieurs fois. Il fut trouvé dans la paille de l'étable, le visage disparu sous le sang séché. Las de toujours voir les seins de sa mère occupés par l'un ou l'autre des jumeaux, le petit de trois ans s'était accroupi sous leur vache. Il avait saisi le pis lourd de lait qu'il avait fait gicler directement dans sa bouche. D'habitude, Heidi le laissait faire, mais pas cette fois ; elle venait de vêler et préférait garder son liquide blanc pour son veau. Sûr que si la vache avait su que Zian était privé de lait maternel, elle ne lui aurait jamais fracassé la tempe d'un coup de sabot. Elle n'était pas méchante, Heidi ; elle voulait juste assurer la survie de son petit. On était allé chercher Anthelmette à la hâte, mais elle n'avait rien pu faire ; son neveu était déjà parti dans d'autres sphères. Ainsi, les têtes chenues ne s'étaient pas trompées : la blanche collante sur les sommets était bien présage de malheur. Recrue de douleur, Zoé larma jour et nuit. Contre toute attente, Prunelle fournit à sa fille de lait un soutien immédiat et sincère. Son concours fut apprécié à sa juste valeur, bien que la mère répétât sans cesse la même chose : « Faut-il qu'on soit toutes maudites, dans cette famille ? » mettant les nerfs de tous à rude épreuve.

Le jour de l'enterrement du petit Zian, il pleuvait à verse. Au sortir de l'église de Montriond, les quatre cloches refondues en 1881 se firent entendre. La vieille Léonie se rappelait ce qui s'était passé quarante-trois ans auparavant. Elle avait alors trente-six ans et Prudent quatorze ; elle l'élevait seule depuis dix ans, étant veuve de la guerre franco-prussienne. Le curé Floret avait donné vingt-quatre litres de vin blanc aux hommes ayant descendu les cloches datant de 1816 afin de pouvoir les refondre. Le 12 mai 1881, lors de la bénédiction des instruments de bronze par quinze prêtres, le curé avait fourni trente litres de vin blanc aux villageois les ayant remontés dans le clocher. Il leur avait offert le repas qui avait ensuite eu lieu chez Antoine Lanvers et Hyacinthe Lavanchy. Un tapotement sur le bras de la part de Prunelle fut nécessaire pour que sa belle-mère émergeât de ses souvenirs. L'ancienne s'accrocha au coude de sa bru et avança aux côtés. Elles essayaient de ne pas glisser sur la terre détrempée par les pluies printanières. Déjà rendu au cimetière, le reste de la famille les attendait sous la pluie. Gorgé d'eau et de larmes, le masque en cuir de Zéphir gondolait sur son visage. Le prêtre annonça un service minimal ; il était mal à son aise dans sa chasuble trempée à force de poireauter. Prunelle comptait là-dessus : elle avait attendu sa belle-mère et traîné les pieds avec elle tout exprès. Elle ne supportait plus d'entendre le curé recommander ses proches au prône, car prier pour eux signifiait qu'ils étaient morts et un gamin de trois ans devait vivre. Elle en voulait au Tout-Puissant d'avoir arraché un autre enfant innocent à sa famille. Sentant la colère de Prunelle, le prêtre lut un passage du *Livre de la Sagesse* dans l'idée de l'apaiser :

– « Dieu ne se réjouit pas de la perte des vivants. Il a créé toutes choses pour qu'elles subsistent. Les impies ont tort de dire qu'ils sont nés par hasard et qu'après leur mort ils seront comme s'ils n'avaient pas existé. Ils se trompent, car Dieu a créé l'homme pour une existence impérissable, à l'image de ce qu'Il est lui-même. »

Cette lecture n'eut pas l'effet escompté : Prunelle pivota sur les talons crottés de ses sabots et s'éloigna de la minuscule fosse creusée entre les tombes de ses trois fils et celle du bébé que Zoé avait perdu au début de la guerre. Cette dernière resta sans bouger à côté de la terre fraîchement ouverte, confinée dans l'immobilité de sa peine. La nuit précédente, elle était restée à veiller le petit corps glacé de Zian. Elle avait égrené son chapelet jusqu'à tomber de fatigue, agenouillée sur son prie-Dieu de paille qu'elle avait collé contre le lit où reposait son garçonnet. Maintenant, elle savait sur lequel de ses jumeaux la fatalité avait décidé de s'acharner : aucun. C'était Zian qui était visé depuis le début, mais elle n'y avait pas pensé, trop accaparée qu'elle était par Zigmond et Zébulon. Comme elle s'en voulait ! Dans sa tête, elle avait alors compté les jours qui l'éloignaient déjà de Zian et avait dénombré les mois la rapprochant de l'arrivée de son futur bébé. Le hasard du calendrier de la vie faisait qu'elle venait d'enterrer l'aîné de ses garçons, grosse de son cinquième enfant.

* *
*

Cette funeste période fut suivie par le retour du jeune monsieur que Pasque avait aperçu un an auparavant. Le monchu arriva en juin, mois marqué par le redressement économique de l'Allemagne et la dévaluation du franc germinal qui ruina la bourgeoisie rentière. La neige avait enfin cédé et l'air avait un avant-goût d'été. Pasque entendit souffler un cheval en contrebas de la parcelle qu'il *fouanait*[1], encordé à un épicéa. La pente était assez raide pour qu'une vache ne pût y paître sans danger. Il avança jusqu'au faux plat plongeant sur la rivière. En bas, un cabriolet monté sur deux roues était arrêté juste avant le pont de bois. L'ouvrage tremblait en raison du fort débit de la Dranse. Sous l'effet de la température printanière, la neige tombée sur les sommets pendant l'hiver se transformait en eau qui venait s'ajouter aux pluies des jours précédents. Les restes de la mauvaise saison s'unissaient aux symptômes du printemps pour ruisseler vers la vallée. Le cheval, rendu nerveux par le roulement du torrent, secouait la tête de haut en bas. Le monchu l'éloigna du flot jusqu'à ce que l'équidé arrêtât d'encenser, puis il l'attacha à un frêne élevé, à l'écart du tumulte de l'eau. Son cabriolet en sécurité, le voyageur retourna en direction du pont devant lequel il se planta, sans toutefois oser le traverser. Se croyant seul, il pesta à haute voix contre cette nature indomptée l'empêchant pour la deuxième fois. Quand ce n'était pas la neige

1. Fouaner : *faire les foins en patois savoyard.*

fraîche qui lui faisait obstacle, c'était le torrent débordant qui lui barrait la route. Le son de sa voix monta le long de la pente jusqu'à Pasque dont l'ouïe était bonne, à défaut de la vue. Il se dit que c'était sa chance. Il déposa sa faux contre le conifère qu'il libéra de la corde de chanvre. De la fouille de son pantalon, il sortit un drap de poche à carreaux dans lequel il ne s'était mouché qu'une fois. Il le plia de façon à dissimuler sa moucherie séchée et le noua autour de son cou, cachant de son mieux la saleté de son col. Il arrangea la corde en bandoulière autour de son torse soumis à une activité physique intense qui avait renforcé ses muscles ; l'infirmité partielle de son père faisait qu'il abattait le travail de deux hommes. Dévalant le versant, droit dans le pentu, il déboula sur l'estivant. Celui-ci le regarda avec ébahissement traverser le pont sans appréhension pour venir jusqu'à lui. Pasque souleva son *sapé* noir, ce chapeau à larges bords en laine feutrée. En retour, le jeune monsieur releva la visière de sa casquette taillée dans le même drap léger que sa redingote d'été. Ses souliers bas à semelle rigide étaient ferrés et brillants de cirage. La tenue vestimentaire du voyageur détonnait avec celle de Pasque qui portait sur son pantalon de gros drap noir une ample chemise en ortie – la tige de l'urticacée est une fibre textile d'excellente qualité permettant d'obtenir une toile fraîche, aussi légère que solide.

– Je cherche à me rendre au logis de la famille Baud, dit l'homme au visage mangé par des lunettes à large monture d'écaille.

Pasque augura que ce renté, habitué à s'économiser, n'avait pas pu se préserver autant qu'il l'aurait souhaité en raison de la déclivité. Son effort tout citadin devait avoir pour finalité inavouée de créer des profits. Sur quoi le monchu formait-il des projets ? De qui allait-il chercher à boire la sueur ? Avec l'intention de découvrir de quoi il s'agissait, Pasque se proposa aussitôt de le conduire chez Prudent, moyennant une petite pièce, bien sûr. Le villégiateur déclina l'offre, prétendant être capable de se déplacer sans l'aide d'un guide. Toutefois, il restait le problème du franchissement du pont. L'ouvrage enjambant l'obstacle menaçait à tout moment d'être emporté par la Dranse changée en furie par la crue des eaux.

– Je constate que cette passerelle de fortune est près d'être emportée. Connaissez-vous un autre endroit où je pourrais passer ?

– À moins d'être un chamois, c'est le seul chemin pour y aller, ironisa Pasque, déçu d'avoir été débouté. Mais vous pouvez traverser, y a rien qui risque.

– Le risque me semble grand, au contraire. Plus je regarde ce pont, plus je vois un radeau.

– Pour sûr qu'il est ras d'eau. C'est tout normal, à la fonte des neiges. Mais ça risque pas grand-chose.

– Comment pouvez-vous en être certain ?

– Parce que y a déjà eu bien plus d'eau que ça, et que le pont est toujours là.

Le monchu hésita à rebrousser chemin ; c'était déjà la deuxième fois qu'il venait et le trajet jusqu'ici n'était pas aisé alors que son temps était compté. Certes, il avait vu le montagnard passer l'ouvrage sans crainte, mais il ignorait si c'était par crétinisme ou par empirisme. Le sentant dans la perplexité, Pasque eut une idée, qui, espérait-il, pourrait enfin lui rapporter : il se proposa de l'encorder pour lui faire passer l'obstacle en toute sécurité. Le voyageur pesa le pour et le contre en observant son interlocuteur, visiblement plus jeune que lui. Sur son visage flottait un air d'innocence qu'une tignasse bouclée rattachait à l'enfance, tandis qu'il avait le corps d'un homme fait. Avait-il d'autre choix que de recourir à lui ? Il se décida à faire confiance à cet autochtone paraissant bien connaître les routes à emprunter et leurs dangers. Pasque ne se le fit pas dire deux fois. Il passa aussitôt son bras droit dans le rouleau de corde afin de se dégager et le déploya. Il l'attacha à la taille de l'estivant qu'il somma de rester au bord du torrent pendant que lui-même traverserait le pont. L'autre bout de la corde était noué au-dessus des côtes flottantes de Pasque, pour pouvoir respirer si jamais il s'était trompé – il tenait des anciens que le pont avait plusieurs fois été emporté par le passé, mais à quoi bon en parler avec un étranger ? Rendu de l'autre côté de la rive, Pasque fit signe au monchu de venir vers lui. Au milieu de l'ouvrage qui tremblait sous l'effet du courant, ce dernier paniqua et se mit à courir. Ses souliers ferrés firent qu'il glissa sur le bois mouillé et tomba à l'eau. Pasque ne vit pas clairement la chute mais en fut informé à ce que la corde lui cisaillait la taille. Il réagit aussitôt. Sans son intervention musclée, le touriste eût été emporté jusqu'au lac Léman. Trempé et tremblant, celui-ci reprenait à présent son souffle, assis entre deux vergnes à fleurs en chatons tandis que Pasque allait ramasser la casquette en drap échouée plus bas sur un rocher. Il revint avec le couvre-chef qui avait pris l'aspect du feutre ; il le tendit par la visière à son propriétaire. Renonçant à se rendre chez les Baud dans cet état, le voyageur dépité requit son sauveur d'un service surprenant : lui faire franchir de nouveau le pont, en sens inverse. Il voulait regagner l'*Hôtel des Alpes* où il résidait, afin de pouvoir se changer et se reposer – et aussi faire refaire ses lunettes dont il ne restait que la monture d'écaille, les verres ayant sauté dans la bataille. Pasque acquiesça à sa requête. Il l'invita à soulever sa redingote d'été sous laquelle il vérifia le nœud de la corde. Elle n'était plus qu'une illusion de sécurité, puisqu'elle risquait de casser maintenant qu'elle était gorgée d'eau. Il n'en dit rien au villégiateur qui se lança sur ses jambes molles pour traverser. Après quelques pas, il fut pris d'une sueur froide entre l'étreinte du nœud dans ses reins et l'angoisse de la chute dans le flot du torrent. Privé de ses verres correcteurs, il voyait aussi mal que Pasque qui avait l'avantage sur lui d'avoir une ouïe travaillée. Une fois sorti d'affaire, le voyageur attendit que son accompagnateur franchît à son tour le pont et vînt le détacher. Pasque ramena le nœud mouillé devant et tenta de le desserrer sans toutefois y parvenir. Il essayait de le défaire avec les dents quand Coqueline surgit au détour du chemin. Sur ordre de son père, elle s'était rendue chez son cousin afin de lui demander de la chaperonner lors de la foire de Fillinges, sans quoi elle ne pourrait s'y rendre. N'ayant pas trouvé le jeune homme en son chalet, elle rentrait chez elle. Quel ne fut pas l'étonnement de Coco de le voir accroupi, dents en avant sur le ventre d'un estivant ! Et quel ne fut pas son trouble de reconnaître celui qu'elle surnommait le beau monchu ! Prenant soudain conscience du ridicule de la situation, celui-ci tenta à son tour de défaire l'attache. En vain. Alors il tira d'un coup sec sur la corde dans le dessein de se libérer une bonne fois de cette entrave. Ce faisant, il attira contre lui Pasque dont la tête heurta son bassin. Ce dernier fit un bond en arrière, lâcha son grand juron.

– Sans doute monsieur ne se souvient-il pas de moi ? s'enquit Coqueline, les pommettes empourprées.

Elle était troublée par cette rencontre inattendue. Pire, elle était contrariée de ne pouvoir mettre cette occasion à profit en raison des regards inquisiteurs de son cousin par alliance.

– Comment vous oublier ? répondit le villégiateur en souriant gauchement face à la lumière obsédante de ses yeux.

Il exprima sa gêne par le geste de remonter maintes fois sur son nez sa monture évidée ; c'était inutile vu que, délestée du poids de verres correcteurs, l'armature restait à sa place sur l'arête. Il eut des paroles de gratitude pour l'autochtone, puis il laissa tomber le propos pour offrir à Coco d'aller faire quelques pas avec lui sur le chemin. Incapable de résister à cette invitation, elle s'éloigna avec l'estivant dont la taille était toujours enceinte de la corde. Il lui avoua qu'elle était l'objet de sa visite. Il se fit connaître en énonçant ses nom, qualité et titres, dans les formes prescrites par l'usage. Troublée, Coqueline ne retint que son prénom : Côme. Il s'enquit de sa santé, de celle de Zoé et de l'activité d'*À tout pied*. Elle observa le visage du châtain aux yeux pers ; son intérêt semblait sincère. Alors elle l'informa que la boutique était fermée en raison du drame les ayant touchés. Elle raconta sa peine d'avoir perdu son neveu. Elle lui confia le cruel acharnement avec lequel le sort s'abattait sur les garçons de la famille. Elle décrivit l'affliction de sa mère et de sa sœur, la crainte que tous éprouvaient pour les bessons, son rêve de les voir échapper à la malédiction.

– Mais je vous embête avec mon chagrin, conclut-elle.

Côme ne répondit pas ; il réfléchissait. Des jumeaux, c'était l'idéal. Il ne fallait pas rater l'occasion. Il offrit son bras à Coqueline auquel elle s'accrocha, au grand dam de Pasque qui surveillait leurs faits et gestes. En proie à des douleurs spasmodiques du côlon, il luttait pour résister à l'envie d'aller se soulager derrière un conifère. Ce n'était vraiment pas le moment. Son instinct protecteur lui disait que sa cousine courait un danger auquel seule sa présence musclée lui permettrait d'échapper. Alors il resta là, à la guetter en se tortillant. Tout en marchant pas à pas sur le chemin bordé d'épicéas, le monchu tira sur la corde pour pouvoir se tourner vers Coqueline. Il la regarda, non moins que saisi par sa pâleur ardente.

– Peut-être puis-je faire quelque chose, finit-il par dire.

– Vous n'y êtes pas obligé.

– Sans le vouloir, j'ai entendu la raison qui vous amenait chez votre cousin. Convenons de nous retrouver à la foire de Fillinges et je vous dirai si je peux vous aider.

Ainsi Côme lui proposait un rendez-vous ? Dans un élan de joie, Coqueline lui enserra le coude de ses bras. Ce faisant, elle se colla contre son flanc. C'en était trop pour Pasque. Il marcha volontairement sur le bout de la corde pour stopper l'avancée du couple et congédia sa cousine. Sentant qu'il devait tout ignorer de ce rendez-vous, elle lui obéit et partit sur-le-champ. Le villégiateur la regarda emprunter le pont qui grinçait telle une porte sur ses gonds sans la moindre appréhension. Un frisson parcourut l'échine de Coqueline. Un rendez-vous ! Elle avait un rendez-vous ! Avec un jeune homme de la bonne société. Beau comme un astre. Au moment où elle se sentait étourdie d'exaltation, Pasque fonçait en bord d'eau pour trouver un endroit où soulager son ventre. Le voyageur batailla jusqu'à défaire le nœud mouillé. Enfin libéré, il regagna son cabriolet, détacha son équidé et prit la direction du bourg. Sans même se retourner, il jeta des pièces de monnaie, de même que s'il quittait un estaminet de planches. Pasque attendit que la voiture à cheval eût disparu de sa vue pour remonter des berges. Il ramassa le pourboire à l'instar d'un garçon de café ayant enfin touché sa journée.

* *
*

Madame remit à Ferdinande le menu de la cuisinière, soit les courses à faire pour un dîner en respectant un budget se serrant au fil du temps. L'inflation galopante pesait sur les rentiers dont les revenus en obligations étaient fixes. Malgré quoi sa maîtresse voulait être de partout, du soir au matin, de la veille au lendemain. Elle n'avait pas renoncé à plaire, en dépit de son âge et de son veuvage. Au lever, sa chambrière la faisait entrer les douves de son corset avant de lui monter un échafaudage capillaire sur le crâne. En tenue de conquête, madame luttait pour ne jamais être éjectée du manège mondain, dût-elle perdre toute retenue. Et de se retrouver au matin, la mise galante défaite. D'ailleurs, la pièce la plus fréquentée de son hôtel particulier était le cabinet de toilette où de fréquents lavages intimes avaient cours. À présent, un carillon faisait rage. Ferdinande entendit le trot de la chambrière. Celle-ci entra dans le boudoir qui entêtait l'œillet blanc.

– Madame désire ?

– Téléphonez à mon bon apothicaire. Vous savez pourquoi.

L'écouteur sur l'oreille, la servante articula face au microphone fixe ce qui était écrit sur la prescription du médecin. À l'autre bout du fil, le préparateur du laboratoire pharmaceutique du radium notait. Peu de temps après, l'employé quittait les locaux de la rue de Miromesnil dans le 8e arrondissement. Spécialisé dans les médicaments radioactifs, le laboratoire Jaboin préparait des produits radifères haute couture : quinine, vaseline, mercure, lanoline, pommade, glycérine. Il vendait aussi du prêt-à-porter : ovule, dentifrice, suppositoire, préservatif. Le fringant laborantin délivra la commande à la porte de service où Ferdinande réceptionna une boîte de Néothorium, marque déposée en mai 1922 par les laboratoires Millot, situés 54 rue de la Bienfaisance à Paris. Ces comprimés gynécologiques à base de sels de terres rares étaient des antiseptiques, aussi bien que le sublimé, le formol ou l'eau de Javel sur lesquels ils avaient l'avantage de n'être ni salissants, ni toxiques, ni caustiques. Les composés radioactifs tonifiants du thorium en faisaient un produit de première nécessité pour l'hygiène intime de la femme entreprenante. Son emploi quotidien n'irritait nullement les muqueuses de madame auxquelles il laissait toute leur vitalité. Le charmant employé de chez Jaboin livra également une gaine La Déesse à cent cinquante francs censée faire fondre les fesses. Son caoutchouc radioactif faisait maigrir hanches et ventre sans médication ni régime. Ferdinande remit à la chambrière le paquet sur lequel il était écrit : *Madame, vous serez belle éternellement et toujours jeune en portant les appareils de beauté du Dr Monteil, hygiéniste-spécialiste, 10 passage Choiseul, Paris Opéra.*

Concernant l'état extravagant de sa patronne, Ferdinande faisait comme si de rien n'était. Elle s'abstenait à son endroit de toute réflexion, fût-elle à voix basse. Pour la casserolière, une seule chose comptait : les jours où elle pouvait faire visite à ses enfants. Toutes les quinzaines, elle allait voir Fleur chez les sœurs grises. Les pensionnaires pouvaient saluer leur famille derrière les barreaux de bois de la salle de parloir. Ferdinande portait à sa fille ce qu'elle avait pu grappiller dans la cuisine : un peu de jambon, un fruit ou des gâteaux qui restaient d'une réception et qu'elle lui déposait au moyen d'un tour. À ces courtes entrevues s'ajoutait une sortie trimestrielle. Quatre dimanches par an, Ferdinande passait ses mains dans sa nuque pour dénouer l'attache croisée de la coulisse retenant sa coiffe de travail. Coupée plein biais, elle permettait de loger son chignon blond que la mode avait fait descendre dans la nuque, mais qui restait l'attribut des classes modestes. La rôtisseuse la remplaçait par une coiffe plissée dont la blancheur lui rappelait les sommets immaculés. Embéguinée de la sorte, la veuve faisait sortir sa fille du couvent. Elle la serrait dans ses bras avant de la conduire dans le 1er arrondissement pour visiter Florimont. Alors Fleur redevenait l'enfant aux cheveux d'ambre chaud qu'elle était encore au fond d'elle. Dès qu'elle avait passé les portes de l'institution, elle sautillait non moins qu'une chevrette, bavardait comme une caillette, racontant les heures passées à travailler à la blanchisserie. Dans la vapeur, elle repassait le linge avec un fer noir dans lequel un emplacement accueillait des braises rougeoyantes. Le costume des sœurs grises comportait une pèlerine et une collerette plissées. La robe était de confection complexe, car toute faite de plis. Un corsage noué serré était fixé à la jupe, de même qu'un premier jupon en coton et un second en camelot. Dans la même lourde étoffe de laine était faite la robe sous laquelle les religieuses portaient une chemise blanche de coton. La coiffe était blanche et plissée au moyen d'un cordon à l'arrière. Fleur aimait l'odeur de propre, mais c'était l'amidon et le charbon de bois qui dominaient l'endroit. Ferdinande écoutait avec tristesse sa gamine énumérer les corsages, les chemises, les collerettes et les jupons qu'elle devait repasser pour réduire sa facture ; la facture salée que la vie lui présentait sans même attendre qu'elle fût sortie de l'enfance. Après avoir traversé la rue Saint-Denis, mère et fille arrivaient aux Halles. Elles se promenaient sous les allées couvertes du carreau rempli des étalages de primeurs et de fleurs. L'emplacement extérieur était approvisionné par les jardiniers et les horticulteurs de Paris. Florimont travaillait au pavillon des beurres, œufs, fromages, huîtres, pain et verdure. Les arrivages et les ventes se faisaient la nuit et étaient ponctués par la cloche – cette même cloche qui, marquant la fin du marché et le début de la récupération, donnait son nom aux clochards depuis 1895. Impatientes, Ferdinande et Fleur attendaient sa sonnerie. Elle signifiait l'arrêt du ballet incessant des acteurs de cet énorme marché : mandataires, facteurs, forts, verseurs de poissons et le blond Florimont. Lorsqu'il était arrivé dans ce quartier ressemblant à une ruche pleine, son premier sentiment avait été d'inquiétude. Il ne connaissait personne, pas même son patron à qui il n'avait pas été présenté directement. Le jour et la nuit, les gens passaient sans s'arrêter. Ils marchaient à leurs affaires, sans s'occuper les uns des autres, contrairement à ce qui se passait au pays où tout le monde se parlait. Florimont s'était mis à observer son chef, un cinquantenaire un peu fort et un peu sourd, et avait constaté qu'il n'était pas un mauvais gars. Certes, il lui donnait sans cesse des ordres, mais c'était parce que le travail commandait ; d'ailleurs, l'homme en recevait tout autant de leur patron. Le chef aussi avait observé ce blondin aux traits aigus. Florimont, alors âgé de quatorze ans, manquait de métier et d'habitude pour entasser les paniers d'huîtres. Depuis, le quinquagénaire voyait besogner son apprenti chaque nuit sans jamais mesurer sa peine. Il le regardait jeter toute l'énergie de sa jeunesse dans le travail pour harasser sa rage d'orphelin. Son ardeur lui plaisait ; peut-être était-il touché par sa triste histoire également. Sans le dire, le chef se sentait proche de ce jeunot à qui la guerre avait volé le père, tout comme elle lui avait pris un fils – quand il avait reçu l'avis de disparition, l'homme n'avait pas su lequel de ses garçons pleurer, car les trois étaient mobilisés et aucun prénom n'était précisé sur le document. Au signal de la cloche, Florimont sortait de son pavillon, précédé de son menton en galoche. À chaque fois, Fleur sautait au cou de son frère qui sentait la marée. S'il s'était habitué à cette odeur venue d'ailleurs, sa mère et sa sœur supportaient mal cet amer relent inconnu d'elles. Tous trois se rendaient rue Étienne-Marcel où vivait l'écailler. Il se débarbouillait devant une bassine en métal brut et le trio quittait la mansarde pour une promenade dans la capitale. Ferdinande était au bras de son fils tandis que Fleur marchait devant en mimant le troupeau de sœurs en camelot. Florimont imitait son patron hurlant après son chef parce que des orties de mer – également appelées méduses – se trouvaient au milieu des étals de poissons. Pour la veuve, ces rares sorties étaient les seuls bons moments de sa vie parisienne. Le peu de personnes qu'elle voyait franchissaient rarement le seuil de la cuisine, les fournisseurs attitrés se gardant de trop parler aux servantes. Florimont faisait prendre le pouls de la grande ville à sa mère et à sa sœur, habitué qu'il était à déambuler dans Paris. Il n'y avait que là pour voir des femmes en cheveux courts affublées de jupes au genou. Quel bol d'air et de liberté pour Fleur et Ferdinande ! Toutes deux vivaient enfermées dans des lieux où les visites étaient plus rares que celles à la grille des parloirs d'une prison, alors qu'aucune n'avait commis de délit.

* *
*

Plus la foire de Fillinges avait approché, plus le travail préparatif avait avancé, plus la tension était montée chez *À tout pied.* Aujourd'hui, Coqueline bondissait à la manière d'un chevreau autour du char à bancs. La voiture à cheval était chargée de clous, de cuir et de patins de bois, en plus des brodequins, socques et sabots que Zéphir avait fabriqués durant le long hiver. Pour la jeune fille, qui n'avait encore jamais quitté les sentiers, aller à Fillinges était vécu non moins qu'un grand voyage empreint d'exotisme. La veille, Nez de Cuir avait chargé le char à bancs ; il gardait sur lui son peu d'argent en cas de mauvaise rencontre. Coqueline n'avait pas peur de l'inconnu en raison de son penchant curieux et également parce que son beau-frère était protecteur avec elle. Et puis il y avait son cousin qui ne la lâcherait pas d'une semelle ainsi qu'il l'avait promis au père Baud, non sans humour. Prudent n'avait pas ri à sa plaisanterie tant il était persuadé que sa fille cadette attirerait l'attention d'indignes suborneurs. Ce 11 août 1924, Coqueline, Zéphir et Pasque se mirent en route après avoir salué leurs proches venus leur souhaiter de faire de bonnes affaires. En chemin, Coco eut le sentiment qu'un nouveau pays se présentait à elle. Dans la vallée, un autre monde commençait : une plaine où les arbres donnaient des fruits, où les vignes donnaient des grappes, où la terre grasse et profonde donnait des maïs jaunes et croquants. Tout du long, la jeune fille avait l'oreille à l'affût, les narines dilatées, le regard attentif. Elle entendit des mugissements et des éclats de voix, sentit un relent de bouse et de suint. Elle aperçut des charrettes, des bêtes, des gens, des étals en plein air. Le champ de foire, enfin ! Elle sauta du char à bancs avant même que Zéphir n'eût le temps de tirer sur la bride de Fend la Bise, prêté par Prudent pour l'occasion. Malgré ses sept cents kilos, le doux cheval s'arrêta net. Ses oreilles mobiles et bien plantées guettaient l'ordre à venir. Déjà, Coqueline s'éloignait, attirée par une chiromancienne soufflant sur les lignes de la main d'une badaude. Lancé à sa poursuite, Pasque rattrapa sa cousine, la disputa, la ramena par le bras jusqu'à la voiture attelée. Avec patience,

Zéphir lui promit que, s'ils vendaient toutes les marchandises se trouvant à l'arrière du char, elle pourrait faire un tour à la foire. Sous escorte, bien entendu. Cela dit, il mena Fend la Bise par la bride jusqu'à leur place où l'animal de travail le suivit avec docilité. Le cordonnier épongea avec son drap de poche l'écoulement douloureux qui sourdait de sous son masque ; cela n'augurait rien de bon, il le savait. À peine leur emplacement aménagé pour la vente, Coqueline monta dans la voiture à cheval. Debout sur le banc du char, elle présentait à la vue les chaussures avec des mouvements fluides. Son beau-frère trouva qu'elle avait eu une idée de génie de gagner ce promontoire d'où tout le monde pouvait la voir. Comment aurait-il pu savoir qu'elle s'était hissée dans l'espoir que Côme pût l'apercevoir de loin ? La simple présence de la sémillante Coco fit venir les chalands. Les yeux rivés sur ses chevilles fines dévoilées par sa position haute, les hommes faisaient la queue devant l'emplacement, le menton au ras de ses cotillons. Les premières ventes ne se firent pas attendre. Ce n'était pas l'émeute, mais presque. Certains voulurent payer en monnaie de nécessité, ce que Zéphir accepta. La guerre avait désorganisé le système du franc. Les pièces en or, en argent et en bronze avaient eu une valeur faciale inférieure à leur masse métallique dès 1914 ; elles avaient donc été thésaurisées par les particuliers et l'État avait cessé leur frappe. Afin de permettre les échanges quotidiens, l'État tolérait les jetons-monnaie émis par les communes, les associations de commerçants et même les bars. D'abord en carton, puis en aluminium, laiton, zinc ou maillechort, ces jetons étaient souvent ronds, parfois carrés ou octogonaux. Leur valeur était en centimes, plus rarement un ou deux francs. Les chambres de commerce avaient également émis des billets de nécessité, à savoir des bons imprimés pour des valeurs de un, deux, cinq et dix francs. Bien que la guerre fût finie depuis six ans, ces jetons et ces bons faisaient toujours partie de la vie quotidienne des Français ; ils étaient reconnus tels de véritables pièces de monnaie et de vrais billets. Parce que la loi du 29 avril 1921 les protégeait contre le faux monnayage, le cordonnier ne voyait pas d'objection à se faire payer avec, la stabilité monétaire n'étant plus qu'un lointain souvenir. Aussi lointain que la période bénie où il était un beau jeune homme. Mais à quoi bon ressasser le passé quand le présent ressemblait à une charrette vide et à une caisse pleine ? Face à l'ampleur de la vente, Zéphir respecta sa promesse : laisser la jeunesse aller faire un tour à la foire. Il poussa les cousins à partir s'amuser sans lui, prétextant des achats à faire, ce qui n'était pas faux. Mais la raison réelle de son empressement était que sa névralgie se réveillait ; il disposait d'une demi-heure avant d'être empêché de tout. Aussi se hâta-t-il de rejoindre le marchand d'engrais qu'il avait repéré l'année précédente. Ayant fait de mauvaises affaires à l'époque, le chausseur avait dépensé son argent en sucre pour Zoé. Aujourd'hui, il avait en poche de quoi acheter de l'Excitor Agral fabriqué par le CERA, Comptoir des engrais radioactifs, situé 57 rue d'Alsace à Courbevoie. Depuis qu'Heidi avait été abattue pour avoir fracassé la tempe de Zian, la survie alimentaire de sa famille reposait sur le carré potager. Les faibles récoltes d'altitude justifiaient son intérêt pour ce fertilisant qui promettait de préserver les plantations des maladies cryptogamiques, de favoriser la nitrification et de stimuler la culture du chou, du navet et de la rave. Cet engrais était fourni avec un manuel pratique du radium à l'usage des agriculteurs, chimistes, ingénieurs, médecins et prospecteurs. La névralgie dont souffrait Zéphir était maintenant tout à fait réveillée. Elle émettait une douleur de type pulsatile qui le poussa à retourner au char à bancs au fond duquel il se coucha. Il se couvrit avec la couverture sous laquelle il pourrait grimacer à loisir derrière son masque. Dans le même instant, il flottait dans l'air de Fillinges un je-ne-sais-quoi d'étouffant où la chaleur estivale n'était pas la seule en cause : Coqueline y promenait l'éclatante fleur de ses dix-neuf ans. À voir le nombre d'hommes se retournant sur elle, Pasque se dit que chaperonner sa cousine dans la foule n'était pas une sinécure. Elle s'arrêta, son attention captée par des têtes de poupée en papier mâché. Derrière l'étal se trouvaient deux femmes aux lèvres blanchies de fibre végétale. Elles mastiquaient du papier récupéré auprès de relieurs jusqu'à obtenir une pâte qu'elles modelaient ensuite. D'autres femmes façonnaient des objets de piété après avoir mâchonné des affiches de théâtre périmées. Toutes faisaient concurrence à l'industrie parisienne du jouet qui achetait seize francs les cent kilos de papier d'emballage ramassés dans les sous-sols des grands magasins, et deux francs les quarante kilos de colle de farine et d'alun. Les fabricants de jouets livraient ces composants dans les quartiers du Temple et de Belleville où des pauvresses tassaient à la mailloche la pâte à papier dans des moules en pierre. Elles donnaient forme à des petits chevaux, des cotillons, des poissons d'avril, des décors de Noël ou des quilles fantaisie. Ensuite, elles peignaient leurs œuvres avant de les livrer aux magasins de jouets. Les établissements payaient ces nécessiteuses une misère alors qu'ils revendaient ces articles au prix fort. Coqueline fut à la fois subjuguée par la beauté de ces objets fabriqués avec si peu de moyens tout en ressentant de la pitié pour ces femmes. Toutes semblaient étouffer, la bouche pleine d'encre, de colle et de papier. Pasque sur ses talons, la jeune fille reprit sa déambulation jusqu'à un hercule de foire dont la carrure impressionnait dès l'abord. Grâce à sa force musculaire tenant du prodige, il accomplissait des exploits tels que briser les chaînes enroulées autour de son buste. Il ne prononçait aucun mot ; c'était son assistante qui annonçait ses tours de force. Au moment où le gaillard souleva d'énormes haltères, Coqueline remarqua un visage familier. Une figure bien nourrie mangée par des lunettes à large monture d'écaille sous une casquette en drap léger. Côme ! Il la regardait en souriant dans le public massé autour de l'hercule de foire qui laissa retomber les poids dans un fracas. L'assistante chercha quelqu'un pouvant participer à l'exploit suivant ; elle jeta son dévolu sur Pasque. Il hésita un instant avant de se laisser entraîner, poussé par une Coqueline ayant une idée derrière la tête : neutraliser son chaperon. L'assistante le fit asseoir sur une chaise que le costaud souleva à une main. Le public applaudit à tout rompre. De son perchoir, Pasque chercha sa cousine du regard, l'aperçut dans son brouillard en compagnie d'un homme. D'un coup de reins, il sauta de la chaise. Le poids envolé déséquilibra l'hercule qui se rattrapa de justesse. L'assistante annonça la suite du spectacle afin d'entretenir l'intérêt des badauds. Pasque fendit la foule en moins de deux. Il rejoignit Coqueline, furibond contre elle et stupéfié de découvrir que l'individu n'était autre que le voyageur qu'il avait sauvé de la noyade. Le couple feignit l'imprévu de leur rencontre, mais leurs propos inventés ne parvinrent pas à calmer Pasque. Il s'apprêtait à chapitrer Coco d'importance quand elle lui montra une boîte en carton fort. Sur le couvercle figurait un garçonnet blond et joufflu qui agitait sa menotte avec un sourire dévoilant deux quenottes. Le monchu en était-il à offrir des bébés en boîte pour impressionner ses conquêtes ?

– Regarde ce que Côme m'a apporté ! s'extasia-t-elle. C'est un produit miraculeux pour tricoter de la layette aux bessons.

« M'a apporté ? », se répéta Pasque *in petto,* ayant ainsi confirmation que l'estivant avait bien donné rendez-vous à sa cousine. Pourquoi lui en avait-elle fait mystère ?

– Ça s'appelle des pelotes de laine, ironisa-t-il. Ta mère en file chaque hiver. Ça passe du dos des moutons au dos des gens. Je vois pas ce que ça a de miraculeux.

– De la laine, oui, mais pas n'importe laquelle, le corrigea Côme. Celle-ci est traitée scientifiquement en laboratoire.

Il énuméra les avantages de la laine Oradium fabriquée 20 rue Saint-Georges à Paris : souple, irrétrécissable, élastique, aseptique, résistante, infeutrable, épaisse et confortable. Une laine qu'un traitement physico-chimique avait douée d'un pouvoir dont chacun connaissait les extraordinaires effets sur l'organisme : la radioactivité. Il ouvrit la boîte bleu ciel dans laquelle chaque pelote était emballée individuellement dans un papier transparent afin que l'émission de rayonnement ne pût s'en échapper.

– Suite aux confidences de mademoiselle Coqueline, j'ai pris contact avec un éminent pédiatre. Cela s'est fait sans difficulté, car j'ai toujours eu les meilleures relations avec le monde médical.

Le monchu formula le désir du praticien d'en apprendre davantage sur les bienfaits et les désagréments de l'excitation cellulaire transmise par le radium. Il affirma sa volonté de mesurer ses effets de stimulation organique sur les bébés.

– Quels désagréments ? questionna Pasque, soudain intrigué par les propos de ce richard hâbleur comme ceux de sa race.

– J'ai dit désagréments ? Je voulais dire démentis, rectifia Côme. Excusez mon trouble, causé par la seule présence de votre cousine dont la grâce opère sur moi aussi bien qu'un charme. Rien ne vous oblige à utiliser cette laine de santé. Je voulais seulement procurer un bénéfice aux jumeaux de Mme Zoé. C'est que votre cousine m'a confié ce qui arrive aux garçons de votre famille.

Ses bras croisés sur son buste musculeux, Pasque observait l'estivant qui neutralisa ce regard scrutateur en repoussant plusieurs fois ses lunettes du doigt, masquant son expression embarrassée. Il s'agissait d'une nouvelle paire, car elle comportait des verres, contrairement à celle tombée dans le torrent. La facilité avec laquelle il semblait tout obtenir tout de suite faisait insulte à celui qui n'avait jamais eu ne fût-ce que des lorgnettes de poche.

– M'autoriseriez-vous à faire quelques pas en compagnie de votre cousine ? requit le monchu.

Une Coqueline empourprée d'émoi supplia Pasque du regard.

– Entendu, mais à condition que vous alliez en direction du char à bancs où Zéphir nous attend.

La jeune fille opina de la coiffe en dentelle dont de soyeuses boucles auburn s'échappaient. Côme lui proposa son bras auquel elle s'accrocha d'un mouvement enfiévré. Pasque se crispa de la voir si engouée du nanti qui regardait toujours de biais, comme s'il observait les gens en cachette. Il suivit le couple en faisant de son mieux pour ne pas perdre Coqueline de vue une troisième fois. Le tandem rejoignit la foule faisant cercle autour d'un duo vendant des chansons à la mode. Accompagnée à l'accordéon par un marin d'eau de vaisselle, une rouleuse en corsaillon brillant interprétait *Nuits de Chine*, que tout le monde fredonnait depuis 1922 :

– Tendrement enlacés, se grisant de baisers, les amants deux par deux cherchent les coins ombreux. Nuits de Chine, nuits câlines, nuits d'amour, nuits d'ivresse…

S'irritant d'entendre l'estivant chantonner ce refrain licencieux, Pasque poussa Coqueline dans le dos pour l'éloigner. Elle fit quelques pas en avant, entraînant son compagnon. Arrivés à l'emplacement du chausseur, ils découvrirent que Zéphir était sous le joug d'une vive souffrance. La peau blême autour de son masque, il annonça vouloir regagner ses foyers au plus vite. Il avait laissé Zoé seule avec les jumeaux alors qu'elle avait fait une fausse couche peu après l'enterrement de Zian. Laissant le cordonnier se reposer à l'arrière du char, Pasque grimpa sur le banc et intima l'ordre à Coqueline de l'y rejoindre. De cette façon, il l'obligeait à prendre congé du loti qu'il considérait déjà en rival. Alors que la voiture à cheval s'éloignait du marché de plein air, la jeune fille regarda Côme se perdre dans la foule. Il pressait le pas, las de cette atmosphère de foirail. Elle serra contre elle la boîte en carton, s'apercevant qu'elle avait oublié de le remercier pour sa générosité.

Ce même instant, au bourg, Zoé préparait un *friqueron* jaune pour les trois compagnons qui rentreraient affamés de leur périple. Ses bessons partis dans leur sommeil de nuit, elle fit bouillir de l'eau salée dans laquelle elle laissa tomber autant de poignées de polente en farine que de mangeurs. La brunette forma des croix avec sa cuillère en bois. Les premiers grumeaux lui indiquèrent qu'il fallait laisser cuire la préparation. Après une demi-heure à léger bouillon, elle éclaircit le friqueron trop épais avec du lait. C'était prêt ; il n'y aurait plus qu'à faire réchauffer le plat quand elle entendrait les sabots de Fend la Bise. Pour le moment, le cheval lourd mangeait son avoine dans une musette passée à son cou. Zéphir, Pasque et Coco faisaient une halte dans une auberge de Mieussy afin que l'équidé pût se reposer. Alors qu'une servante en tablier noir et socques de bois leur servait un petit mâchon bien mérité, Coqueline manqua de défaillir. Venait d'entrer dans le relais à cheval un jeune monsieur casquetté et lunetté. Il cherchait quelqu'un du regard, sembla l'avoir trouvé en la voyant attablée. Il s'approcha d'un pas décidé. Pasque manqua de s'étouffer avec sa poitrine de porc en salaison légère. Côme se plaça devant eux, sourit à Coco mais s'adressa uniquement à Zéphir qui se tamponnait l'arc de Cupidon avec son drap de poche.

– Loin de moi l'idée de vous importuner, mais j'ai cru comprendre que vous enduriez de grandes souffrances que rien ne semble pouvoir calmer. Il m'était impossible de rester sans réagir face à l'ampleur de votre douleur. Je me suis donc absenté le temps de trouver un médecin bien informé. Voilà qui devrait vous soulager.

Pasque trouva pleine d'enflure la prose de cet homme pourvu qui déposait deux compresses de gaze en soie sur la table. Zéphir les prit, le front plissé d'étonnement. À l'intérieur se trouvait de la poudre de radium, prisonnière des coutures.

– Appliquées sur vos tempes, elles devraient dissiper vos douleurs, expliqua Côme.

– Je ne sais pas comment vous remercier.

– Monsieur, c'est moi qui vous remercie d'avoir défendu la patrie au péril de votre vie.

Cela dit, il fit claquer ses talons d'un mouvement solennel et salua Coqueline qui partit à sa poursuite. Pasque se leva de table à son tour pour la rattraper, mais Zéphir le retint par le bras.

– Laisse-les donc, dit-il.

– Maudite engeance ! ragea Pasque.

Il se rassit de mauvais cœur, victime d'une inflammation des émotions. Une sensation irritante lui faisait éprouver de la crainte. Depuis quand avait-il cessé de voir Coqueline comme sa cousine ? Lorsqu'il réalisa la nature de ses sentiments pour elle, elle vouait déjà à Côme un amour idéalisé à proportion de ses origines aisées et de ses promesses de vie meilleure qui prenaient la forme de cadeaux propres à l'enthousiasmer d'émotion. Mais était-il trop tard pour autant ?

* *
*

À présent, le cheval lourd tractait le char à bancs entre Taninges et Les Gets, soufflant comme un bœuf. Le pentu avait repris le dessus. Déjà, c'était le royaume de la déclivité, le règne de la sauvagerie des sommets qui ne connaissaient jamais de température élevée. Allongé à l'arrière, Zéphir maintenait les compresses de la marque Radiumcure appuyées sur ses tempes.

– T'aurais pas meilleur temps de dire à la Thelmette de te barrer la douleur ? lui demanda Pasque.

Il se méfiait du progrès, surtout quand il venait d'un touriste. N'obtenant pas de réponse, il se retourna. Le cahotement de la charrette avait fait que Zéphir s'était endormi sous la couverture. Pasque pensa que le moment était venu de parler avec sa cousine des événements – il n'y a pas de foire sans retour.

– Pourquoi tu m'as pas dit que le monchu t'avait donné rendez-vous ? chuchota-t-il.

– Parce que t'en aurais causé à mon père et qu'il m'aurait interdit d'aller à la foire.

– Et il aurait bien fait ! Tu t'es livrée comme une étourdie à un inconnu dont tu sais rien.

– Côme n'est pas un inconnu. C'est un des meilleurs clients d'*À tout pied*. Et tout ce qu'il voulait, c'était aider les bessons.

– Rien du tout ! C'est une combine pour te revoir.

Coqueline ne put s'empêcher de sourire à cette idée. Si son cousin avait raison, quel bonheur pour elle !

– Ça te fait rire ? s'agaça-t-il.

– Que non ! C'est juste que je suis contente de pouvoir porter ces pelotes à Zoé.

Redevenue grave, la jeune fille improvisa ce demi-mensonge parce qu'elle devait convaincre Pasque de ne rien dire.

– Vas-tu en causer à mon père ?

Il prit le temps de la réflexion. Sans même lui en toucher un mot, elle s'était livrée à un étranger, courant les plus grands risques. Il se trouvait maintenant en porte à faux entre la promesse faite à Prudent et les yeux de passion de Coqueline qui le scrutaient.

– D'accord pour taire ma bouche aujourd'hui, mais y aura pas de prochaine fois. Si le monchu revient vers toi, dis-le-moi. Et, si je suis pas là, tu dois me promettre de décourager ses assiduités.

– Promis, chuchota-t-elle, luttant contre son cœur qui voulait revoir Côme, et plus encore.

Cela bougeait à l'arrière de la charrette. Zéphir repoussa la couverture d'un geste énergique, s'assit droit comme un piquet. Les compresses au radium avaient mis une sourdine à sa douleur ; l'eau s'écoulant de son orifice nasal s'était tarie. Voilà qui était miraculeux ! Lorsque tous trois arrivèrent à la cordonnerie, à la pointe du jour, la première chose que fit le cordonnier fut d'aller réveiller Zoé par de légers baisers. Il posa un regard attendri sur les bessons ; ils dormaient comme des bébés, ce qui était de leur âge. Pendant que Pasque menait Fend la Bise à l'écurie, Coqueline remit la laine Oradium à sa sœur de lait qui passa un châle de tricot sur sa chemise de nuit couvrant ses jambes. Elle ouvrit le contenant rectangulaire ; ce n'était pas tous les jours qu'elle recevait un cadeau. Elle détailla ces emballages individuels transparents laissant voir des pelotes du même bleu ciel que le carton de la boîte.

– C'est de la laine médicale pour tricoter de la layette.

– Je vois ça, répondit Zoé, l'expression soudain maussade. Ça doit coûter une fortune. Pourquoi avoir dépensé des sous pour acheter de la laine alors que Prunelle en file chaque hiver ?

Pasque, revenu de l'écurie, ricana en entendant Zoé dire les mêmes mots qu'il avait prononcés quelques heures plus tôt.

– C'est de la laine radioactive, expliqua Coqueline. C'est une source de chaleur et d'énergie vitale pour renforcer Zigmond et surtout Zébulon.

– Si ce qu'on t'a dit est vrai, intervint son cousin.

– T'inquiète pas pour l'argent, Zoé, s'empressa de clarifier la jeune fille. La laine, on l'a pas payée. C'est offert.

– Par qui ?

Zéphir, qui avait entendu la conversation entre Pasque et Coqueline alors qu'ils le croyaient endormi à l'arrière du char, vint au secours de sa belle-sœur.

– Par le jeune monsieur ayant acheté la paire de brodequins la plus chère d'*À tout pied.*

– Voyez-vous ça ! Et vous êtes tombés dessus à la foire alors qu'il se promenait avec une boîte de laine pour bébé sous le bras !

Pasque éclata d'un rire cruel. Zoé était une redoutable rusée. Le rouge gagna la racine des cheveux de Coco. « Comment vais-je faire pour tenir papa en dehors de cette affaire ? » se demanda-t-elle.

– C'est un cadeau que Côme te fait passer dans l'espoir de sauver les bessons de la malédiction. Mais si t'en veux pas, je donnerai cette laine à mémé Léonie pour qu'elle se fasse un gilet de tricot. Paraît que le radium ça réchauffe bien les anciens.

– Si ce que le monchu raconte est vrai, répéta Pasque.

Il ne pouvait s'empêcher de trouver étrange l'altruisme de ce possédant sorti de nulle part.

– En tout cas, les compresses qu'il m'a données m'ont soulagé la face, reconnut Zéphir en montrant les pochons de gaze.

Sa femme prit en main le sachet de Radiumcure. Sur la pochette en papier blanc où figurait une infirmière, il était précisé que le paquet renfermait *des compresses radioactives sèches, célèbres pour calmer la douleur et empêcher l'inflammation.*

– Je crois que tout ça est vrai, reconnut Zoé.

Elle voulait faire amende honorable à Coqueline qu'elle avait malmenée de façon injuste, car elle avait fait cela pour les bessons. Pourquoi fallait-il que Zoé fût si sévère avec sa sœur de lait ? N'était-elle pas en train de se comporter à la manière de Prunelle ?

– Qu'est-ce que tu en sais ? dit Pasque, un ton dur dans la voix.

– Je le tiens de Ferdinande.

– Tu as de ses nouvelles ? s'étonna Coco.

Zoé alla chercher le courrier qu'elle avait reçu en début d'année. Celui dans lequel l'aînée mentionnait cette eau de Seltz radioactive ayant permis le rétablissement miraculeux de sa patronne, pourtant atteinte d'un cancéroïde du cou. Cette lettre dans laquelle leur sœur détaillait les bienfaits de ce fabuleux radium, une découverte que l'on devait à cette trop modeste Mme Curie. Ferdinande affirmait que, dans tout Paris, on entendait parler de guérisons extraordinaires publiées dans la presse médicale et dans les quotidiens. Sous sa tignasse bouclée, Pasque contracta les traits juvéniles de son visage en signe de mécontentement. Si Côme n'était pas un menteur, comment ferait-il pour avoir un avantage contre ce rival aussi séduisant que fortuné ?

– Pourquoi n'avoir rien dit ? questionna Coqueline.

– Par loyauté envers Ferdinande. Elle m'a sommée de me taire. Afin de respecter sa volonté, je vous supplie de ne pas en parler aux parents à votre tour.

– À propos, j'ai une demande à vous faire, supplia Coco. Pourriez-vous ne rien dire aux parents à mon sujet également ? C'est pour les bessons que j'ai accepté le rendez-vous avec Côme.

Pasque ayant déjà donné son accord plus tôt, le couple accéda à la prière de Coqueline, à condition qu'elle prît la mesure de son inconséquence et ne recommençât pas. Si le monchu ou un autre homme la sollicitait, elle devait en parler sans faute. Elle promit aux trois autres d'être prudente et franche. Sa jeunesse et son ignorance de la perfidie lui dictèrent cet engagement qui allait se révéler difficile à tenir.

Le jour était levé quand tous quatre dégustèrent le friqueron jaune. Tout le repas, la conversation roula sur les excellentes ventes faites à la foire et sur la nécessité d'aller à la scierie chercher des grumes coupées en billes selon les dimensions de chausse. Zéphir en ferait des sabots taillés au paroir qu'il mettrait à sécher par paires sur une corde. Il lui faudrait aussi acheter au corroyeur du cuir apprêté avec lequel il confectionnerait des chaussures à marcher faites pour durer le tour du monde. Cela fait, il enrichirait la terre de son potager avec l'engrais Excitor Agral dans l'espoir que le complément radioactif lui assurerait les plus belles récoltes.

Août prit fin et l'automne revint. L'humidité montée de la Dranse investissait les chalets. Sous l'effet des premiers froids, les charpentes craquaient. Zoé tricota des chemises à manches pour ses bessons âgés de vingt mois. En septembre, ils se retrouvèrent chacun avec une brassière en laine radioactive sur le dos. En octobre, leur père se brouilla avec Anthelmette. Pourquoi posait-il des compresses sur ses tempes plutôt que de lui faire barrer la douleur ? La soigneuse le prit mal, mais le radium soulageait tellement Nez de Cuir qu'il préféra se fâcher avec sa belle-sœur. Au fil des lunes, la neige s'accumula sur les toits en tuiles de bois dont les charpentes supportaient une demi-tonne au mètre carré. Les vaches ne sortaient plus de l'étable où elles ruminaient sans dételer. Noël passa ; Côme ne revint pas au village. Pour Pasque, l'heure était au soulagement. Pour Coqueline, l'heure était à l'attente. Pour combien de temps encore ?

IV

1925

Ce samedi 24 janvier, au lieu de fêter saint François de Sales, Prudent et Prunelle étaient au cul de leur vache. La laitière mettait bas sans attendre l'arrivée de Lucien, le nouveau vétérinaire. La neige rendait les déplacements difficiles pour ce médecin animalier dont la spécialité était les bêtes domestiques. Fraîchement installé, il remplaçait l'ancien soigneur, mort sous les coups de boutoir d'un taureau ardent qui l'avait pris pour une femelle à saillir. Ce citadin appelait l'étable « la vacherie », l'écurie « la chevalerie » et les bestiaux des « élèves ». À ce point de la parturition, il ne restait plus aux Baud qu'à aider le travail afin que tout se passât au mieux. C'était un vêlage précoce et Edelweiss était leur meilleure laitière. Le minuscule Prudent enfonça son bras jusqu'à l'épaule dans sa vache, tâta, sentit les pattes du petit. Il les attrapa de son mieux et les attacha à la vêleuse en bois coudé. Il tira doucement pour ne pas déchirer la mère. Ses douloureux poumons gazés à la bertholite le faisaient respirer au rythme précipité d'une parturiente. De son côté, Prunelle encourageait Edelweiss qui faisait son veau. Ou plutôt ses veaux. Car la vache finit par mettre bas des jumeaux : une femelle vive et un mâle. Ce dernier tomba pareillement à une masse morte sur le sol de l'étable. La mère poussa son flanc poisseux, le frotta avec un bouchon de paille. Il gisait dans une prostration molle, le museau affaissé sur la litière. Il tenta d'ouvrir les yeux, mais ses paupières se madéfièrent d'humeur gluante. Prunelle lui souffla fort dans les naseaux sans obtenir de réaction.

– Faut-il qu'on soit toutes maudites ? lâcha-t-elle.

De même que beaucoup d'autres paysannes, elle faisait grand cas de ses bêtes. Le vétérinaire venait plus souvent chez elle que le médecin. Armé d'un seau plein, Prudent intima à son épouse l'ordre de reculer. Il versa l'eau glacée du bassin sur la tête du veau qui ouvrit des yeux chassieux. Il vivait, mais pour combien de temps encore ?

Mari et femme séchaient les petits d'Edelweiss quand un homme en jaquette d'alpaga entra dans l'étable. Avec ses cheveux plaqués en arrière, il avait l'air de tout sauf d'un vétérinaire, et encore moins d'un vétérinaire rural. Mouillé de chaud d'avoir grimpé le sentier enneigé menant au lieu dit Chez Bourrin, Lucien s'essuya le front qu'il avait luisant de bandoline, ce cosmétique utilisé pour lisser les cheveux. À dire le vrai, ce pur citadin ne serait jamais venu s'installer là sans la construction en cours du *Grand Hôtel.* Il espérait que l'établissement de prestige lui amènerait sur un plateau les animaux de compagnie d'une clientèle fortunée.

– Trop tard ! crièrent en chœur les Baud.

« On va quand même pas le payer pour rien, surtout que c'est pas donné », pensaient-ils de concert. Mais le vétérinaire, sans cesse sur des chemins impraticables à courir de cochon charbonneux en cheval fiévreux, ne l'entendait pas de la sorte. Certes, il ne toucherait rien pour le vêlage, mais il avait une idée pour rentabiliser sa venue. Il posa sa sacoche, qui ressemblait à celle d'un médecin pour humains, et examina les animaux jumeaux. Leur tête se devait d'avoir un toupet plat, d'être proportionnelle au corps et de former un triangle équilatéral. Leurs joues devaient être larges, leur mufle pas trop étroit, leurs cornes pas trop vers le bas, leur dos bien droit.

– La femelle fera une belle génisse, annonça-t-il. Les épaules sont basses et pleines, les omoplates écartées, la poitrine profonde, les pis non pendants et la culotte arrondie.

– Tout ce qu'on voudrait trouver chez une femme ! se crut malin de dire Prudent qui portait mal son prénom ce jour-là.

– En revanche, le mâle n'a pas le dos assez large et il présente des cornes de type féminin. S'il survit, il faudra lui faire saillir des vaches avec des cornes à diamètre important, sans quoi la reproduction ne va rien donner.

– En bref, c'est une moitié de bonhomme qu'est rien sans sa femme ! assena Prunelle.

Prudent sentit lui échapper l'avantage, comme souvent avec les chicaneries de son épouse dont la spécialité était d'ergoter sur tout. Il savait qu'il ne s'en sortirait pas seul. Il manquait d'un allié. Une seule solution dans sa situation : associer le rural et l'urbain, pour un temps, tout au moins. Il se tourna vers le vétérinaire dont le fort était de s'immiscer dans les querelles de ménage pour en tirer avantage. Celui-ci entra dans la combine pour présenter le Nutritor DF du Dr J. Foix de la Faculté de médecine de Paris. Et pour cause : il touchait un pourcentage quand il plaçait un sac de cet aliment à base de concentré radioactif pour veaux, porcelets ou agnelets à l'allaitement.

– Le Nutritor DF est exempt de produits nuisibles, dit-il. Il évite les diarrhées et maintient blanche et saine la chair des élèves. Certes, son prix est plus élevé que les produits similaires, mais il s'impose par sa supériorité. Et puis les sacs cachetés de trois kilos sont expédiés en postaux sans frais.

– Encore heureux ! s'exclama Prunelle sans comprendre pourquoi son mari se laissait influencer par ces boniments à la graisse de chevaux de bois.

Habituellement d'une implacable clairvoyance, son homme semblait ne pas voir qu'un voyageur de commerce était dissimulé sous le déguisement de vétérinaire.

– Préparer ce lait végétal est enfantin, enchaîna Lucien, content d'avoir trouvé un pigeon à plumer. Pour un litre, il suffit de délayer trois cuillères à soupe de Nutritor DF. On obtient une bouillie épaisse qu'il faut allonger avec de l'eau bouillante, puis mélanger au lait de la mère.

En réalité, les agissements du vétérinaire n'avaient pas échappé à Prudent, mais celui-ci avait une autre idée en tête : clore le bec à son épouse en gorgeant d'engrais son veau aux cornes féminines pour en faire un taurillon d'auge. Pour autant, cela valait-il la peine de se laisser couper la bourse ? Dans le silence imposé par ce paysan cinquantenaire qui pesait le pour et le contre, on entendit une voix cristalline chanter :

– Tendrement enlacés, se grisant de baisers, les amants deux par deux cherchent les coins ombreux. Nuits de Chine, nuits câlines, nuits d'amour, nuits d'ivresse…

Le vétérinaire émit un roucoulement graveleux. Prunelle lui décocha un regard à tuer un bœuf gras avant d'ouvrir la porte de l'étable dans un fracas de bois. En plus d'être irritée par son mari, elle était maintenant scandalisée de percevoir ces paroles interprétées par une voix familière. Prunelle enchaîna quelques grandes enjambées et talocha Coqueline qui chantonnait. La jeune fille en lâcha les œufs de poules qu'elle ramassait en rêvassant.

* *
*

À Paris, c'était un branle-bas de combat. En peignoir du matin, madame courait de la cave au grenier, plastronneuse et affairée. Dans la foulée de son agitation, elle culbuta les anges baroques encadrant la cheminée, renversa un vase plein sur un meuble en marqueterie incrustée d'ivoire. Ses domestiques la suivaient pas à pas, ramassaient, épongeaient. Ce soir, ce serait un chambard d'invités à double particule, de convives aux noms à tiroir. La rentière houspilla sa chambrière pour le compte de linge qui ne pouvait attendre, tout en lui ordonnant d'aller acheter du mouron pour ses oiseaux chanteurs – de malheureux pinsons auxquels on avait crevé les yeux pour embellir leur chant. De l'escalier, madame dicta la commande du boucher à Ferdinande qui s'en réjouit, car cette sortie imposée lui permettrait de se rendre chez l'écrivain public. Qu'elle croyait ! Par malchance, sa maîtresse la rejoignit aux Halles sous prétexte de contrôler les prix. En réalité, elle voulait gratter sur la dépense. Personne ne le savait encore, mais elle n'était pas loin d'être ruinée par la dévaluation. Sur le carreau, elle parvint à empêcher sa cuisinière de toucher le sou pour franc – remise d'un sou par franc d'achat consentie par les commerçants aux domestiques chargés des courses de nourriture. Pour compenser la baisse drastique de ses rentes, madame mettait de l'eau dans le vin de ses gens et rognait sur leur pain. Avec les économies faites sur le dos de Ferdinande, sa patronne commanda chez le bouquetier des fleurs en corbeille pour son centre de table. Puis elle lui ordonna de rentrer pour préparer le dîner. Plus que le sou pour franc perdu, c'était de n'avoir pu se rendre chez l'écrivain public qui contrariait la cuisinière. Elle écrivait mal, sa position d'aînée l'ayant souvent fait manquer l'école. De même que pour sa précédente lettre à Zoé, Ferdinande voulait l'aide du gratte-papier qui savait choisir des mots rassurants pour les nouvelles aux parents éloignés géographiquement. Pour le coup, c'était raté. Elle n'enverrait pas de courrier au pays de sitôt. De retour en cuisine, elle alla dans la dépense où étaient entassées les provisions de bouche. Elle détailla les liqueurs, choisit celle de fraise. Depuis quelque temps, elle sirotait en cachette en pensant qu'après tant de chagrin une consolation lui était due. D'autant plus que la présence de la rentière aux Halles avait empêché Ferdinande d'aller voir Florimont ; elle avait seulement aperçu son menton en galoche. Que son fils lui manquait ! Il allait sur ses dix-sept ans. Le matin même, elle l'avait vu, roulant une cigarette. Elle ignorait qu'il consommait du tabac. Le voir fumer avait fait que tout son passé de femme mariée était remonté à la surface. À l'instar de son paternel, le blondin donnait un coup de langue sur le papier et calait la cigarette au coin de sa bouche. Il avait son allure et parfois même ses attitudes. « C'est impossible, se disait la veuve. Quand il est mort, Florimont était trop petit pour pouvoir se souvenir de ses gestes. » En cela, elle se trompait. La mémoire du jeune homme l'entraînait parfois dans ce monde ancien et flou. Surnageant sur l'oubli, il lui restait des images de son père qu'il convoquait parfois. Ferdinande but au goulot, puis essuya le sucre sur ses lèvres rougies. L'alcool lui donna la nostalgie de son village. Elle se dit qu'elle retournerait un jour chez elle. Dans un an, dans dix ans ? Elle l'ignorait. En attendant, les années passaient. Encore vive qu'elle était d'allure, elle avait tout de même trente-sept ans. La voix mal graissée de madame lui fit ranger à la hâte la bouteille et le mal du pays qu'elle déversait. Du couloir, elle lui commanda de plonger trois capsules de sels dans la fontaine à radium. Ferdinande s'exécuta, soulagée qu'elle n'eût pas daigné venir jusqu'à l'office où elle l'aurait surprise ajoutant de l'eau à la liqueur afin d'en remonter le niveau – à l'exemple de sa patronne qui croyait ses domestiques trop cruches pour s'apercevoir qu'elle diluait leur vin. L'eau du Revigator ayant absorbé l'émanation, la cuisinière déplaça la fontaine portative jusqu'au perron où elle attendit qu'on vînt. Elle n'allait jamais à l'étage noble ; seule la chambrière était autorisée à s'y rendre. Celle-ci vint prendre l'eau radioactive qu'elle vida dans le tub, puis elle rapporta le Revigator à Ferdinande qui repartit avec. Leur maîtresse entra dans l'eau chaude où elle devait rester immergée jusqu'au menton afin de profiter du coup de fouet. Rien de mieux quand on recevait chez soi, le soir même, en grande pompe. Détendue par la tiédeur du bain radioactif, madame s'assoupit. À son réveil, elle lut l'heure, comprit qu'elle avait dormi trop longtemps. Et ce furent des criailleries qui se transformèrent en braillements, puisqu'elle glissa en sortant du tub. L'habituel trot de la servante ne se faisant pas entendre, Ferdinande monta les marches de l'escalier quatre à quatre, entra dans le cabinet de toilette. Et de tomber sur sa patronne gisant à terre, nue comme un ver ! La cuisinière resta interdite face à cette femme peinte dont les sourcils au charbon s'étaient égarés sur le front, et dont l'échafaudage capillaire avait versé dans le fossé. La chambrière entra à son tour dans la pièce. Elle avait profité du répit de la sieste pour aller feuilleter la *Gazette du bon ton, Arts-Modes & Frivolités* – revue à faible tirage mais à forte influence qui inspira Condé Nast pour le *Vogue* américain. Qu'il était gênant pour les deux domestiques de voir leur maîtresse livrer au regard ses parties génitales telle une pierreuse à deux sous ! Face à leur immobilisme, madame aboya de façon vulgaire, poussant les deux femmes à la relever. Impossible ! Elle devait avoir quelque chose de cassé. Alors elle hurla à la lune, cria qu'on annulât la soirée. La chambrière téléphona au docteur tandis que Ferdinande lui faisait passer un peignoir. Le médecin s'étonna qu'une femme de ce rang pût recevoir dans cette tenue qu'il appelait « paressoir ». Après examen, il déclara que madame avait le croupion fêlé.

* *
*

Ce dimanche 12 avril, le curé en était à la péroraison, vêtu d'une chasuble dorée dont l'orfroi dorsal était brodé d'un agneau couché. Il aimait inquiéter ses fidèles lors de la nuit pascale avec le sermon sur les gens faisant des glisses, et qu'il appelait les « skistes ».

– Malgré mon interdiction, certains se sont dérobés à l'autorité de Dieu en vendant du matériel aux touristes. Ceux-là veulent prospérer sans le soutien de l'Église. D'autres pensent qu'ils peuvent glisser sans avoir à en payer le prix. Bientôt, chaque village pleurera ceux qui auront embrassé un sapin ou ceux qui seront tombés dans un ravin. Et à la fonte nivale, on verra apparaître les corps bleuis des skistes qui auront passé l'hiver sous un épais manteau.

Le prêtre fit une pause dans sa rude péroraison. Il regarda tour à tour Zéphir et Zoé ; chacun avait un des bessons dans son giron. Il dévisagea Anthelmette et Anselme entre lesquels Anne-Aimée tenait calée. Il dirigea ses yeux sur Pasque qui eut l'image d'un champ de neige d'où émergeaient des spectres. Une vision d'horreur similaire à celle de sa mère et de sa sœur pétrifiées devant la porte des commodités. Se pouvait-il que le ski fût aussi dangereux que la foudre ? Coqueline tapota la main de son cousin, consciente qu'il craignait la colère divine depuis qu'elle s'était abattue en un éclair sur sa famille. Quand le sermon l'effrayait, elle savait le rassurer. Et il valait mieux, car le ministre du culte n'en avait pas fini avec eux.

– Vous entraînez le village tout entier dans un mode de débauche. Un monde où des hommes et des femmes montent à deux sur une même paire sans être mariés.

Le curé condamnait les mœurs du temps tandis que beaucoup de villageois ne voyaient pas où était le mal. « À quoi bon fustiger le ski maintenant ? » se demandaient-ils. L'activité n'était pas nouvelle. En 1876, un hôtelier des Praz avait rapporté la première paire de skis à Chamonix – les Chamoniards, dont le flair était légendaire, l'avaient jugée inutile, ridicule et sans avenir. Et que dire des peintures rupestres faites quatre mille ans avant J-C qui représentaient des hommes chaussés de lattes faisant trois fois leur taille ?

– Pour certains d'entre vous, il est trop tard. Dieu ne peut plus rien. Quant aux autres, je peux encore éclairer le chemin de leur salut.

Des enfants de chœur se hâtèrent d'allumer des candélabres d'autel. Le prêtre descendit de sa chaire afin d'aller se placer sous la croisée du transept ornée d'une coupole. Ses ouailles renouvelèrent leurs vœux de baptême avant de sortir une à une de l'église. Lorsque Coqueline franchit le portail en forme d'arc de triomphe marquant le passage entre l'espace sacré et l'espace profane, elle remarqua une présence inattendue sur le parvis. Un homme en complet jaune d'or distribuait des chocolats de Pâques aux enfants qui criaient de joie. Zéphir dit à Zoé qu'il s'agissait du bon client d'*À tout pied*, généreux donateur des pelotes de laine. « Le voilà enfin ! » songea Coqueline qui s'était promis de faire avancer les choses entre eux si le beau monchu revenait au pays. Elle avait attendu son retour avec impatience, mais sans en parler à son cousin car il lui avait assené un avertissement : l'argenteux ne voulait pas l'épouser, mais seulement la déshonorer. Selon Pasque, ce n'était pas un anneau nuptial qu'il allait lui mettre au doigt, mais le poivre aux jambes. Se pouvait-il que les intentions de l'estivant fussent de cette nature ? La jeune fille en doutait, car il n'avait jamais eu un geste déplacé, jamais prononcé un mot de trop. En imaginant que son cousin eût raison, cela ne changeait rien. Ses pensées la ramenaient toujours vers Côme. Rien d'étonnant à cela. Il était d'un naturel généreux, en plus d'être avenant d'apparence et de façons. Il représentait l'espoir d'un avenir autre que celui d'aller vivre dans une belle-famille qui la prendrait comme femme de peine. De son côté, il était impossible pour Côme de ne pas prêter attention à

Coqueline qui avait le charme de la fleur, la fraîcheur du printemps et la vivacité du torrent. Elle avait tout pour elle, sauf la fortune, mais cela ne pouvait-il changer ? Comme toutes les femmes – en dehors de la Nant-Nant, habillée à miracle –, elle avait abandonné sa robe de semaine pour une tenue noire dont le moiré donnait de la noblesse à ses traits. Par-dessus venaient un tablier en laine grand teint et un mouchoir de cou en soie violette. Plié en pointe et fixé par une fibule, il avait de fines franges qui bougeaient sur ses épaules. Zéphir et Zoé s'approchèrent de leur bienfaiteur pour le remercier. Ils tenaient dans leurs bras les bessons vêtus chacun d'une brassière en laine médicale. Côme s'enquit de la santé des garçonnets que leur mère trouvait fortifiés. Toutefois, il douta par-devers lui de l'efficacité de la laine de santé, car Zébulon avait le visage décoloré des enfants chlorotiques. Le petit jumeau donnait l'impression d'avoir déjà fait son temps. « Ce moutard est amorphe et verdâtre, déplora le villégiateur en son for intérieur. Sa mort prématurée risquerait de mettre en péril toute l'affaire. » Malgré son constat, il afficha un sourire apaisant aux dents superbes, se gardant de montrer le moindre signe compromettant. Anselme approcha à son tour avec Anne-Aimée, mais sans Anthelmette qui boudait car ses proches préféraient utiliser des produits chimiques plutôt que faire appel à son don naturel. Elle s'en était plainte à la Nant-Nant qui regardait Côme telle une bête curieuse. Elle le tenait autant en mésestime que le poilu dominant le monument aux morts de Morzine. Ici, comme partout ailleurs en France, on avait voulu un monument commémoratif célébrant le souvenir patriotique à la gloire des héros tombés pour la nation. La Nant-Nant ne comprenait ni pourquoi le soldat montait au front en chantant ni pourquoi il tournait le dos à la place du village. Elle ignorait qu'il était en fait tourné vers l'Alsace et la Lorraine d'où son fils était rentré les pieds devant, après avoir subi des brutalités en tant que prisonnier de guerre. Elle soutenait dans sa résistance une Anthelmette grosse de son deuxième enfant. La soigneuse faisait la tête en compagnie de Pasque, jaloux également. Tandis que ces trois-là se tenaient en retrait, les villageois rejoignirent l'attroupement formé par les enfants. Côme tendit du chocolat à Anne-Aimée. La fillette le prit dans ses petites mains tel un trésor, bien qu'elle ignorât de quoi il s'agissait. Elle trottina vers sa grand-mère dont elle tira les jupes. Prunelle interrompit sa discussion avec Paulin le Veuf, regarda la plaque, se crispa en même temps que lui. Tous deux avaient lu les inscriptions sur l'emballage argenté : *Radium Schokolade.* À voir leur mine sombre, Prudent approcha pour regarder ce qui avait pu les contrarier autant. Il s'assombrit à son tour face à cette friandise qui choquait ici autant qu'une bonne sœur sur des skis. Il rapporta le produit au monchu comme s'il était périmé, lui plaqua sur la poitrine d'un geste si vigoureux que le costume printanier recula.

– Reprenez ça de suite ! aboya-t-il. A-t-on idée de distribuer une telle salauderie à des petits ?

– Du chocolat boche ! éructa Paulin le Veuf. On voit qu'il a pas fait la guerre, le bouton-d'or !

Il frappa le sol de son pilon avec tant de force que son cuissard se désolidarisa de son moignon.

– Du chocolat complémenté, corrigea Côme. Il contient du bromure de radium qui en fait un bon aliment pour les enfants. Et puis il faut arrêter de dénigrer les Allemands. Tout ça, c'est du passé.

Tant d'impertinence fit vaciller Paulin le Veuf dont le baudrier délesté de son cuissard s'échappa de son pantalon au niveau de la taille. Déséquilibré, il chuta sur le côté. Pasque se précipita pour aider son père à se relever, avec l'aide d'Anselme. Le boisselier passa son bras sous l'aisselle de l'ancien combattant qu'il accompagna jusqu'à l'église où il pourrait se rajuster avec discrétion. Ou presque. Le curé, le voyant baisser son pantalon dans Sainte-Marie-Madeleine, sortit comme un diable du confessionnal et fondit sur lui.

– Remballez votre matériel ! lui assena-t-il. On n'est pas à la foire aux outils, ici.

À l'extérieur du bâtiment, Zéphir prit la friandise des mains de Zigmond qui pleura, aussitôt imité par Zébulon, solidaire de son frère besson. Leur père prit connaissance de la marque : Burk & Braun. Pas de doute, c'était bien du chocolat allemand. Nez de Cuir s'approcha de Côme, le prit fermement par le bras, l'éloigna du groupe.

– Tout ça, comme vous dites, ce n'est pas du passé mais du présent, gronda-t-il en soulevant son masque de façon à ce que seul l'estivant pût voir ce qu'il dissimulait.

Le monchu tomba en syncope sous les yeux de Coqueline. Elle voulut se précipiter vers lui, mais Pasque lui barra le chemin. Elle enragea de trouver en face d'elle cette montagne de muscles chargée de la chaperonner. Il faisait cela pour son bien, mais pas uniquement. Coco avait perçu que les sentiments de Pasque avaient évolué à son égard, passant de la franche camaraderie d'un cousin par alliance à l'affection plus ambiguë de deux jeunes gens sans liens de sang. Certes, il ne manquait pas d'attrait avec son corps d'homme fait, mais ses traits doux et ronds rappelaient un poupin, et elle ne voyait en lui que le gamin avec lequel elle se rendait aux alpages enfant. Son attitude de chevalier servant était touchante, mais cela lui passerait. Dans quelque temps, il l'oublierait pour s'intéresser aux demoiselles du village qui le regardaient telles des pies un brillant. À présent, Coqueline faisait tout pour contourner Pasque. Il la prit dans ses bras et la souleva légèrement du sol pour l'en empêcher. Elle n'eut d'autre option que de rester là, son dos contre le buste de son cousin. Prudent et Prunelle observaient sans comprendre. Qu'avait leur fille cadette à se débattre de la sorte ? Pourquoi voulait-elle à ce point secourir ce jaune effronté sortant de nulle part ? L'assemblée resta de marbre autour du costume inerte, à l'inverse de la Nant-Nant. Elle s'approcha de Côme, suivie un moment après par Anthelmette, peu pressée de venir le secourir. La soigneuse tira le sel d'Angleterre calé entre ses seins gonflés par la grossesse. Elle fit respirer sa flaconnette à l'estivant. Sans succès. Elle le gifla furieusement, apportant de la satisfaction à Pasque. Une minute passa. Le curé sortit de l'église sur ces entrefaites après avoir entendu ce que Paulin le Veuf avait à dire pour sa défense. Pour le prêtre, qui avait raté le premier acte, c'était marquant de voir, étendu sur le parvis, un gisant affublé d'une tenue dorée – pas aussi spectaculaire que son vêtement sacerdotal, mais presque. Impuissante, Anthelmette sollicita l'intervention de la Nant-Nant. Celle-ci hésita un instant, mais sa foi en Dieu prit le dessus et elle alla tremper ses mains dans le bénitier. Elle revint vers Côme, s'agenouilla contre son flanc. Avec ses doigts encore humides d'eau bénite, elle marqua une croix sur chacune de ses joues. À la surprise générale, elle leva au ciel des yeux révulsés en agitant ses mains non moins que si elles sortaient d'un seau de braise. Le prêtre se signa, imité par l'assistance apeurée. La Nant-Nant avait ressenti une vive chaleur aux extrémités. Était-ce un sinistre présage ou devenait-elle superstitieuse avec l'âge ? Avait-elle bien fait de ramener cet homme à la vie ? Ses vieux yeux laissèrent échapper une larme chacun. Les gouttes du doute. Côme garda un moment encore une respiration syncopale pendant laquelle tous les enfants revenaient un à un déposer les friandises reçues dans sa bannette. Ordre de leurs parents. Allant contre le courant, Anselme permit à Anne-Aimée de garder sa plaque de chocolat. Il se refusait à contrarier sa fille déjà durement traitée par sa mère. Cette attitude de père aimant fut perçue tout autrement par la communauté villageoise. Aux yeux de ses pairs, seul un embusqué de l'arrière était inconscient au point d'accepter du chocolat allemand. C'était facile de faire comme si rien ne s'était passé quand on était resté au chaud chez soi, tandis que les autres avaient enduré quatre hivers au fond des tranchées. Pour achever le tableau, la vieille Léonie donna un coup de sabot dans la bannette de l'estivant, renversant son contenu sur le sol. Face à la fronde, Anselme prit dans ses bras Anne-Aimée, dont la bouche tendre était cerclée de chocolat, et s'éloigna avec elle. Il jeta un œil en arrière pour voir si Anthelmette leur emboîtait le pas, mais elle était toujours au même endroit. Les choses s'étaient momentanément améliorées entre eux quand la soigneuse s'était aperçue qu'elle était de nouveau grosse de lui, car elle espérait la venue d'un fils. Maintenant que son ventre pointait comme quand elle attendait Anne-Aimée, elle n'y croyait plus. Leur relation s'était tendue derechef. Anselme s'inquiétait d'avoir bientôt à charge une deuxième petite fille qu'il devrait consoler au quotidien de l'absence maternelle. Il rentra au Crêt avec Anne-Aimée. Lui rejeté par sa communauté et elle repoussée par sa mère. Ils formaient un duo de répudiés qui deviendrait un trio après la naissance du bébé à venir. Sur le parvis, le monchu sortait de son évanouissement. Maintenant rassis sur sa base, il se sentait humilié de s'en être allé en pâmoison devant tout le monde. Parce que Anthelmette lui tenait rancune de l'avoir supplantée, parce que la Nant-Nant doutait, parce que Pasque enchaînait Coco d'une main ferme, parce que les villageois lui en voulaient d'avoir offert aux enfants du chocolat allemand, ce fut sans l'aide de personne que Côme se leva sur ses guiboles molles. Il s'éloigna du groupe en éprouvant ce dégoût de ceux qui ont perdu leur dignité et, pire encore, qui ont anéanti tous les efforts faits pour mener à bien leur mission.

* *
*

Suite à ce scandale, Prudent passa un savon à Coqueline. Ayant appris ce qui se tramait entre elle et Côme, il craignait pour sa vertu. Ce penchant pour le grandiose qu'elle affectionnait s'opposait à ses principes. Il économisait sou par sou depuis que la vie avait fait peser sur sa famille la charge financière de jumelles orphelines. Le patriarche voulait éviter que sa fille ne prît goût à quelque chose qui allait corrompre la femme qu'elle était destinée à devenir : une paysanne de montagne. Coqueline s'expliqua, implora la clémence, quémanda le soutien de sa grand-mère, mais celle-ci écouta plutôt qu'elle n'intervînt. Prunelle mit fin à la querelle. La lourde sanction paternelle tomba : plus jamais Coco ne retournerait travailler chez *À tout pied*. Elle en lâcha un cri de dépit. Le péril était-il si grand ? Persuadé que oui, le père Baud envoya coucher sa fille de vingt ans comme si elle en avait cinq. Elle se jeta dans son lit clos dont elle claqua la porte comme si elle en avait treize. Prudent regretta d'avoir confié le chaperonnage de Coqueline à Pasque. « À qui vais-je confier sa surveillance, à présent ? » s'interrogea-t-il. Il aurait voulu la guider lui-même sur le chemin de la vie, mais sa santé ne lui permettait plus de courir derrière cette perpétuelle enfiévrée. À cinquante-huit ans, l'homme noueux aspirait à devenir un petit père tranquille par nécessité. Il lui fallait nommer quelqu'un apte à protéger la vertu de la demoiselle jusqu'à ce qu'on trouvât à la marier. Ce ne pouvait être Zoé pour la raison qu'elle avait laissé les choses se passer en toute connaissance de cause. Et pourquoi pas Anthelmette ? Certes, elle détestait Côme, mais elle courait les routes et l'attitude de son embusqué de mari était équivoque. Restait la vieille Léonie. Elle haïssait les Allemands depuis qu'ils lui avaient pris son mari, ce qui expliquait pourquoi elle était demeurée impassible quand sa petite-fille l'avait suppliée d'intervenir. Persuadé d'avoir trouvé la femme de la situation, Prudent requit sa mère de bien vouloir endosser cette responsabilité. L'ancienne sourit à son fils unique, ce qu'il prit pour un oui. En fait, elle était satisfaite d'avoir manœuvré avec habileté. Qu'elle avait été maligne de mettre ce coup de pied dans la bannette de friandises ! Et qu'elle avait bien fait de s'interdire de prendre part à la dispute ! Rassuré, Prudent alla s'étendre sur le lit de repos. Dieu qu'il se fourvoyait en blâmant Pasque ! C'était à se demander si sa clairvoyance ne s'était pas diluée en même temps que ses forces. Le jeune homme s'était acquitté de sa tâche, faisant aller droit Coqueline, contrairement à la vieille Léonie qui s'apprêtait à lui faire prendre un chemin de traverse.

* *
*

Ce fut dans les premiers jours de mai que Côme eut l'idée qui lui permettrait de rattraper son impair : convier Coqueline à une fête. La vieille Léonie réceptionna l'invitation arrivée par le facteur des postes. Elle la dissimula jusqu'à pouvoir la remettre en douce à Coqueline dans la grange. Quelle surprise pour elle de voir sa grand-mère soulever sa jupe de chanvre pour atteindre son jupon où se trouvait un faux pli dissimulant une poche ! L'ancienne en sortit du papier de la plus chère espèce. La feuille en coton était enroulée sur elle-même et tenait fermée par un cachet de cire rouge portant les initiales de Côme. Elle regarda sa petite-fille décacheter la cotonnade faisant à la fois office d'enveloppe et de papier à lettres. L'angle supérieur gauche comportait une inclusion de plante, une corolle à cinq pétales blanc rosé dotée d'un cœur jaune constitué d'étamines. Seuls de véritables sentiments amoureux pouvaient avoir autant élevé l'imagination d'un homme. Le texte calligraphié à l'encre bleu marine consistait en une invitation.

Chère Coqueline, vous êtes priée d'assister à l'inauguration qui sera donnée le lundi 1er juin, en la propriété du Grand Hôtel.

L'on se rassemblera à l'intérieur à 7 heures du soir. Le dîner aura lieu à 8 et le bal à 10.

Vous êtes priée de ne point vous en faire pour votre tenue puisqu'une robe vous attend là où on ne met plus les pieds.

Vous êtes priée de rapporter le présent billet sans lequel vous ne pourrez entrer.

Il ne fallut pas plus que ces mots pour ranimer la flamme de l'espoir dans le cœur de la jeune fille qui avait craint de ne jamais revoir Côme après le scandale du chocolat. Elle s'était inquiétée pour rien puisqu'il l'invitait. Et à un bal, par-dessus le marché. Elle fit une série de bonds de cabri avant de se laisser tomber dans le foin. Elle était conviée par l'homme de sa vie à la soirée d'ouverture du *Grand Hôtel*, occasion pour laquelle une robe de bal l'attendait chez *À tout pied*. Tout cela sonnait aussi bien qu'un conte narré aux veillées. De même que dans les contes, il y avait des obstacles insurmontables à franchir : il lui était défendu de revoir Côme et de se rendre à la boutique. Et son père avait été clair : à la prochaine incartade, il la mettrait en religion de force. Coqueline fondit en larmes. La vie était-elle sans pitié ?

– J'ai envie de me jeter à la Dranse, renifla-t-elle.

– Plutôt que de te défaire la mine, cherchons le moyen d'arriver à nos fins.

Coco sortit la tête du foin. Son beau visage mouillé de pleurs affichait une expression intriguée. Prudent avait placé sa fille sous la surveillance de sa mère dont la droiture lui inspirait une confiance absolue. Malheureusement pour lui, le point de vue de l'ancienne différait ; elle considérait comme étant de son devoir de ne pas faire rater à Coqueline le rendez-vous qu'elle avait avec son destin. La vieille Léonie estimait que les femmes de la famille avaient trop souvent été marquées par le malheur et qu'il fallait en sauver une, coûte que coûte – même le dispendieux Nutritor DF n'avait pas permis de garder en vie le veau aux cornes féminines, faisant meugler à la mort Edelweiss. Oui, il était temps qu'une fille Baud accédât au bonheur. Et tant pis s'il fallait désobéir pour cela !

Par coïncidence, ce même jour de mai 1925, la Semaine internationale des sports d'hiver de Chamonix fut requalifiée comme étant les premiers jeux Olympiques d'hiver de l'histoire. Cela donna lieu à la création d'un cycle de jeux d'hiver distinct de celui des jeux d'été. Le bilan financier était catastrophique, mais les équipements sportifs permettaient à Chamonix de concurrencer d'autres stations alpines telles que Saint-Moritz ou Davos. Cette information ô combien primordiale pour l'avenir des villages d'altitude échappa aux deux insoumises, trop occupées à échafauder un plan. Depuis son jeune temps, la vieille Léonie avait le génie inné des chiffres et maîtrisait le comput. Elle compta sur ses doigts déformés par l'arthrose, calcula avec précision les éléments calendaires de l'Église. La Pentecôte était célébrée quarante-neuf jours après le dimanche de Pâques. Soit le 31 mai cette année-ci, la date étant mobile. On était mercredi. Il ne restait que quatre jours pour tout organiser, quatre jours pour influencer une destinée de femme.

* *
*

Madame avait instauré un jour en semaine pendant lequel elle recevait, étendue dans un fauteuil Récamier. Ses amies et les amants de celles-ci lui racontaient les mondanités, la faisant enrager dans son extravagant juponnage à mi-mollet. Elle aurait voulu poursuivre son manège mondain, du raout de la veille à la réception du lendemain, mais son petit os impair l'en empêchait. Elle fit venir son médecin et lui dit que cela ne pouvait plus durer. Elle voulait se montrer au pavillon des Fleurs, se promener dans les jardins de Bagatelle, inaugurer l'Exposition des chiens. Son docteur lui conseilla de prendre du Radithor, un nouveau produit fabriqué par le laboratoire Bailey. Il s'agissait d'un remède miracle loué pour sa capacité à lutter contre le vieillissement grâce à son principe régénérateur. Ferdinande eut ordre d'aller chercher des flacons de cette panacée chez l'apothicaire. Par un heureux hasard, c'était jour de parloir chez les sœurs grises. Elle allait pouvoir visiter sa fille qu'elle n'avait pas vue depuis des semaines, madame ayant annulé tous les jours de congés suite à sa chute. La cuisinière pressa le pas jusqu'au couvent où Fleur lui montra les canevas sur lesquels elle brodait Jésus-Marie-Joseph au point de croix. Ferdinande apprit qu'aux travaux d'aiguilles s'ajoutaient des heures en cuisine et à la buanderie à suer sur des collerettes plissées, des robes en camelot, des pèlerines et de lourds dominos. L'année liturgique se réglait au rythme des corvées dans un silence monacal ne semblant plus affecter Fleur. La rôtisseuse observa sa gamine qui ne parlait plus du pays. Elle avait changé, grandi ; elle riait à pleines gorgées de savoir que madame se contorsionnait, faute de pouvoir s'asseoir d'aucune façon. Toutefois, la veuve se méprenait : Fleur avait toujours leur village en pensée. Jusqu'à présent, elle l'avait tu afin que sa mère ne se sentît pas coupable de l'avoir placée dans cette bastille où la vie était si éloignée de celle qu'elle avait connue enfant. Mais la jeune fille n'avait plus l'intention d'étouffer ses sentiments. Ayant eu quatorze ans, elle n'avait plus obligation de rester chez les sœurs hospitalières. À son âge, elle pouvait travailler. Ou rentrer chez elle. Juste avant que Ferdinande ne repartît, sa fille lui annonça son souhait de quitter Paris.

– Tu n'y penses pas ?

La veuve ne comprenait pas qu'une gamine de cet âge voulût rentrer au pays. Se pouvait-il qu'elle se comportât déjà comme ces vieux qui veulent à tout prix finir là où ils ont commencé ? Et pourtant si ! Fleur y pensait. Tout le temps.

Sur son canevas, le jour, avec prudence. Dans son lit étroit, la nuit, avec patience. Depuis que Florimont lui avait montré la grande ville, elle savait que ce n'était pas pour elle. Elle craignait les clameurs des foules, les mœurs abandonnées des remparts, les ruelles empuanties de la Villette. De plus, sa mère, son frère et elle croulaient sous le travail à Paris. Pire, seule Ferdinande mangeait à sa faim. Chez les sœurs, la nourriture était frugale. Et pour le blondin, c'était encore plus incertain. Il avait beau manipuler de la nourriture toute la journée, il avait rarement l'estomac plein, sauf à chaparder de la mangeaille. Fleur pensait souvent à sa vie d'avant. Pour elle, le chalet de famille était un refuge transmis de génération en génération. C'était tout ce qui restait de son père disparu. Ferdinande suffoqua. Elle refusa d'entendre ce que sa gamine ambrée cherchait à lui dire. Le plus dur avait été de tourner le dos à sa terre natale, et le plus dur était fait. La veuve avait fui pour s'éloigner du fantôme de son mari. Et c'était justement cette dérobade que sa fille lui reprochait aujourd'hui. Selon Fleur, quitter le chalet, c'était se séparer de ceux qui y dormaient, donc de ceux qu'elle aimait. Ses trois tantes en particulier. Ferdinande manqua d'air au point de sortir sans saluer les sœurs grises. Elle marcha telle un automate jusque chez l'apothicaire. Elle eut affaire à un homme en complet de molleton bleu à la place du laborantin habituel. Elle fit demander ce dernier, mais le fringant préparateur était absent pour quelque temps. À son retour à la Muette, elle fut houspillée par sa patronne parce qu'elle avait traîné en route.

– C'est que le remplaçant a longtemps bataillé, railla la cuisinière, à fleur de nerfs. Faire entrer un miracle dans une bouteille n'est pas chose aisée.

Sa maîtresse hésita à lui faire payer son insolence, mais ce cordon-bleu était le plus valable de ses domestiques, alors autant en rudoyer un autre. L'indication posologique était d'un flacon tous les deux jours. Madame n'en tint pas compte et but deux flacons par jour. Elle n'en pouvait plus de rester enfermée chez elle ; si le chiffonnier avait donné un bal musette, elle serait allée l'ouvrir au bras du décrotteur-cireur. Cette consommation de Radithor à outrance obligea Ferdinande à retourner chercher des flacons. À l'officine, elle se heurta à des notes en souffrance et ne se vit délivrer aucune substance. Elle rentra les mains vides et dut affronter la grogne de sa patronne qui sortit des billets de son peignoir en soie molle sous lequel elle portait une gaine Radiante achetée au rayon corsets du *Bon Marché*. La cuisinière afficha une déférence outrée. Ainsi madame avait encore de quoi payer ! Alors pourquoi n'avait-elle pas reçu ses émoluments ? Pourquoi devait-elle user son tablier jusqu'à la trame sans que cette grippe-sou ne s'avisât de le renouveler ? Ferdinande retourna à l'officine. Lasse des affronts remâchés, elle fit la joie du quartier en chemin. Il fallait la voir imiter sa maîtresse, plongeant à la manière d'un canard pour prendre sa robe à deux mains.

* *
*

La vieille Léonie était d'avis qu'un petit mensonge valait mieux qu'une épaisse vérité. Parce qu'elle savait que sa bru considérait la messe comme un sacrifice et que son fils avait le corps fatigué, elle leur proposa de se répartir les tâches pour la Pentecôte. Prunelle et Prudent assisteraient à l'office du dimanche en Notre-Dame-de-la-Visitation-de-Marie à Montriond, tandis qu'elle se rendrait avec Coqueline à celui du lundi en Sainte-Marie-Madeleine à Morzine. De cette manière, la communauté les verrait les deux jours dans les deux paroisses. Cette organisation donnerait l'illusion que leur famille s'acquittait avec ferveur de son devoir de bon chrétien. Le couple trouva cette idée ingénieuse et ne s'en étonna pas ; l'ancienne avait toujours eu la tête près du bonnet. Parce que cela les arrangeait tous les deux, ils acceptèrent. Léonie ajouta qu'elle profiterait de se trouver au bourg pour aller dormir chez Zoé avec Coqueline. Cela leur donnerait l'occasion de passer du temps avec les bessons qu'elles n'avaient vus depuis l'incident du chocolat. Elle s'empressa de préciser que, le lundi de Pentecôte étant férié depuis le Concordat de 1801, *À tout pied* serait fermé. Et puis elle serait là pour surveiller. Le père Baud finit par donner son assentiment. C'était à la boutique que Coco n'avait plus le droit d'aller, pas chez sa sœur Zoé. Le patriarche était un homme intransigeant, mais pas au point de priver les femmes de son entourage en ce temps de solennités chômées.

Ce premier jour de juin, l'ancienne et Coco assistèrent à la messe. Après la première lecture de la célébration eucharistique, elles chantèrent la séquence dorée. Le passage sur le mérite et la vertu mit les deux menteresses d'autant plus mal à l'aise qu'il était attribué au pape Innocent. Non seulement elles avaient raconté des canards, mais encore elles s'apprêtaient à désobéir, ce qui faisait beaucoup pour deux ouailles venues montrer patte blanche. La grand-mère et sa petite-fille restèrent les yeux baissés pendant l'Alléluia. La messe achevée, elles se rendirent chez Zoé. Celle-ci les attendait avec un brin d'incertitude quant à ce que sa sœur allait penser de sa robe de bal qu'on avait fait déposer par porteur spécial. Elle étendit la tenue sur le pétrin, accompagnée d'une paire de gants beurre frais. Les trois femmes regardèrent avec perplexité cette austère robe-tailleur blanc et bleu marine à la coupe droite. Elles qui croyaient que, en ville, c'étaient les Années folles. Où étaient l'exubérance, le débordement, la créativité ? Coqueline chercha l'étiquette cousue dans le col, lut *Coco* quelque chose. La couturière portait le même diminutif qu'elle. Son menton trembla de dépit.

– Ce n'était pas l'idée que je me faisais d'une robe de bal, reconnut-elle.

– On dirait plutôt une tenue d'écolière ayant grandi trop vite, dit l'ancienne qui trouvait que la longueur au genou était licencieuse.

– Ou un uniforme de télégraphiste ! intervint Zéphir.

Sa remarque fit rire son épouse et la vieille Léonie, mais pas Coqueline. Elle se voyait mal aller danser accoutrée de la sorte. Cependant, elle n'avait pas le choix ; elle ne possédait aucune tenue adéquate. Et puis que penserait Côme si elle ne portait pas ce qu'il lui avait offert ? Après l'épisode chocolaté, il serait malvenu de lui faire offense une nouvelle fois. Le cordonnier parvint néanmoins à amener un sourire sur le minois de sa belle-sœur. Il venait de déposer devant elle une paire de salomés bleu marine, légèrement pointus, avec un talon de quatre centimètres.

– Pour ton aide avec les bessons et tes ventes à la foire, dit-il. Et puis Côme nous a bien gâtés et je regrette ce qui s'est passé l'autre jour. J'ai été dur avec lui et c'est ma façon de le remercier.

Zoé invita sa sœur de lait à essayer la paire dont la couleur était assortie à la robe. Une fois aux pieds, les salomés répondaient à une norme idéale. Zéphir était plus qu'un chausseur, c'était un orfèvre en cuir. Les yeux de Coqueline devinrent humides de gratitude pour les parents des bessons. Ils avaient tellement larmé ces dernières années qu'ils considéraient que, quand quelqu'un pouvait être heureux, il fallait l'y aider. En cela, ils partageaient l'opinion de la vieille Léonie. Coqueline avait toujours rêvé de posséder des chaussures à elle et non des socques héritées d'une sœur dont les pieds avaient forci. Elle pourrait les porter avec les bas de tricot noir qu'elle avait confectionnés et mis de côté au cas où une occasion se présenterait – la finesse de la maille avait provoqué la colère de sa mère, convaincue que la paire arriverait à la dernière usure après une seule sortie. Aujourd'hui, le destin semblait tourner en faveur de la jeune fille. Afin de calmer sa nervosité, elle s'habilla et pria Zoé de la coiffer. Celle-ci brossa les soyeux cheveux auburn qu'elle entoura d'un large ruban crème. Elle fit disparaître l'attache dans la nuque de sa sœur cadette qui pépiait comme une perruche sur un bâton. Zoé la fit lever, tourner, valser. Sa coiffure et ses salomés féminisaient la robe-tailleur. Il était certain que Coqueline serait l'entrain des festivités. Juste avant de partir, la vieille Léonie passa son mouchoir de cou en soie sur les épaules de sa petite-fille afin qu'elle ne prît pas froid. Certes, c'était le mois de juin, mais les soirées étaient fraîches à mille mètres d'altitude. Zéphir resta avec les bessons tandis que l'ancienne et Zoé accompagnèrent la jeune fille à pied jusqu'au palace qui les laissa sans voix. Cela faisait longtemps que l'hôtel était en construction et elles ne l'avaient pas encore vu achevé. Sa façade avec balcons s'étendait sur la longueur de trois granges. Les cinq étages étaient surmontés d'une toiture aux bords en dentelle de bois. Au sommet d'une volée de marches, une double porte sculptée était gardée par un gigantal portier d'hôtel aussi sûrement que s'il se fût agi d'une banque suisse. Devant la porte descendait un perron protégé par une avancée de toit. Sur le côté se trouvait une terrasse couverte d'où l'on pouvait admirer la pointe de Nyon.

– À minuit, Zéphir viendra te chercher, lui rappela Zoé.

– Amuse-toi ! lui dit la vieille Léonie.

En prenant son temps, l'ancienne était parvenue à grimper jusqu'au perron du *Grand Hôtel* où le porte-clés les salua à la vue du billet d'invitation. Là, elle confia sa petite-fille à l'huissier de soirée. Embauché pour l'inauguration, l'homme avait travaillé dans un palace à Lyon durant les hivers précédents. Ce cousin éloigné de la famille Baud promit à la vieille femme de garder un œil sur Coqueline. Celle-ci lui tendit d'une main gantée son invitation à laquelle il fit une corne après en avoir pris connaissance.

– J'ignore qui est l'auteur de ce billet, mais son écriture parle pour lui, lui glissa ce passionné en graphologie.

– Et que dit-elle ? interrogea Coco, soudain intriguée.

– Laissez-moi voir en détail. Un graphisme qui s'étale en tension sur l'horizontale, des hampes et des jambages prolongés et fermement tracés. Il s'agit d'un jeune homme animé par une volonté inflexible d'aboutir. On dirait qu'il veut influencer le cours des choses, avoir un impact sur son temps.

– Vous êtes devin, répliqua en riant la jeune fille.

L'huissier de soirée lui sourit en retour, puis il l'invita à passer dans le hall d'entrée éclairé à l'électricité. « Comment vais-je retrouver le beau monchu dans la mer des invités ? » se dit-elle pendant qu'un aboyeur faisait une seconde corne au billet. Il articula son nom pour que tout le monde pût l'entendre. Son ton forcé pour amplifier sa voix gêna Coqueline, mais eut pour effet bénéfique de faire surgir Côme de la foule. Qu'il portait beau dans son costume complet de flanelle blanche ! Il rejoignit son invitée au moment où un serveur la questionnait sur ce qu'elle voulait boire. Elle n'eut pas le temps de répondre que l'homme en livrée lui prit son billet des mains. Coqueline n'apprécia pas sa façon de faire. Elle batailla avec lui jusqu'à récupérer son bout de papier. Le villégiateur la félicita pour la modernité de sa tenue, lui assura qu'elle lui allait à ravir.

– Pour le moment, Coco Chanel est en butte à des brocards, précisa-t-il. Mais elle fait beaucoup parler d'elle et je suis persuadé qu'elle dominera bientôt le monde de la mode.

Une coupe à la main, Coqueline opina de son visage à l'ovale parfait, bien qu'elle en doutât. Comment des tenues si austères pourraient-elles plaire ? Elle trempa ses lèvres dans le vin blond dans lequel elle détecta le goût du fruit défendu.

– Qu'est-ce que c'est ? lâcha-t-elle. Ça pique !

– Du vin saute-bouchon. Ses bulles rendent les femmes plaisantes et joyeuses. Alors buvez !

– Pourquoi ça mousse ? demanda-t-elle en se forçant à avaler une autre gorgée.

– Parce que les caisses ont été secouées sur les chemins défoncés menant ici.

Sa réponse rembrunit le visage de son invitée, lui ferma la bouche d'un coup.

– Savez-vous de quelle manière a été créée la coupe de champagne ? questionna-t-il afin de relancer la conversation.

– On n'en parle pas dans le manuel de l'école ménagère.

Surpris par l'acuité de sa réponse, Côme afficha un rictus, mais la visée qu'il avait sur elle le poussa à composer.

– On dit qu'elle aurait été moulée sur le sein de la reine Marie-Antoinette, ou peut-être de la Pompadour. Querelle de cour !

À peine le dernier mot prononcé, il réalisa combien ses propos étaient inadaptés et inconvenants face à une paysanne de vingt ans. S'il voulait mener à bien son dessein, il avait intérêt à s'y prendre autrement. Côme lui prit le coude, lui fit traverser la salle, la présenta à deux amis. Celui qui portait une moustache en guidon surannée était le Dr Manfred Curie ; ses bacchantes lui donnaient l'air d'appartenir à une cour d'un autre âge. L'autre homme avait les cheveux bandolinés. Le duo affirma avoir beaucoup entendu parler d'elle. Coqueline s'abstint de demander au premier s'il était de la famille du prix Nobel, mais elle osa sourire à Lucien qu'elle avait reconnu. Elle l'avait aperçu au cul d'Edelweiss le jour où sa mère l'avait giflée pour avoir fredonné une chanson à la mode. Les deux compères la complimentèrent sur le chic de sa tenue, lui certifièrent qu'elle était d'une beauté surhumaine. L'excès d'éloges l'embarrassa. Ils commentèrent ensuite le faste du lieu, s'accordèrent à dire combien le propriétaire de l'hôtel était un visionnaire. Le bruit courait qu'il avait l'appui de hauts fonctionnaires en poste à Genève qui se trouvaient d'ailleurs être présents dans la salle. Il y avait également des diplomates, des employés de la Société des Nations, des Français expatriés dans les colonies revenant une fois l'an se faire une santé au bon air. Et il y avait des femmes. Beaucoup de femmes pleines d'assurance, fortunées ou dilettantes. Certaines portaient des robes taille basse dont le nœud se faisait sur la hanche. D'autres étaient habillées de tenues ornées de franges et rebrodées de perles. Beaucoup semblaient connaître Côme ; celles qui ne lui avaient pas encore été présentées faisaient en sorte qu'il les remarquât. Quelques-unes offrirent leur main au baiser. Il s'acquitta de cette salutation d'un frôlement de lèvres. Rompues aux usages du monde, les femmes bénéficiant du baisemain répondirent par une inclination. Les autres patientèrent sans tendre leur main. Coqueline se demanda pourquoi. La discussion débuta entre elles et les trois hommes au sujet des progrès de la science et de la médecine. Coco les écoutait sans oser intervenir. Qu'aurait-elle pu dire ? Cela la dépassait. Rapidement, Côme se transforma en gamin de Paris. Il raconta comment, dans son enfance, les maladies l'avaient forcé à garder le lit et par quel biais la santé lui avait été rendue grâce aux pouvoirs miraculeux de la radioactivité. Il se vantait de connaître tous les médecins et pharmaciens de Paris. Il affirmait que ses amis et lui travaillaient d'arrache-pied pour faire profiter l'humanité de cette fabuleuse découverte, source de vie, de santé et de jeunesse. Et il parlait de l'humanité tout entière, y compris les moins bien lotis, sans quoi la recherche scientifique n'aurait aucun sens. Les femmes formaient un attroupement autour du trio masculin. Enthousiasmées par ces produits dont le rayonnement éclairait un avenir radieux, elles s'émerveillèrent de leur savoir et de leur altruisme. Son laïus terminé, le monchu transfiguré en titi parisien salua de façon délurée. Les dames applaudirent de leurs mains d'albâtre ce tourbillon d'idées nouvelles. Elles-mêmes se présentèrent en tant que membres de l'hospitalité de nuit dont elles tenaient parfois le comptoir aux ventes de charité de la salle Albert-le-Grand. Leur afféterie mondaine fit paraître grossière la simplicité de Coqueline dont le milieu passéiste serait bientôt mangé tout cru par la modernité qui s'imposait comme le seul modèle. Elle descendit d'un trait le contenu de sa coupe, aussitôt remplacée par une pleine. Qu'elle se sentait fade, pauvre et maladroite au milieu de ces femmes raffinées. Pourquoi l'estivant l'avait-il invitée ? Lui inspirait-elle de la pitié ? Ou pire encore, Pasque avait-il raison ? Côme allait la soûler, l'amadouer pour profiter d'elle. Mieux valait quitter cet endroit. S'éclipser. Maintenant. Elle reposa le pétillant dont le rôle était de lui faire perdre la tête. Elle s'éloigna avec discrétion, gagna le hall, s'adressa au préposé au vestiaire. Elle reprenait le mouchoir de cou de sa grand-mère lorsqu'elle entendit quelqu'un fredonner des paroles dans son dos.

– Tendrement enlacés, se grisant de baisers, les amants deux par deux cherchent les coins ombreux. Nuits de Chine, nuits câlines, nuits d'amour, nuits d'ivresse…

Elle sut aussitôt que c'était Côme, se retourna avec des sentiments partagés. Elle était mécontente d'avoir été rattrapée avant d'avoir pu gagner la sortie, tout en étant flattée. Parce qu'elle était sur le point de lui échapper, il osa le tutoiement et le petit nom.

– Où vas-tu, Coco ?

– Je rentre chez moi.

– Pourquoi partir si tôt ? Reste encore un peu. Je te ferai dîner avec mes amis de la bonne société. Si après tu veux toujours t'en aller, je te ferai raccompagner.

Elle hésita, détailla l'expression de son visage, se perdit dans le pers de ses yeux. Elle accepta de le suivre sous le regard de l'huissier de soirée qui maintenait sa surveillance.

Le villégiateur la conduisit dans la salle à manger boisée, lui montra la galerie destinée à profiter de la vue sur les sommets environnants. Il tira une chaise Art déco et l'invita à y prendre place, puis alla s'asseoir en face. Entre elle et lui se trouvait un surtout de table – ce plateau éclairé contenait salières, boîtes à épices et boîtes à sucre. Alors que Zoé administrait avec économie les morceaux cristallisés qu'elle avait reçus pour la naissance des bessons, ici on fuyait cette denrée pour garder la ligne. Le médecin et le vétérinaire rejoignirent le couple et vinrent se placer de part et d'autre de Coco. Le dîner fut servi. Bien qu'aussi empruntée qu'une chevrette à laquelle on aurait enfilé des chaussettes, elle débuta le repas avec ses gants. Côme lui fit signe que non. Elle les retira, rougissante de gêne. Elle remarqua que les autres femmes agitaient leurs fourchettes, mais ne touchaient pas aux plats. Pas même à ce rôt auquel Coqueline faisait honneur – elle n'avait pas mangé de viande depuis qu'Heidi avait été abattue pour avoir fracassé la tempe de Zian. Les rentées délaissèrent également la bombe glacée au moka. Si elles avaient l'énergie d'ouvrir la bouche pour boire, leurs forces paraissaient les abandonner dès qu'il s'agissait de mastiquer. « Sobres mangeuses, mais solides buveuses », songea la jeune fille. Le docteur s'enquit auprès d'elle de la santé des jumeaux, voulut savoir s'ils portaient leur laine médicale. Il prit ensuite des nouvelles de Zéphir, chercha à connaître les effets des compresses sur ses névralgies. Coqueline trouva flatteur qu'un médecin de la Faculté de Paris s'inquiétât autant pour sa famille, aussi fit-elle en sorte de répondre de son mieux. Elle aurait voulu discuter avec le beau monchu, mais le vétérinaire aux cheveux plaqués en arrière l'entreprit à propos du veau d'Edelweiss. Lucien parut réellement contrarié d'apprendre sa mort, surprenant Coco. Elle qui pensait que les soigneurs ne s'intéressaient aux bestiaux que quand ils pouvaient encore leur rapporter ! Puis ce fut au tour de Côme d'échanger avec elle à propos d'Anne-Aimée. Il lui demanda si la fillette avait mangé le chocolat, s'il pouvait lui en faire porter une autre plaque. Cette incessante interrogation orale avait fait que le temps du dîner était passé. L'orchestre se mit en place. Le médecin s'adressa de nouveau à Coqueline qui était lasse de toutes ces questions. Il lui glissa à l'oreille qu'il était au courant de l'embarras d'Anselme et qu'il viendrait bientôt l'ausculter, sans contrepartie pécuniaire. « De quoi parle-t-il ? » se demanda la jeune fille que le monchu invita sur un tango. Elle ignorait de quelle manière cela se dansait, mais c'était la seule opportunité pour profiter d'un moment d'intimité avec lui. Sur la piste de danse, elle fut bousculée par des couples qui tournaient en se déhanchant. En homme du monde, Côme éloigna Coqueline des danseurs aux manières gauloises, plaça ses mains avec courtoisie, guida ses pas sans la brusquer. Contre lui, elle s'apaisa. Son esprit revint au calme, mais pas son cœur. Son ruban de tête calé à hauteur du menton rasé et parfumé, elle sentait s'intensifier ses sentiments pour le châtain aux yeux où le bleu dominait.

– Quelque chose m'étonne, murmura-t-elle.

– Quoi donc ? se raidit-il.

– Pourquoi avoir fait le baisemain à certaines femmes et pas à moi ?

Côme fut surpris par ce mélange d'extrême ingénuité et d'étonnant aplomb.

– Parce que ce témoignage de respect qu'un homme manifeste à l'égard d'une dame obéit à un protocole très strict.

– Auquel je n'ai pas droit, à ce qu'on dirait.

– Exact ! Un homme peut baiser la main des femmes mariées, mais jamais celle des jeunes filles. Il est toutefois admis de le pratiquer envers une célibataire si elle a un certain âge, ou si elle occupe une situation en vue. Mais je pourrai me rattraper, si tu veux.

Il resserra ses bras sur elle, scruta sa réaction. Coqueline n'osa pas lever la tête pour le regarder. Percevait-il qu'elle fondait sous l'étreinte ? Sentait-il qu'elle était prête à aller trop loin pour lui ? Après deux danses, il la raccompagna à table où la conversation roulait sur le nombril du monde, à savoir la rive gauche de la Seine.

– Montparnasse n'est plus Montparnasse depuis qu'il est déserté par les artistes de talent, dit le médecin. Pour preuve, Chagall et Picasso en sont partis.

– Il y règne une atmosphère de scandale, surenchérit le vétérinaire sur un ton de fausse confidence. Un ami bien placé m'a dit que d'inquiétants trafics s'organisent dans les toilettes de *La Rotonde*.

Ils parlèrent des boîtes à la mode, à l'exemple du *Select* ou du *Viking*. Côme affirma que le plus chic était le *Jockey* où l'on croisait Cocteau, Aragon, Fitzgerald ou Hemingway.

– Je t'y emmènerai écouter du jazz, dit-il à Coqueline.

Pour la première fois de sa vie, elle se sentit importante, plus précieuse qu'elle ne l'avait jamais été aux yeux de ses parents. Pour eux, elle était la fille ayant survécu à son besson mal formé. Ici, elle était traitée comme une souveraine. Elle n'avait jamais ressenti cela auparavant, sauf dans le regard de Pasque, mais c'était différent. Confortablement assise, Coqueline observa les couples se jetant dans une frénésie de danses et de dépenses. Tous passaient leur temps à s'amuser tandis qu'il lui fallait besogner sans désemparer. Ils étaient des oiseaux de nuit se levant à midi, quand elle avait déjà abattu le labeur d'une journée et s'apprêtait à travailler encore jusqu'à la brunante. Il était évident que ce monde n'était pas le sien. Le serait-il un jour ou était-ce un espoir illusoire ? Elle voulut poser la question à Côme, lui demander de clarifier la nature de ses intentions, mais elle n'en eut pas le temps. En face d'elle se planta un visage connu qui fulminait. Coqueline douta cependant, parce que cette face était si rouge qu'elle hésita à identifier Pasque. Pourtant, au-dessus de cette bouille écarlate se trouvait une tignasse bouclée. C'était bien le visage poupin de son cousin. Les épaules en avant à la manière d'un taureau, il lui intima l'ordre de le suivre. Elle se leva, voulut lui expliquer les choses, mais il se montra intraitable. Côme s'en mêla, le rappela aux convenances. Pasque le remoucha, le traita d'esbroufeur.

– Basse extrace ! répondit le monchu en se redressant sur ses ergots tel un coq de combat.

– Trompeur !

– Goitreux ! Crétin des Alpes !

Le médecin vit Coqueline blêmir de contrariété en entendant ce chef-d'œuvre d'offense à ses origines. Il voulut mettre un terme aux errements de son acolyte, mais la joute tourna en moulinets de bras. Un coup de poing partit. Pasque l'esquiva. La beigne alla finir dans la tempe du vétérinaire qui s'affala. Un autre poing fusa et arriva à bon port. Dans l'œil pers de Côme qui se recroquevilla aussi bien qu'un insecte. Des hauts magistrats voulurent maîtriser l'intrus, mais ils étaient aussi empotés qu'il était véloce. Pasque échappa aux ploutocrates et s'éloigna au plus vite, non sans avoir saisi le poignet de Coco qu'il entraîna dans sa course. En sortant de l'hôtel, les cousins tombèrent nez à nez avec l'huissier de soirée. Parce que la solidarité était la seule richesse des montagnards, ce dernier fit mine de ne pas les voir et partit en sens inverse pour aller porter secours aux convives à terre. L'orchestre cessa de jouer. Le docteur fit chercher sa trousse médicale dans sa chambre d'hôtel. Il examina la tempe de Lucien et commanda qu'on lui apportât de la glace. Puis il ausculta la paupière meurtrie de Côme sur laquelle il voulut appliquer de la pommade ophtalmique Radio-Bleu au bromure de radium. Ce dernier repoussa des deux mains le médecin qui exprima son mécontentement à l'oreille de son condisciple dont l'œil virait beurre noir.

– Voilà une bévue qui pourrait nous coûter cher !

Un peu plus loin de là, Coqueline marchait à grandes enjambées en direction de chez Zoé, faisant fi du fait d'être perchée sur des talons pour la première fois de sa vie.

– T'avais pas le droit de venir me chercher au bal ! cria-t-elle.

– T'avais pas le droit d'y aller ! rétorqua Pasque.

– T'es tellement jaloux que tu t'irrites de tout.

– Je suis rien jaloux.

– Alors pourquoi t'as cassé le nez de mon fiancé ?

– D'abord, c'est pas ton fiancé. Et puis le bonhomme est tellement mou qu'y a rien à casser.

– Ça devait bien être cassé pour qu'il gémisse autant.

– Penses-tu ! Ça bêle pour un rien, ces machins-là ! C'est juste bon à abuser les filles entre deux coussins.

– Tu te trompes sur son compte, le reprit Coco. C'est un homme du monde qui plaît aux femmes.

– De quel monde ? Pas le tien, c'est certain. Je les ai vues, les femmes, justement. Celles-là, elles risquent rien. C'est à toi qu'il va arriver des bricoles.

– Et on peut savoir pourquoi ?

– Parce qu'elles ont des pères, des frères et des maris influents. Il va pas se tirer une balle dans le pied, le faisandé. Toi, par contre, il peut te souiller sans rien risquer.

– Et pourquoi ça tomberait sur moi, avec le choix qu'il a ?

– Parce que t'es belle à se damner et que ça lui fait envie. Comme tous les bonshommes argentés, il veut ce qu'il a pas. Mais crois-moi, quand il aura obtenu tes faveurs, il disparaîtra. Et toi, tu resteras là, toute compromise.

Donc Pasque la trouvait belle ? Coqueline n'en revenait pas. C'était la première fois qu'il le disait. Tous deux s'en trouvèrent embarrassés.

– Si c'est vraiment ça l'histoire, pourquoi Côme n'a jamais rien tenté avec moi ? interrogea-t-elle pour dissiper sa gêne.

– C'est bien ce que je me demande. Peut-être parce que c'est pas toi qu'il veut, mais quelque chose que tu as. T'es bien sûre qu'il t'a jamais rien demandé ?

– Tu veux qu'il me demande quoi ? Il a tout et j'ai rien.

– Je sais pas, justement. C'est bien ce que je me demande.

– Tu te demandes ce qu'il me demande ? En fait, t'en sais rien !

– Y a quand même des choses bizarres, fit remarquer Pasque. Comme ce drôle qu'a les cheveux collés sur la tête.

– C'est Lucien, le nouveau vétérinaire. À part son penchant pour la bandoline, je vois pas ce qu'il a de bizarre.

– D'abord, il a pas une tronche de vétérinaire. Ensuite, c'est un zig à ce foireux de monchu.

– Arrête un peu ! Et puis t'as plus à te mêler puisque mon père t'a retiré mon chaperonnage. C'est la mémé qui s'en charge.

– Sacrée bonne idée ! balança Pasque. On voit ce que ça a donné ! Ça serait à discuter, mais on verra plus tard. Pour le moment, tu dois vite rentrer chez toi. Ton père t'attend, justement.

– Que non ! Il m'attend pas avant demain tantôt.

– Alors c'est ta mère qui t'attend. Allez, rentre chez toi !

– Elle sait pas non plus que je suis ici. Mes parents croient que je suis chez Zoé. C'est une idée de la mémé.

– Sauf révérence, elle part du chignon, la mémé !

– Fais bien attention à pas outrager la mémé !

– Je dis juste qu'avec le grand âge je l'aurais crue plus sage.

– Mais attends un peu, toi ! dit Coqueline en s'arrêtant de marcher. Je viens de comprendre. T'es tellement jaloux de Côme que t'as rapporté à mes parents où j'étais pour lui porter tort.

– Comment j'aurais fait ? J'en savais rien. Écoute plutôt ce qui s'est passé. J'ai profité du jour férié pour te rendre visite, et là je suis tombé sur ton père. Il cherchait de l'air, couché par terre. J'ai donné la main à ta mère pour l'allonger sur le lit. Elle m'a dit d'aller te chercher chez Zoé qui m'a dit d'aller te chercher au palace. Quand j'ai compris que t'étais partie au bal en cachette, j'ai dit que t'avais trahi ta promesse et que j'irais pas, mais Zéphir a insisté. Il m'a dit de te ramener chez tes parents. Et je suis pas bien content, parce que tout le monde savait que t'étais allée danser, sauf moi.

Pasque souffrait d'avoir été tenu à l'écart et voulait lui adresser d'autres reproches, mais il s'abstint. S'il maîtrisait sa colère doublée de déception, c'était parce que Coqueline allait au-devant d'une épreuve qu'il avait traversée. Il scruta l'expression sur le visage de sa cousine, éclairé par un rayon de lune. Elle avait pâli affreusement. Avait-elle compris ? Il lui prit la main, la plaça dans le creux de son coude et fit un pas, puis deux pour la remettre en mouvement. Malgré la pénombre, il marchait du pas sûr de celui qui connaît chaque pierre du chemin. Maintenant, elle avançait à son bras en silence, serrée contre ce corps dont la fermeté ranimait son peu de courage.

Au moment où elle s'était résignée à rentrer chez elle pour expliquer son inconduite à son père se tenait un conciliabule dans une suite au cinquième étage du *Grand Hôtel*. Coqueline aurait eu du mal à reconnaître le charitable médecin, le compatissant vétérinaire et Côme. Ce dernier avait peu de traits communs avec le charmant garçon l'ayant tenu dans ses bras au bal. Difficile de croire que c'était le même homme qui débattait avec les deux autres en examinant les aspects contradictoires de l'affaire. Le Dr Manfred Curie et le monchu étaient assez proches par leur sens du commerce. Le savoir-faire relationnel du praticien venait compléter la pratique de l'anglais doublée de l'allemand de Côme, si utile aux échanges internationaux. Tous deux étaient des gens de négoce, mais le médecin était plus habile dans les tractations. Quant au vétérinaire, il n'était ni subtil ni bilingue. En revanche, Lucien était physiquement endurant, capacité capitale quand il s'agissait de crapahuter derrière des montagnards aguerris. Le Dr Curie avançait des faits scientifiques debout devant un guéridon en galuchat sur lequel reposaient des stéréophotographies – ancêtres de l'image 3D. Ses interlocuteurs l'écoutaient disserter à l'égal d'un oracle. Il était question de rapports de la Faculté de médecine de Paris, de revues médicales américaines, du *New York Tribune*, d'instituts de recherches scientifiques, de conférences sur l'emploi des substances. Le médecin avait conçu une argumentation destinée à les préparer à passer à un plan supérieur. Il poursuivit son explication tandis que les douze coups de minuit sonnaient au clocher sous lequel se trouvait maintenant Coqueline. Elle serra dans sa main le billet tout corné qu'elle avait dans la poche de sa robe-tailleur. Accablée par le récit de Pasque, elle n'eut pas la force de lever la tête vers la flèche à claire-voie composée de huit barres en fer forgé. Vu l'heure, elle pensa que Zéphir l'attendait comme convenu, mais pas devant le palace. À l'instar des autres membres de la famille, il devait se trouver dans le chalet de Chez Bourrin. Honteuse d'avoir tancé son cousin, elle fit glisser ses doigts gantés le long de son avant-bras musclé, prit sa main pour parcourir le chemin qui leur restait à faire.

– T'es rien qu'une menteresse, lui dit-il en faisant balancer leurs bras comme lorsqu'ils étaient enfants.

– Et toi, un vilain jaloux.

– Y va falloir plus qu'un merdaillon avec un cou de roseau pour me rendre jaloux. Mais s'il te cause de trop près, je le bugne jusqu'à lui péter toutes ses dents de lait.

Lorsque Coqueline poussa la porte du chalet familial, sa mère se tourna vers elle. La jeune fille avança pour présenter des excuses à son père, mais il était trop tard. Ses yeux de passion se brouillèrent à la vue de cet homme de cinquante-huit ans désormais inatteignable en son sommeil éternel. Toute la famille se tenait debout autour de lui à peine refroidi, à l'exception de la vieille Léonie que la peine et les ans avaient assise de force à côté du curé, encore plus âgé qu'elle. Celui-ci jeta un regard réprobateur sur les talons que Coqueline avait aux pieds. La mère détailla de son regard jaune bistré l'étrange tenue blanc et bleu marine, puis demanda :

– T'as trouvé à t'embaucher aux Postes et Télégraphes ?

Coco inclina bas la tête ; elle avait vergogne de sa conduite. Le large ruban lui enserrant les cheveux glissa et tomba sur le sol. Elle le ramassa sans bruit et vint grossir le rang de ses proches formant un arc de silence autour du patriarche. Elle enveloppa l'épaule fragile de sa grand-mère. Elles restèrent ainsi, toutes quinaudes. Comme c'est souvent le cas dans les ébranlements nerveux, leur esprit répandit en elles la molle quiétude dont le cœur a besoin pour ne pas se fendre. Prévenue par Anthelmette, la Nant-Nant arriva, coiffée en cheveux, à l'égal d'elle-même. Elle était là pour effectuer la toilette mortuaire. Paulin le Veuf, Pasque, Anselme et Zéphir sortirent de la pièce avec les bessons qui grinchaient à tour de rôle du haut de leurs trente mois. Anne-Aimée put rester avec les femmes parce qu'elle ne se plaignait pas d'avoir été réveillée en pleine nuit. La Nant-Nant réclama des instruments de rasage, de la crème de savon, un peigne, un linge et de l'eau chaude. La vieille Léonie ouvrit la chemise de feu son fils pour lui dégager le cou et laisser la voie libre à la lame sous le regard intrigué d'Anne-Aimée. La Nant-Nant veilla à ne pas couper Prudent ; elle avait des principes. Prunelle assista à la dernière toilette de son époux. Cet homme avec lequel elle avait eu des mots, surtout à propos des enfants. Les morts comme les vivants, les naturels comme les adoptés. Anthelmette, Zoé et Coqueline furent chargées d'enfiler à leur père son costume des dimanches. Rasé et vêtu de la sorte, il avait les apparences de la vie.

– Pépé ? Ça va, pépé ? appela Anne-Aimée, suspendant le temps autour d'elle.

– Le pépé va pas te répondre, il est devenu mort, l'informa sa grand-mère.

– C'est pas grave ! répondit la fillette, répétant ce que son père lui disait à chaque fois que sa mère la disputait.

Constatant qu'Anne-Aimée était passée à autre chose, les femmes reprirent leurs activités. La vieille Léonie et Prunelle s'habillèrent de deuil pour recevoir le public dans la pièce maintenant tendue de noir. Les trois sœurs allumèrent des cierges bénits. Les voisins n'allaient pas tarder à venir signer le défunt de la bonne main, ainsi que le voulait la tradition. Le curé ouvrit les festivités en brûlant l'encens chargé d'écraser la mort sous une chape d'odeur. Il bénit les chapelets et les croix se trouvant là, ainsi que les objets sacrés que la Nant-Nant avait apportés – un plein panier, en vérité. Les hommes revinrent pour installer autour du défunt tous les prie-Dieu qu'ils avaient pu trouver. Le petit Zigmond monta à deux pieds sur un, se dressa et écarta les bras en croix. Son attitude amusa Zébulon, contrairement à leur mère dont le regard noir fit descendre le premier de son perchoir et stoppa net le rire du second. Le curé invita Prunelle à s'agenouiller, mais elle resta debout comme pour lui rappeler qu'elle était maîtresse en sa demeure. Cela ne l'empêcha pas de se recueillir devant son défunt mari. La vieille Léonie se montra casse-cou en se laissant tomber sur sa chaise à prier. Dans le silence ambiant, on entendit gémir ses genoux arthrosés. Coqueline s'installa à côté de sa grand-mère, sur le prie-Dieu laissé vacant par sa mère. Anne-Aimée et Zébulon jouaient à tourner autour du mort en courant, poursuivis par un Zigmond déchaîné ayant endossé le rôle du loup. Leurs parents décidèrent de les remettre au lit, bien qu'il fût en fait l'heure de se lever. Toute la journée, ce fut une procession de personnes qui venaient former le signe de la croix, faire défiler un chapelet, s'enquérir de ce qui s'était passé ou raconter leur vie. Puis il y eut la nuit funèbre qui suit la mort de quelqu'un et précède ses funérailles depuis des temps ancestraux. Coqueline refusa de quitter son agenouilloir. Repoussant le boire et le manger, elle scrutait son père. Il reposait avec un air d'endormissement. Elle repensa au bal et à ce que son cousin lui avait dit. « En un sens, Pasque a vu juste, songea-t-elle. Le monchu m'a bien demandé quelque chose avec insistance : des nouvelles de mes proches, animaux compris. Mais où est le mal ? » Le docteur et le vétérinaire s'étaient aussi enquis de la santé de ses familiers. Certes, les trois hommes étaient empressés jusqu'à être obséquieux, mais qu'est-ce que cela prouvait ? Peut-être étaient-ce les usages de la bonne société. Après tout, que savait-elle des hautes manières ? Coqueline revint à ce pour quoi la paille du prie-Dieu était incrustée dans sa peau. À son père, elle chuchota des excuses pour lui avoir désobéi, pour lui avoir menti, pour avoir entraîné sa famille dans ses errements. Sans arrêt, elle revenait des derniers mots prononcés aux premiers, égrenant l'éternel chapelet du regret. Ce fut prostrée dans sa robe-tailleur que Côme la trouva lorsqu'il vint présenter un dernier hommage au défunt, ayant appris la nouvelle par l'huissier de soirée. Coqueline s'estomaqua de le voir là ; elle s'inquiéta aussitôt du face-à-face avec Pasque. Par chance, celui-ci était parti raccompagner son père qui avait mal au bois de sa jambe. La mère Baud scruta le touriste qui la condoléança. Elle chercha à détailler l'expression de ses yeux. Elle lui trouva un regard convenable, en tout cas à moitié, car une paupière était fermée par un œdème bigarré. Son complet-veston parla pour lui. Ce jeune homme était dans l'aisance, à n'en pas douter. Affable, c'était évident. Intéressé par Coco, c'était plus étonnant. Mais qu'importe. Prunelle venait de perdre son mari alors qu'elle avait encore une fille à caser ; elle n'allait pas s'arrêter à des vétilles. Et puis un gendre agréable à regarder, cela la changerait. Maintenant, elle comprenait pourquoi Coqueline avait perdu la tête. En son for intérieur, la mère pardonna à sa fille, mais elle ne le lui dirait jamais. Ainsi raisonnait Prunelle dont l'intention était de faire avancer les choses entre les deux jeunots, mais pas tout de suite. Pour le moment, elle avait un enterrement à préparer et c'était sans parler de la montée aux alpages qui se ferait dans huit jours à peine. Côme reçut l'autorisation de s'entretenir avec une Coqueline hors son état normal. Il était venu pour restaurer son image trahie par son attitude de la veille. Il présenta des excuses à la jeune fille, lui offrit un petit rien, lui promit que Pasque ne serait pas inquiété pour la rixe. Elle déballa le cadeau provenant d'une parfumerie, découvrit un duo de crème et de poudre de riz Alpha-Radium « qui procure au visage le velouté mat si apprécié par la femme élégante ». Tandis qu'elle humait ce présent lui donnant le sentiment d'être de naissance royale, Côme la pria de lui laisser une chance de se racheter. Coqueline accepta. Et pour encourager l'élan qui l'amenait au chalet, elle se jeta à son cou avec le sentiment que changer de vie était possible. Elle voulait fuir cet avenir figé dans les traditions qu'elle redoutait d'autant plus maintenant qu'elle avait goûté à une existence pleine de promesses. Coqueline mit sur le compte de sa bonne éducation le fait que Côme sembla répugner à la prendre dans ses bras. Ce fut le moment que choisit Prudent pour sortir de chez lui dans sa redingote de sapin. Il fut charreté jusqu'au cimetière où il rejoignit ses trois fils morts dans les langes. Zoé n'accompagna pas son père de lait, car elle évitait désormais le champ du repos. Régulièrement, de nouvelles tombes venaient entourer celle de l'enfant qu'elle portait au début de la guerre et celle de Zian. Les deux minuscules croix disparaissaient dans la forêt des autres. À chaque nouveau décès, c'était comme si leur courte existence se gommait un peu plus. Zoé savait que cette vision en cachait une autre : la crainte qu'il arrivât malheur aux bessons.

* *
*

Une semaine plus tard, le Dr Curie se présenta à la fabrique de bois cintré, conformément à ce qu'il avait annoncé à Coqueline au bal. Anselme y travaillait tout en surveillant Anne-Aimée. Elle jouait avec des copeaux nés de la lame du rabot dont elle aimait le son de l'aller, différent de celui du retour. La fillette leva les yeux sur l'inconnu à la sacoche, des yeux brillants et cillés qu'on devinait facilement mouillés de larmes. Un regard à la fois risque-tout et ingénu, le plus poignant du monde.

– Quelle délicieuse petite fille vous avez-là ! complimenta le praticien à la moustache en guidon. Vous l'avez toujours avec vous ?

– Quelle belle trousse médicale vous avez-là ! dit en badinant le boisselier. Vous l'avez toujours avec vous ?

– Déformation professionnelle !

– Déformation paternelle !

Les deux hommes plaisantèrent de leurs habitudes, traitèrent du temps qu'il ferait. Pour mener à bien son projet, le docteur devait endormir la vigilance de l'artisan, aussi passa-t-il commande d'une paire de skis au lieu de proposer ses services. Manfred Curie voulait parler du problème qu'Anselme tenait secret ; personne n'était au courant, pas même Anthelmette. Pour dissiper sa méfiance, le médecin fit mine de s'intéresser au processus de fabrication des skis. Aussi écouta-t-il le boisselier expliquer que la boîte de cintrage était primordiale, car elle permettait l'équerrage des planchettes humides. Si la forme était gauchie, les skis seraient voilés et donc fichus puisque la courbure obtenue était durable. Anselme travaillait avec acharnement, anticipant l'arrivée des touristes qui viendraient s'initier aux joies de la glisse. La station de bon air attendait la venue d'une cinquantaine d'hivernants – des vacanciers anglais, des curistes français. Ils logeraient dans les quatre hôtels du bourg et les dix chalets-appartements à louer. Une aubaine pour un fabricant de skis et de luges utilisant du pin cembro dont le bois malléable pouvait être cintré sans jamais se fendre. Le boisselier prit les mesures du praticien, car la longueur des planches devait être proportionnelle à la taille du skieur, à sa longueur de jambe et à sa capacité de marche. Anselme fit porter ses pas à Manfred Curie devant lui. Il mesurait sa foulée quand des cris se firent entendre. Anne-Aimée se dressa d'un bond sur ses petits pieds ; les deux hommes s'interrogèrent du regard. Cela venait de l'habitation, normalement vide à cette heure de la journée. Anselme se précipita dans son chalet où il eut la surprise de trouver sa femme, la tête entre les jambes.

– Qu'est-ce que tu fais ? interrogea-t-il.

– Je regarde où ça en est.

Au réveil, Anthelmette avait eu de petites douleurs qui n'avaient pas duré. Elle avait hésité à partir, mais s'était souvenue de la venue d'Anne-Aimée. N'ayant pas l'intention de faire naître tous ses enfants dans Grange Vieille, la soigneuse avait préféré rester chez elle, pour voir.

– Et ça en est où ?

– Pas loin. Je vais avoir besoin d'un sérieux coup de main.

– J'ai ce qu'il te faut, ça tombe bien.

Anselme ressortit de chez lui pour rassurer Anne-Aimée et s'adresser à l'officier de santé.

– Vous êtes pris dans les moments à venir ?

– J'ai tout mon temps, je suis en vacances.

– Alors venez. J'ai trouvé de quoi vous occuper.

Le praticien entra, prit la mesure de l'urgence, donna des ordres. Linge, bassine, eau chaude, savon. Il retourna chercher sa sacoche restée dans la fabrique et revint se laver les mains avant de se placer côté jupons. Une bouche surmontée de bacchantes en guidon fit face à une bouche à la moue moustachue. En position de parturiente devant cet inconnu en cravate ponceau, Anthelmette se contracta, attitude peu indiquée dans son état. « Pourquoi Anselme me met-il cet endimanché entre les pattes ? » se dit-elle. Jamais dans sa famille personne n'était allé quérir un docteur pour des couches. Et puis aucune femme pleine ne délivrait en présence d'un homme, les accouchements se faisant à la maison avec une sage-mère aidée d'une familière. La gêne d'Anthelmette monta au point que le Tout-Puissant la ressentit d'où Il était perché. Embarrassé à son tour, Il y mit un terme en lui offrant un accouchement en bouchon de champagne ; après tout, il s'agissait d'une soigneuse faisant l'intermédiaire entre Lui et les souffrants. La scène qui s'ensuivit fut assez confuse. Adepte des ciseaux, l'accoucheur coupa ce qu'on pourrait appeler le muselet de chanvre. Le bouchon sauta du col dans un dégorgement de mousse à la façon d'un certain dom Pérignon courant ravitailler l'abbaye de Hautvillers – faiblesse d'un médecin habitué des bonnes tables de France. Le bébé fut expulsé à une telle vitesse que ce fut à peine si l'officier de santé eut le temps de le rattraper, signe qu'il serait un enfant pétillant.

– C'est un garçon ! s'exclama-t-il.

Anthelmette comprit qu'un ventre pointu ne signifiait rien. Elle avait gâché l'existence des siens inutilement, puisque c'était un fils qu'elle portait depuis neuf mois. Et maintenant il était là. Son petit qu'elle emmènerait partout avec elle. Oui, ce garçon, elle allait le garder pour elle toute seule, comme un cadeau qu'elle se faisait. Le praticien lui fit avaler une cuillerée de sirop de morphine avant de lui confier l'être auquel elle venait de donner la vie. Son dessein n'était pas d'apaiser la douleur, mais de pouvoir jouer du fil et de l'aiguille sans être dérangé. Il voulait aussi qu'Anselme se fît une image embellie de lui. Pendant que l'accouchée serrait son bébé sur son cœur, il recousit l'épisiotomie qu'il pratiquait de façon systématique, trouvant qu'une incision en baïonnette était plus simple à suturer qu'une déchirure spontanée. Le chirurgien s'inscrivait dans la lignée des inciseurs de périnée dont le premier avait officié en 1742.

– Je vous ai fait le point du mari, dit-il à sa patiente. Pour vous, cela ne changera rien, mais votre époux sera content.

Dans son brouillard morphinique, Anthelmette ne comprit pas la signification de ses propos. Tout à la joie d'avoir enfanté un mâle, elle renonça à le questionner, croyant qu'il s'agissait d'un détail sans importance. Comment aurait-elle pu se douter que Manfred Curie n'était pas homme à laisser, en partant, un périnée dans l'état dans lequel il l'avait trouvé en arrivant ? Comment aurait-elle pu savoir qu'il avait resserré l'entrée de son vagin avec un point de suture supplémentaire de façon à favoriser le plaisir de son époux ? Anthelmette regarda le docteur sortir du chalet avec les yeux éteints d'une patiente en état analgésique.

– Je vous l'ai rendue comme avant, en mieux, confia-t-il à Anselme qui attendait dehors avec Anne-Aimée.

Le faiseur de bois cintré remarqua le clin d'œil appuyé sans toutefois en saisir le sens, comme souvent avec un corps médical incapable de se rendre compréhensible au non-spécialiste. Et puis Anselme avait autre chose à faire que de chercher à comprendre. Comme il avait hâte de retrouver sa femme et de découvrir son bébé ! Il entra dans l'habitation, approcha du lit en tenant Anne-Aimée par la main. Sans attendre, il félicita son épouse plongée dans un état sédatif. La fillette se hissa sur la pointe des pieds, découvrit son petit frère que sa mère avait prénommé Ange. Le praticien déposa sur la table à manger un échantillon de talc Borate de la marque Tho-Radia, pour la toilette du nouveau-né. Il laissa également un tube de Radiocrèmeline pour Anthelmette, baume au pouvoir sédatif capable de multiplier les couches cutanées. Le boisselier jeta un œil à ces produits. Il en connaissait la caractéristique commune, mais préféra taire cette information car elle pourrait le compromettre.

– Vous direz à votre femme que l'afflux des humeurs sera efficacement combattu par le massage de l'entrejambe avec cette crème. Cela lui évitera l'anémie qui débilite l'organisme tout entier et le teint de chicon incompatible avec la beauté.

Anselme lut l'étiquette sur le tube de pommade : *Son efficacité due aux propriétés merveilleuses de sa radioactivité officiellement contrôlée assure la guérison des affections de la peau. Tube d'essai 4,75 francs. Laboratoire de Radiumthérapie, 25D rue Vaneau, Paris 7e.*

– J'ai pas les sous pour ça, avoua-t-il. Ni pour le dérangement.

– Vous ne me devez rien, mon bon. Je vous l'ai dit, je suis en vacances. Et si j'ai envie d'accoucher une paysanne sur mon temps libre, c'est mon droit.

– Grand merci. Vous avez fait beaucoup pour ma femme.

– Maintenant, ce que je voudrais, c'est faire quelque chose pour vous. Vous en avez besoin.

– Que non ! Je vais bien.

– À d'autres, voulez-vous ! N'oubliez pas que je suis médecin.

Le faiseur de bois cintré jeta un œil sur sa fillette dont le visage irradiait le bonheur. Elle s'était installée avec précaution tout contre Anthelmette. Le sirop de morphine permettait à Anne-Aimée d'échanger le premier moment tendre de sa jeune vie avec sa mère sur laquelle dormait le bébé qui avait tété du lait sédatif. Voyant que l'accouchée était assoupie et que ses petits ne risquaient rien, Anselme sortit de son chalet afin d'attirer l'officier de santé à l'extérieur. Qu'avait-il découvert à son sujet ?

* *
*

Au même moment, Coqueline se trouvait chez *À tout pied* où elle avait repris sa place de demoiselle de magasin à sa demande. Les larmes du deuil en partie séchées, Prunelle avait estimé que l'interdiction s'était éteinte en même temps que celui l'ayant édictée. Elle pensait que sa fille cadette allait bientôt coucher dans la plume ; il ne fallait pas la contrarier si on voulait que, à l'avenir, elle fît de généreux dons à sa famille. Pour avoir acheté du Nutritor DF au vétérinaire, ce crédule de Prudent n'avait laissé en héritage qu'une bourse dont les doublures se touchaient. Comme chaque soir, Coqueline effectua le décompte de la caisse, puis elle quitta la boutique pour aller dans l'atelier donner le résultat de la journée à Zéphir. Cette fois-là, elle le trouva la jambe de pantalon relevée, en train de se masser la malléole externe.

– Ah ! Coco ! Entre ! Mon sabot s'est pris dans mon boutoir. Ma cheville a vrillé et c'est à peine si je peux poser le pied. Qu'est-ce que ça a donné, aujourd'hui ?

– Couci-couça.

– C'est normal ! Sur les cent vingt estivants ayant retenu de quoi se loger cet été, seuls douze sont arrivés. Ici, l'activité ne bat son plein qu'entre la Fête nationale et l'Assomption. Ça démarrera quand ils seront tous là.

– Alors attendons leur arrivée ! Il faut être patient dans la vie.

Coqueline savait de quoi elle parlait : attendre était devenu son quotidien. Elle attendait les visites de Côme qui livrait des produits miraculeux aux habitants les plus nécessiteux. Quand il devait marcher sur la vallée, il était partant mais, quand il s'agissait de lui prendre la main, il devenait timoré. La jeune fille s'était renseignée sur les us et coutumes des rupins auprès du cousin huissier de soirée qui en connaissait un rayon sur cette société industrielle. D'après lui, les gens de la haute revenaient aux bonnes manières en s'inspirant des beaux temps de la chevalerie. Ils se courtisaient des mois pour réinventer une façon élégante et courtoise de vivre, tandis que les nouveaux riches ne s'embarrassaient pas des convenances. Coqueline en avait conclu que son prétendant faisait partie du premier groupe. Elle comprit que Côme était distant afin de respecter les dispositions galantes de son rang. L'esprit de la demoiselle enfanta de grandes idées romantiques.

– Pourrais-tu regarder dans la crédence ? lui demanda Zéphir. Le monchu m'a laissé un baume à masser au cas où je me blesserais en travaillant. Je crois que ça pourrait me soulager.

Coqueline ouvrit le tiroir et fouilla dans le bazar qui y régnait. Au fond, elle trouva un emballage cartonné. Elle saisit la boîte de Nutex et la lui tendit. Tous deux prirent conscience en même temps que ce n'était pas une pommade, mais des préservatifs au radium. Après la redingote de sapin venait la redingote anglaise ! Visiblement, la mode était au vêtement d'homme plus ou moins ajusté. Difficile de dire lequel des deux était le plus gêné. C'était peut-être Zéphir dont la sexualité venait d'être dévoilée aux yeux de sa belle-sœur. Ou peut-être Coqueline qui était une béotienne en la matière. Lui, empli de honte, voulait être à cent pieds sous terre. Elle, rouge de confusion, ne pouvait quitter des yeux les boudins roulés que quelqu'un avait alignés avec une rigueur toute militaire. Sur le carton, un message en gros caractères bleus promettait élasticité, sécurité et protection. C'était la deuxième fois qu'elle voyait ce genre d'étui souple. La première, c'était au bal, dans les lavabos des dames. Elle avait entendu des femmes en parler derrière la porte fermée, vu certaines s'en échanger pour se dépanner. Elle avait compris que cela servait à empêcher un certain Polichinelle de fouiller dans les tiroirs. Zoé arriva sur ces entrefaites pour leur dire que leur souper était prêt. Elle regarda sa sœur, puis son mari. Pourquoi tenait-il dans une main une boîte de redingotes anglaises et dans l'autre une cheville énorme ?

– Qu'est-ce qui se passe, ici ? interrogea-t-elle sur un ton laissant entrevoir un éclat à venir.

– C'est bien ce que je voudrais savoir, rétorqua Coqueline.

Elle sortit d'*À tout pied* en tapant des talons. C'était un peu fort ! Elle venait de trouver des ustensiles condamnés par l'Église dans la cordonnerie et c'était à elle qu'on demandait des comptes. Mais elle aussi aurait eu des questions à poser. Qui était ce Polichinelle, d'abord ? Et pourquoi fouillait-il dans les tiroirs des autres ? Et puis de quelle façon ces boudins roulottés permettaient-ils de l'en empêcher ? Puisque ces préservatifs étaient au radium, ils venaient forcément de Côme. Quand il rentrerait de randonner à pied, Coqueline le questionnerait.

* *
*

À quelques semaines de là, la vieille Léonie trouva Prunelle attablée, la langue entre les dents en signe d'application. Avec une plume fendue à son extrémité, la veuve écrivait une lettre de faire-part à une femme de Paris, veuve depuis plus longtemps qu'elle : sa fille Ferdinande. L'ancienne et sa bru avaient pris le deuil de Prudent, la première pour un an, la seconde pour deux. Elles avaient fait dire des messes auxquelles beaucoup de gens s'étaient rendus malgré la montée aux alpages qui accaparait toute la communauté.

Montriond, dimanche 9 août 1925.

Ma fille aînée,

Cette lettre t'apporte une triste nouvelle : le décès de ton père. C'est en vain que ta grand-mère a prié le Seigneur. Malgré le soin d'Anthelmette, il s'est éteint en suffoquant. Des larmes coulent sans cesse des yeux de mémé Léonie. Elle dit qu'on ne devrait jamais voir partir ses enfants avant soi. Je suis moi-même plus peinée que prévu.

Nous avons ici un docteur de Paris qui vient sans qu'on lui demande. Il dit que la bertholite cause de graves lésions aux poumons et que les Allemands l'ont beaucoup utilisée parce que c'est pas cher et facile à entreposer. Il a donné à la mémé une boîte de cachous au radium Heidelberger. Parce qu'elle s'en veut d'avoir fait désobéir Coco, il lui a interdit de reparler du bal et conseillé de bien mastiquer ces sucs riches en tanin. Ça lui occupe la langue. La mort de ton père a fait que nous formons un triste duo de pleureuses, elle et moi. Et ce sera pire quand Coco partira pour de bon avec l'estivant qui devrait la marier, mais on ne sait pas quand.

Comme tu l'auras compris, le chalet est vide d'habitants. C'est pourquoi je te commande d'y revenir avec tes enfants. Voilà des années que tu es partie. Reviens, maintenant ! Reviens donc !

Prunelle, ta mère qui sait pas y faire.

« Que ne l'as-tu retenue ? » Cent fois, Prudent avait fait ce reproche à son épouse quand Ferdinande avait annoncé sa décision de monter à la capitale avec ses enfants. Le couple avait eu des mots. Le père Baud avait reproché à Prunelle de n'avoir rien fait pour prévenir le départ de leur fille. De son côté, le patriarche avait tout tenté pour empêcher l'aînée de s'éloigner, allant jusqu'à exprimer des sentiments. À l'époque, il lui avait tenu ce langage : « Ferdi, la vie est un grand sapin. La famille en est le tronc. Autour de lui, les branches, les brindilles et les aiguilles sont les anciens, les adultes et les enfants. Paris est une scie à bois qui coupera ce qui te relie à nous. » Et c'était beaucoup pour un taiseux. Presque un exploit. Mais l'aînée n'y avait pas cru ; elle avait trop souffert d'être celle qui aurait dû mourir à la place de son frère. Et puis Ferdinande avait déjà dit oui à madame auprès de laquelle elle s'était fait un point d'honneur d'arriver rapidement. À l'époque, elle avait été reconnaissante à la rentière de l'avoir tiré d'une situation douloureuse et sans issue. Après son départ, Prudent avait contemplé le lit laissé vide par Ferdinande avec les yeux mouillés d'un père ayant vu son fils partir à la guerre. Aujourd'hui, Prunelle était pressée de poster cette lettre qu'elle avait modifiée plusieurs fois. À force de relire son courrier, son angoisse avait grandi, lui faisant craindre le pire : que sa fille refusât sa proposition et ne revînt jamais vivre au pays. Et si l'aînée était devenue une de ces femmes entêtées et rancunières ? Et si elle était devenue semblable à elle, sa mère ? Prunelle avait conscience d'avoir mal agi, mais son orgueil l'avait empêchée de le reconnaître du vivant du Prudent où elle fanfaronnait par fierté mal placée. Était-il encore temps ?

* *
*

L'automne tint la promesse du printemps ; le potager de Zéphir donnait à foison. Dès le matin, il récoltait des choux, des navets, des pommes de terre et des raves. L'Excitor Agral était un engrais de première qualité produisant des légumes dont la radioactivité fortifiait petits et grands. Cette bonne récolte allait lui permettre de nourrir sa famille pendant l'hiver à venir. Cela ne serait pas en trop, car les ventes estivales n'avaient pas été aussi bonnes qu'espérées alors que les touristes avaient pourtant été au rendez-vous. Le problème venait de Coqueline. Elle accueillait les clients mollement, trop occupée à se poudrer le nez d'Alpha-Radium, formule contrôlée par l'institut Pierre Curie, à en croire l'étiquette. « Le Dr Curie peut-il avoir le même patronyme par coïncidence ? se demandait-elle. Je crois plutôt qu'il tait son appartenance à cette illustre famille par pure modestie. » Sous la poudre de riz, le visage de la jeune fille était tartiné de crème antiseptique radioactive de qualité supérieure par la délicatesse de son parfum. Mais elle avait beau se pomponner, il n'était pas encore question de fiançailles avec Côme. Pourtant, il lui rendait visite certains soirs. Il se promenait avec elle en lui tenant la main mais, quand aurait pu se présenter le moment de l'embrasser, il devenait un homme encombré d'une timidité de petit garçon. Cela n'allait jamais plus loin qu'un frôlement. Une seule fois, Côme avait posé la tête sur ses genoux chastes et tremblants. Ainsi installé, il lui avait confié son espoir de faire reculer la maladie, la vieillesse et, pourquoi pas, la mort. Jusqu'à ce point, Coqueline l'avait écouté, l'avait approuvé, le regard confiant. Alors il avait parlé avec ferveur, avait montré sa fascination pour la curiethérapie. Il était persuadé d'avoir trouvé le secret de la jeunesse éternelle, d'avoir battu Dieu sur son propre terrain de jeu. Là, le monchu était allé trop loin. Il avait choqué la croyante qu'elle était, d'autant plus qu'elle ignorait dans quelle mesure il était sérieux. Et c'était à peine s'il avait répondu à ses questions concernant les redingotes anglaises découvertes chez *À tout pied*. De ses maigres explications, elle avait tiré que les Polichinelles étaient des enfants et les tiroirs des mamans. Elle en avait déduit que Zéphir ne voulait plus qu'aucun Polichinelle n'allât se cacher dans le tiroir de Zoé. Sa dernière fausse couche avait failli lui coûter la vie. Si Coco comprenait que son beau-frère voulût préserver sa femme, en revanche elle était perdue quant aux intentions réelles de Côme. Pourquoi ne se déclarait-il pas ? Que voulait-il ? Il devait forcément désirer quelque chose pour continuer à lui rendre visite. Son comportement ambigu aurait mérité des explications. Néanmoins, Coqueline ne lui poserait plus aucune question, car, selon elle, l'argent répondait à tout. Et des sous, le monchu en avait beaucoup.

* *
*

À Montriond, comme dans toutes les communes de France, il y avait foule autour du monument aux morts. Contrairement à celui de Morzine qui était un monument patriotique, il s'agissait d'un monument funéraire à caractère religieux. C'était pourquoi, après une vive polémique, il avait été installé dans le cimetière du village et non sur la place publique. C'était une foule habillée en sombre et en clair à la fois, dans laquelle se côtoyaient les veuves noires et les veuves blanches, toutes ayant perdu soit un mari soit un fiancé durant le conflit. Les hommes portaient leurs habits des dimanches, les jeunes gens des vêtements bleu nuit, les enfants des blouses d'écolier. Des garçons trop vite grandis étaient affublés de pantalons feu de plancher semblant refuser de descendre jusqu'à leurs sabots grossiers. Des filles à peine sorties de l'enfance étaient en tenue de première communiante sur des galoches montantes. À l'exception de Ferdinande et de ses orphelins de guerre, tous étaient présents : la vieille Léonie et sa belle-fille Prunelle pleurant à quatre yeux Prudent, la Nant-Nant dont le fils avait été tué en étant prisonnier, Zoé et ses bessons avec Zéphir revenu médaillé mais sans nez, Pasque et son père Paulin le Veuf en béquilles. Il y avait aussi le maire en écharpe, l'instituteur, le garde champêtre, le curé, le docteur, le vétérinaire, Coqueline et enfin Côme qui se montrait peu empressé. De manière imprévue, Anselme était là également, avec Anthelmette, Anne-Aimée et le petit Ange. Le boisselier aurait voulu s'abstenir de participer, mais la soigneuse avait insisté pour qu'il l'accompagnât. À présent, il regrettait d'avoir cédé, persuadé d'entendre ce que pensaient les autres : « Comment l'embusqué ose-t-il se montrer à la commémoration ? » Ce mercredi 11 novembre 1925, tous avaient l'air de sortir hagards d'une tranchée. Ici, comme partout dans le pays, on ressentait le besoin de perpétuer le souvenir de ceux ayant défendu le drapeau. Famille, voisins, connaissances et amis, c'était tout un village qui se soutenait, marchait main dans la main. Tous fixaient la liste de noms gravés par ordre chronologique dans la stèle en pierre de roche. Ainsi, chacun savait quel soldat était tombé aux premières heures de la guerre et quel autre combattant était tombé aux dernières. Qu'est-ce qui était le pire ? Avoir ouvert le bal des atrocités ou l'avoir fermé ? La sonnerie aux morts retentit juste avant un roulement de tambour que l'écho des montagnes répercuta sur les sommets. Le curé parla à la place du maire en écharpe tricolore puisque le lieu d'implantation du monument était passé du laïque au religieux. Puis Paulin le Veuf fit l'émouvant appel des noms auquel répondait Zéphir, coiffé du shako de fantassin. La foule endura la sonnerie aux morts une dernière fois avant de recevoir un ordre de dislocation, mais la dispersion n'eut pas lieu. Chaque villageois resta où il était, figé sur place par l'ampleur du malheur. L'annonce d'un verre de l'amitié servi dans la mairie fut plus efficace pour faire bouger les troupes. Il y avait du chocolat au lait mousseux pour les enfants, du vin vert pour les parents, des rissoles pour tous. On parla de la bise noire qui avait soufflé neuf jours d'affilée, du cochon qui attendait l'Avent pour être saigné. On profita de la présence de Manfred Curie pour le questionner sur la vaccination antitétanique dont les essais faisaient l'objet de polémiques partout en France.

– Pourquoi les laboratoires l'ont expérimentée sur des gens avant de la tester sur les chevaux des armées ? lui demanda Pasque.

– Je ne suis pas sûr de bien comprendre votre question, éluda le médecin, mal à l'aise face à cette pierre de scandale.

– C'est pourtant pas compliqué, intervint Paulin le Veuf, agacé que le docteur trimbalât son fils. Mon gamin veut savoir pourquoi ce sont des humains qui ont servi de cobaye pour soigner des bourrins.

– Parce que les premiers sont plus résistants que les seconds, finit par admettre le praticien.

Il se garda d'ajouter qu'il avait une preuve : les Parisiens disaient reconnaître les Savoyards à ce qu'ils portaient des fardeaux qui auraient tué des chevaux. Il détourna la conversation en s'adressant à l'unijambiste en particulier :

– Savez-vous que les mutilés peuvent se faire assister du médecin de leur choix pour examiner leur aptitude physique afin que leur pension soit réévaluée ?

« Réévaluer, pour nous autres, ça veut toujours dire baisser, et jamais hausser », ironisa Paulin le Veuf en son for intérieur.

– Je sais tout ça, mon bon soignant ! répondit-il néanmoins avec politesse. Un docteur est venu de Lyon pour que j'échange mon cuissard à pilon contre une jambe de travail.

– Bien, bien ! Il est vrai que votre équipement paraît très moyenâgeux comparé aux prouesses des techniques actuelles. Je voulais justement vous parler de ma visite à la Foire de Paris. La Société des membres artificiels y présentait sa jambe munie d'un verrou. La maison Meyrignac exposait un sabot d'agriculteur adaptable à tous les pilons. Je crois que vous pourriez trouver chaussure à votre pied, sans vouloir faire de mauvais jeux de mots, bien entendu.

Paulin le Veuf fixa l'homme à la moustache de guidon, s'étonna de le voir *ricasser*. Scruté par ce regard d'ancien combattant où brillait une lueur de réelle clairvoyance, Manfred Curie reprit son sérieux pour offrir ses services.

– Quand votre nouvelle prothèse sera à disposition, faites-le-moi savoir, je viendrai volontiers vous harnacher.

Perdu dans ses pensées, l'amenuisé ne répondit pas tout de suite. « Comment ce morticole ose-t-il proclamer que ces appareillages sont des remèdes à l'infirmité ? s'indigna-t-il *in petto*. Un mutilé devient forcément inadapté à ce qu'il faisait quand il disposait d'un corps au complet. » Ces prothèses étaient-elles réellement destinées à améliorer la vie des impotents ? La réponse était « non ». Le ministère de l'Agriculture travaillait-il en collaboration avec celui de la Santé pour une autre raison ? La réponse était « oui », et la raison était simple : il fallait nourrir la population. Les administrations dirigeaient leurs efforts vers le retour à la terre des estropiés parce que les gens avaient faim. Les années n'étaient pas folles pour tout le monde. Privé d'un million trois cent quatre-vingt-cinq mille jeunes hommes morts au combat, le pays peinait. Un Français sur dix était pensionné – mutilés, gazés, pulmonaires, gueules cassées, veuves, orphelins… Alors les masses populaires devaient besogner. Afin que la Foire de Paris eût une réelle portée sur le grand public, un caractère original avait été donné à l'exposition par l'emploi de mannequins amputés mis en posture de travail. Face à ces mises en scène, les démobilisés devaient prendre conscience qu'ils pouvaient reprendre la place qu'ils occupaient avant guerre. Des formes humaines tronquées servaient de modèle. Un désarticulé de l'épaule faisait les semailles grâce au semoir à archet. Un mutilé du bras rebattait sa faux à l'aide du marteau à ressort Jullien. Un jardinier repiquait ses salades grâce au plantoir de Devanne. Un apiculteur soignait sa ruche avec la pince Lumière. Et c'était sans parler de l'équipement exposé sur les tables : poignet à ressort, main de vigneron, bras de travail… Les organisateurs n'avaient pas lésiné sur ce qui ressemblait à un magasin d'outillage.

– Ce sera pas la peine de vous déranger, répondit finalement Paulin le Veuf. J'ai dit non.

– Mais pourquoi donc ? désapprouva Manfred Curie. Vous vous trouveriez bien mieux avec cette prothèse. En y adaptant un sabot de Gouget, vous pourriez même retravailler.

– Bien ou mal harnaché, un amputé reste amputé. Si les guiboles repoussaient, ça se saurait. Et je suis sûr que vous savez pourquoi j'ai refusé tout ce bourre-mou.

Le médecin toussota, mal à l'aise. Oui, il le savait. De même que tous ses confrères, il était poussé par l'État à mieux appareiller les vingt-cinq mille unijambistes. Pourquoi la collectivité prenait-elle en charge les frais d'une prothèse de jambe ? Parce que le dispositif permettait de supprimer la pension d'invalidité des militaires devenus infirmes devant l'ennemi – la plus coûteuse, après celle des soldats tombés en combattant. Ainsi, l'État pouvait retirer leurs droits aux mutilés sans déclencher un tollé. Selon l'administration, Paulin le Veuf était un homme diminué mais non annulé. Il faisait partie du programme de taylorisation du mutilé dont l'objectif était de le remettre au travail. Pour ce faire, il avait reçu un abonnement gratuit pour les transports en commun dans lesquels il bénéficiait d'un quart de place. Mais quel genre de transport en commun aurait bien pu desservir un alpage ? Heureusement qu'il avait Têtu, son mulet adapté au terrain accidenté ! Son regard figé sur sa jambe abrégée, l'ancien combattant se questionnait à propos de la loi sur les pensions de guerre. Était-ce une loi d'assistance, de réparation ou de reconnaissance pour l'inestimable service rendu à la patrie ? Aux yeux de l'État, son traumatisme avait produit une perte de capacité supérieure à trente pour cent. Il avait donc droit à une pension complémentaire, indépendante de la pension de réforme. Le fait qu'il refusait le sabot de travail empêchait de faire descendre son taux d'invalidité à vingt pour cent. La mauvaise volonté de Paulin le Veuf obligeait donc l'État à lui verser la complémentaire. L'homme avait peut-être perdu une jambe, mais il avait encore sa tête. Le médecin l'avait sous-estimé ; il n'insista pas davantage, préférant retourner auprès du vétérinaire et de Côme.

Les heures passant, les villageois firent quelques pas à distance du monument aux morts, comme pour se séparer, mais personne ne s'éloigna vraiment. Paulin le Veuf proposa que la soirée se poursuivît chez lui. Il était à la fois celui qui habitait le plus près et celui qui se déplaçait le moins bien. Tous acceptèrent, à l'exception du curé sur lequel les ans pesaient de tout leur poids. L'unijambiste voyagea sur le dos de Têtu, tandis que le groupe cheminait à pied. Une fois au chalet du Plan, Pasque installa tout le monde pendant que son père réchauffait de la soupe et réunissait de quoi faire un petit mâchon. Coqueline aurait dû se réjouir d'être avec le monchu, mais elle était moitié figue, moitié raisin. Elle appréhendait sa réaction quand il réaliserait que les soirées se passaient à l'étable. Et elle avait vu juste, car il en conçut une exaspération qu'il parvint mal à contenir. Poussé dans le dos par le vétérinaire qui s'amusait de le voir faire autant de manières, Côme fit un pas dans le bâtiment. Il chercha un endroit sain où poser son postérieur afin d'épargner son complet neuf. Le médecin mit fin à ce caprice en lui rappelant dans un chuchotement qu'ils étaient payés pour être là. Paulin le Veuf revint vers ses invités affublé d'un képi et d'un brassard. Il leur servit du pain, des tranches de jambon fumé et de la boisson en exhibant ses accessoires. On voyait combien il était heureux que la veillée eût lieu en son foyer où il n'avait reçu personne depuis le drame qui l'avait touché. Pasque fournit à chacun un bol fumant. Dans les estomacs, on recouvrit de soupe brûlante le vin vert servi plus tôt à la mairie. Puis on empila l'eau-de-vie sur le potage sans craindre pour le travail de digestion. Si la gnôle de gentiane amollissait les corps, elle survoltait les esprits. Les questions fusèrent après que leur hôte eut soulevé son képi brodé d'un 62 pour trinquer à la mémoire des sacrifiés sur l'autel de la revanche. Il leva le bras et on put voir son brassard sur lequel figurait une roue ailée surmontée de deux canons croisés.

– Vous étiez artilleur ? demanda le vétérinaire.

– Affirmatif ! répondit Paulin le Veuf en faisant parade. 62e régiment d'artillerie de campagne affecté à la défense du camp retranché de Paris. Là-bas, il y avait beaucoup de gars comme moi vu que la DCA[1] intégrait tous les blessés récupérés.

---

1. DCA : *Défense contre l'aviation, apparue pendant la Première Guerre mondiale.*

– L'état-major vous a récupéré dans votre état ? osa le docteur.

– Les pertes humaines étaient telles que si on n'était pas morts on y retournait tous.

– Ou presque, grommela Prunelle en désignant Anselme dont les ailes mobiles du nez se mirent à battre d'embarras.

– Croyez-le ou non, j'ai préféré être tronqué dans la DCA qu'entier au fond d'une tranchée, avoua Paulin le Veuf. Au moins, là-bas, on pouvait dormir au sec et se ravitailler. Mais fallait avoir des sous parce que la gnôle de mirabelle valait quatre francs le litre, et le vin blanc bouché un franc vingt-cinq la bouteille. Pour ceux qui logeaient le diable dans leur bourse, il y avait du vin d'Algérie à cinquante centimes le litron.

Le garde champêtre et l'instituteur confirmèrent les prix exorbitants des denrées vendues près du front par les mercantis. Ces marchands suivaient les armées en campagne pour s'enrichir sur le dos des mobilisés. Les soldats manquaient de tout ; ils avaient besoin de gagner de l'argent afin de se pourvoir en vivres. Beaucoup cherchaient à toucher des accessoires de soldes. Pour obtenir ces primes instaurées en 1915, ils prenaient des risques supplémentaires. Les combattants faisaient tout pour ramasser des armes en avant du front et les rapporter dans les lignes. Ils recevaient deux francs pour un fusil, un franc pour un pistolet, cinquante centimes pour un sabre et vingt-cinq centimes pour une baïonnette.

– Des fois, valait mieux manquer que d'être ravitaillé, dit Zéphir en relevant la visière de son shako de fantassin. Parce qu'une distribution de gnôle et de tabac laissait présager une offensive proche.

– Avec les provisions arrivaient des cercueils vides, ajouta Paulin le Veuf. On regardait les soldats de la territoriale creuser des tombes d'avance. Là, on savait que ça allait barder.

Sa remarque jeta un froid dans l'assemblée qui se réchauffa en faisant tourner la gentiane. Tous en burent, même les femmes. Quand l'alcool arriva dans les mains de Prunelle, elle se rinça le gosier, puis fit repartir la bouteille en sens inverse, sans la passer à Anselme pourtant assis à côté d'elle.

– De quelle manière est-ce arrivé ? s'enquit le docteur en désignant de l'index la jambe de bois.

– D'une drôle de façon. J'entendais gueuler mon conscrit, mais je ne le voyais pas à cause de la fumée. Alors j'ai rampé jusqu'à lui et j'ai compris pourquoi il criait autant. Son pantalon avait disparu. Je l'ai porté jusqu'au camp médical. Le docteur m'a demandé où étaient ses jambes. « Restées sur le champ de bataille », que je lui ai dit. Il m'a rétorqué que mon ami s'était mis dans de sales draps. « Rien n'est propre ici », que je lui ai balancé. Il m'a répondu que j'étais un gars sensé, mais qu'il ne pouvait plus rien. J'ai eu de la peine pour mon conscrit. Le pauvre venait tout juste d'arriver en première ligne. Il n'avait même pas eu le temps d'en profiter.

– Il est arrivé un peu la même chose à mon fils, intervint la vieille Léonie, le visage aussi blanchi que sa coiffe. Prudent venait d'arriver au front quand il a été gazé. Dire que son âge avancé aurait dû l'empêcher d'être mobilisé ! Mais la guerre avait tellement dévoré d'hommes que les années n'y suffisaient plus. Les gamins, les anciens, tous y sont passés. Seuls les planqués y ont échappé.

Plusieurs personnes regardèrent en direction d'Anselme qui paraissait à jamais être l'opprobre de sa communauté tandis que Coqueline essuyait une larme sur sa joue blême. De son père gazé, elle avait gardé l'image d'une paire de narines s'ouvrant sur les côtés en quête d'air. Elle chercha du réconfort dans les yeux bleus de Côme, mais il fit en sorte d'éviter son regard. Ce fut Pasque qui lui adressa un sourire compatissant. La bouteille de gnôle repassa de main en main en évitant celles du boisselier, tant et si bien qu'il renonça à vouloir la saisir au vol. Il posa son menton sur la petite tête d'Anne-Aimée recouverte d'un béguin en laine. La fillette somnolait sur les genoux de son père. Elle avait presque entièrement disparu derrière sa barbe en éventail.

– On sait maintenant pour votre conscrit, mais cela ne nous dit pas ce qui vous est arrivé, fit remarquer le vétérinaire.

– J'y viens, consentit Paulin le Veuf. En sortant du camp médical, j'ai aperçu un nuage d'éclatement à peine visible, annonciateur d'un obus à mitraille. Quand j'ai réalisé ce qui se passait, c'était trop tard. J'avais la cuisse pleine de terre et de plomb. J'ai pensé que j'avais de la chance dans mon malheur puisque je me trouvais près d'un centre de soins. Je me suis retourné dans l'idée d'aller y faire panser ma blessure, mais derrière moi il n'y avait plus rien. Le bâtiment avait disparu. Tout avait été détruit. Je suis resté plusieurs jours comme ça, avec la douleur et la fièvre. En attendant les secours, j'écoutais ma cuisse qui crépitait quand je la palpais. Je me disais que le comble, c'était que j'allais perdre une jambe pour avoir secouru un mort en ayant perdu deux.

– Gangrène gazeuse ! diagnostiqua le docteur. Le crépitement est dû à une bactérie produisant du gaz dans le tissu infecté.

– C'est répugnant ! jeta Côme, ouvrant la bouche pour la première fois de la soirée.

Il avait en commun avec Anselme de ne pas toucher à l'alcool. Le premier car il craignait d'attraper une maladie étant donné que tous buvaient au goulot. Le second parce qu'il n'y était pas invité ; Prunelle y veillait personnellement. Le manège de sa mère de lait pour évincer son mari irritait Anthelmette.

– Et vous ? s'enquit le médecin. De quelle manière avez-vous perdu votre nez ?

– Moi, c'est différent, répondit Zéphir dont le shako de fantassin relevé dévoilait des yeux brillant sous l'effet de l'alcool.

Je faisais partie d'un bataillon de bleuets. Notre gradé a dû choisir parmi nous des soldats ayant la trempe d'aller près des lignes ennemies. Il a pointé son doigt en direction de deux jeunes un peu plus vieux que nous autres. Il leur a ordonné de ne pas se faire tuer. Je me souviens que l'un d'eux a demandé ce qui arriverait si les Boches les voyaient, car il avait une femme et deux gamins. Ils ont été découverts par l'ennemi dans les heures suivantes et je suis parti avec d'autres gars pour essayer de les récupérer. Pour l'un d'eux, on n'a rien pu faire, il avait été fait prisonnier. Le second, on l'a repéré quand un obus a éclaté près de lui. Une gerbe de terre haute comme un mur s'est soulevée et il a disparu dessous. Ça m'a horrifié de savoir qu'il était enseveli vivant parce que je me voyais pas l'annoncer à sa femme. Alors j'ai foncé et j'ai creusé en restant couché car les balles sifflaient autour de moi. J'ai vu que ça bougeait dessous le monticule. Une main avec une alliance est sortie de terre, je l'ai serrée entre les miennes quelques secondes. Sans plus réfléchir, je me suis levé pour le tirer. Et là, j'ai cru que la guerre était finie parce qu'il n'y avait plus de bruit. Plus de tirs, plus de bombardements, plus de sifflements, plus d'explosions. Quand j'ai repris connaissance, ma première sensation a été une horrible douleur à la figure. J'ai porté mes mains sur mon visage et je suis tombé sur un énorme bandage. J'avais été transporté dans un hôpital de campagne où j'avais été opéré. J'ai demandé où était le gars du fond du trou. On m'a dit qu'il y était resté.

Zéphir avait ainsi été intronisé membre du club privé des gueules cassées. L'adhésion donnait droit à des mois d'hôpital, des opérations, de la morphine, des prothèses en vulcanite avec des narines en céramique. Après avoir rencontré un anatomiste plus intéressé par les expérimentations chirurgicales que par ses patients, le cordonnier avait repoussé le scalpel pour rentrer au pays masqué d'une matière noble en laquelle il était orfèvre : le cuir. S'il gardait peu de souvenirs du jour du drame, il se rappelait que les infirmières lui avaient prodigué des soins avec du Cellucoton, une ouate faite avec des copeaux de bois. Devenu un matériau médical incontournable dans les hôpitaux militaires, il se substituait au coton devenu introuvable. Être soigné avec des déchets en cellulose avait été moins étonnant pour Nez de Cuir que de voir les infirmières s'en servir de serviettes hygiéniques – ce détournement d'utilisation avait été remarqué par la marque américaine Kimberly-Clark qui s'était lancée dans la fabrication de protections périodiques sous la marque Kotex après guerre.

– Dis-moi, Zéphir, l'homme enterré vivant, c'était pas le mari de Ferdinande, par hasard ? demanda Prunelle, les yeux éclairés d'une lueur bistre.

Sa question statufia l'assemblée réunie entre les vaches servant chacune de poêle. L'espace d'un instant, même les laitières suspendirent leur rumination baveuse. Chacun retenait son souffle en attendant la réponse du chausseur que Zoé regardait les yeux déjà pleins de larmes. Se pouvait-il que son époux fût défiguré pour avoir voulu sauver le mari de sa sœur de lait ? Tout en berçant son petit Ange qui finissait de téter, Anthelmette scruta le visage défait de sa jumelle sur laquelle la vie semblait s'acharner depuis des années. La soigneuse se rappela la fois où une Zoé juvénile l'avait embrassée sur sa bouche moustachue pour voir comment cela faisait. Sa bessonne disait que cela servirait d'entraînement pour le jour où elle se trouverait en face d'un homme. Qu'il était loin le temps où elles s'amusaient comme des gamines dans une complicité fraternelle !

– Oui, c'était lui, murmura Zéphir en baissant son shako de fantassin sur ses yeux.

Se raidirent tous ceux qui connaissaient Ferdinande dont l'époux avait payé l'impôt du sang sans réserve. Tout comme eux, l'aînée l'ignorait forcément, étant donné que la gueule cassée avait tenu cette information secrète jusque-là.

– Vous êtes un héros ! s'exclama Lucien. Vous méritez la médaille que vous avez sur le poitrail !

– Si j'étais un héros, on me respecterait. Mais je ne suis qu'un homme dont certains aiment à se moquer.

Zoé réunit dans son giron Zigmond et Zébulon en pleurant doucement. Bien que cette révélation fît paraître plus éclatante encore la bravoure de son époux, pour elle c'était un surcroît d'affliction.

– Qu'est devenu le bleuet capturé en premier ? interrogea la Nant-Nant, ses pieds nus posés sur le dessus de ses sabots paillés.

Il valait mieux ne pas lancer sur le sujet cette mère dont le fils était inscrit au martyrologe des prisonniers. Son fils, elle ne l'aimait pas, elle l'adorait. Elle avait enfanté son garçon sans trop savoir de quelle manière, à un âge où la nature ne le permettait plus habituellement. Pourquoi Dieu lui avait donné ce petit pour le lui reprendre ensuite dans des conditions inhumaines ? Était-ce pour que la guérisseuse eût connaissance de ce qu'était la douleur ? La vraie.

– J'ai jamais su, reconnut Zéphir.

– Je vais vous le dire, moi ! s'enflamma-t-elle dans un grand emportement. Le régime réservé à nos captifs en Allemagne a été pire que celui des bagnes. Ils ont été jetés dans des cachots glacés ou laissés dans les chambres de chauffe des usines quand on ne les forçait pas à approvisionner les batteries allemandes sous le feu français. Et ils en sont morts. Mais l'État s'est montré généreux puisqu'il m'a remboursé mon fils. J'ai reçu cent cinquante francs et ses affaires par la poste. C'était des certificats de blessures. Y avait rien d'autre.

Devant tant d'absurdité, un troupeau d'anges passa au trot dans l'étable sans s'arrêter. Cette trêve dans le récit des pénibles vécus fut interrompue par la prise de parole de Pasque. Resté discret jusque-là, il souhaitait donner une tournure plus légère à la soirée.

– On a beaucoup parlé de la guerre aujourd'hui. Mais on n'a rien dit de la démobilisation. Comment ça s'est passé ?

– Ç'a été un sacré moment, fiston ! répondit Paulin le Veuf que la gentiane aidait à prendre du recul. Je me rappelle quand j'ai reçu mon billet de démobilisation. Que j'étais content ! J'allais enfin pouvoir retrouver ma femme et mes enfants. Je ne savais pas encore que la foudre allait m'en prendre deux sur trois.

Finalement, la gnôle ne suffisait pas à alléger le débat. De façon perspicace, Zéphir prit le relais de la narration :

– Dans les centres de démobilisation, on était des milliers à attendre des trains qui ne venaient pas. On criait aux annonces parce que ça faisait des jours qu'on se battait pour un bol de bouillon en attendant de pouvoir partir. Il ne fallait rien pour que ça dégénère. Et le rien est arrivé quand les gradés nous ont demandé nos papiers, alors qu'on avait presque tous perdu notre livret militaire. Tout ce qu'on avait, c'était notre carnet de pécule. On y faisait attention car les soldes qu'on n'avait pas perçues étaient marquées dessus. Sur les deux francs qu'on devait toucher par jour passé au fond d'une tranchée ou engagé dans une bataille, on nous donnait seulement un franc en monnaie. Le reste, c'étaient des timbres à coller sur le carnet. L'état-major appelait ça « la haute paye de guerre », par comparaison aux cinquante centimes que touchaient les soldats de l'arrière. Ça ne faisait pas lourd si on se souvient qu'un kilo de beurre coûtait cinq francs.

– Quand tu es parti à la guerre, j'ai touché un franc vingt-cinq par jour, rappela Zoé. Dessus, j'ai dû rembourser les cinquante centimes que j'avais touchés pour notre bébé sitôt après son décès prématuré. C'était le prix d'un litre de lait. Et je ne parle que des prix imposés par l'État. Au marché noir, c'était une autre histoire.

– En fait, vous n'aviez pas de quoi vivre, fit remarquer le Dr Curie qui voulait se montrer compatissant.

– Vous oubliez la paye que touchaient les soldats, intervint Côme qui en avait assez de les entendre se lamenter, assez des relents de bouse et de purin, assez de ces bouteilles culottées de crasse dont les allées et venues sous son nez l'indisposaient.

– Cent soixante-dix francs auxquels se retranchaient sept francs pour qu'un poilu puisse écrire à sa famille, s'irrita Paulin le Veuf.

– Alors ça n'allait pas si mal que ça ! jeta Côme.

– Facile à dire quand on vit dans des palaces ! réagit Anselme.

– Ça te va bien de parler de facilité ! le cingla Prunelle, refusant que fût malmené le rupin qui allait les tirer de la pauvreté. T'étais planqué où pendant que les autres y passaient ?

– Tu vas pas rattaquer avec ça ? l'interrompit Anthelmette, lasse d'entendre sa mère de lait fustiger son époux sans discontinuer.

– T'as raison ! répondit-elle à la manière d'une bacchante enivrée. Je vais plutôt vous raconter une anecdote pour détendre l'atmosphère. Lorsque Dieu eut fini de créer Adam, il restait des débris sur l'établi. Rognures de peau, muscles en ficelles, chair flasque, pieds plats. Dédaignant ces organes sans vigueur, Dieu allait se retirer sur un nuage pour prendre le repos du septième jour quand l'archange passa. Voyant les déchets, il tenta de convaincre le Seigneur d'utiliser ces restes. Le denier de saint Pierre n'était pas encore institué. Ils n'étaient pas riches, car les biens d'en bas ne montaient pas jusqu'à eux.

Les joues de Paulin le Veuf perdirent le feu que l'alcool y avait mis. Il avait reconnu un article paru dans *Le Bochofage*, journal de tranchée que Prudent avait rapporté au pays pour rigoler. Cela ne lui disait rien de bon. *Le Vide-Boches, Le Poilu press, Hurle-Obus, Sac à terre, Le Lacrymogène*… près de cinq cents parutions françaises – contre seulement soixante-cinq titres allemands – étaient reproduites à la pâte à polycopier faite avec un rouleau de gélatine et de l'encre. Destinés à la destruction du cafard, les différents bulletins, gazettes et canards étaient l'amusement des soldats après l'âpre combat, la distraction jusque dans les boyaux du front.

– Dieu regarda ce qui restait sur l'établi, poursuivit Prunelle. Il n'y avait plus de poils, Il ne pourrait donc pas confectionner un poilu. Il ne pouvait créer qu'une catégorie d'hommes inférieurs. Il envoya l'archange Lui chercher un cœur de lièvre et du jus de navet afin de fabriquer l'embusqué.

Anthelmette se leva d'un bond pour s'en aller, faisant sursauter le petit Ange. Il pleura de surprise, réveillant Anne-Aimée assoupie sur les genoux de son père. La fillette vit sa mère passer en trombe devant elle. De ses menottes, elle s'accrocha de toutes ses forces aux jupes maternelles. Anthelmette s'en rendit compte, mais ne ralentit pas. Au contraire. Elle força le pas, entraînant sa fille dans son sillage. Légère comme elle était, on aurait dit un brin de paille ballotté par la bise. Le mouvement de la marche envoya Anne-Aimée valdinguer contre une poutre. La gamine lâcha le tissu, tomba au sol, hurla. Anselme voulut se précipiter vers sa fille, mais ses genoux restèrent bloqués dans la position qu'il avait trop longtemps occupée ; il grimaça de douleur. Le sang coulait de la pommette ouverte d'Anne-Aimée dans sa bouche. Il s'approcha d'elle, la prit dans ses bras. Elle tournait la tête en tous sens, battait des cils entre ses larmes, cherchait sa mère des yeux. Mais celle-ci avait fui, emportant avec elle son bébé. Alors Anne-Aimée se cambra en arrière et abattit sur Anselme son regard mi-intrépide, mi-ingénu, broyant son cœur de père. Il essuya le petit visage avec la manche de sa chemise, tamponna ses larmes. Il nettoya de son mieux les cheveux collés et poisseux à hauteur de l'oreille. Le médecin s'était approché en même temps que la Nant-Nant. Tous deux observaient la blessure de laquelle s'échappait un liquide rouge clair. La plaie n'était pas profonde, mais coulait beaucoup. La vieille femme savante mouilla de salive son pouce droit et prononça sept fois la prière pour couper le sang. Puis elle traça le cercle et barra la joue enfantine d'un signe de croix. La gamine la laissait faire, encouragée en cela par son père. Le docteur regardait la scène d'un autre âge sans intervenir, sentant d'instinct que c'était une histoire dans laquelle il n'avait pas sa place. Après avoir confié la surveillance de ses bessons endormis à Coqueline, Zoé déchira le bas de sa juponnerie d'un coup sec. Avec, elle fit un bandage autour de la tête de sa nièce qu'elle coinça sous le béguin pour le faire tenir. Anselme embrassa sa fille. Elle enfouit sa tête dans le cou paternel et sanglota. Il enfila son épaisse veste, dos devant afin qu'Anne-Aimée se trouvât dessous et ne prît pas froid. Il sortit sans mot dire de l'étable, accompagné par Manfred Curie.

– Pourquoi ne leur dites-vous pas la vérité ? l'interrogea le médecin, une fois dehors.

– Parce qu'ils me rejetteront quand ils sauront.

– Ce ne pourrait être pire que maintenant.

– Oh que si !

– De quelle manière ?

– Si on éloignait mes enfants de moi.

Le praticien ne sut que répondre et dut se contenter de regarder le boisselier rentrer chez lui en boitant bas avec sa fillette au chaud sous sa veste. Où était l'homme à l'allure souple et déliée qui aimait plaisanter ? Anselme n'avait plus rien du boute-en-train agile qu'il était à son mariage. En retournant dans l'étable, le docteur tomba nez à nez avec Prunelle. D'une manière opportune, elle arrivait trop tard pour présenter des excuses à son beau-fils – ordre de la vieille Léonie. Son air intrigué laissait à penser qu'elle avait entendu l'échange entre les deux hommes.

L'incident sonna le glas de la soirée. Paulin le Veuf raccompagna ses convives sur le pas de la porte. Avant de les laisser aller dormir, il invita les citadins à la prochaine tuaison de cochon. Le médecin accepta pour eux trois, et tant pis pour

Côme si cela ne lui disait rien. Ce serait sa punition pour s'être montré maussade. D'ailleurs, le monchu salua si brièvement Coco qu'il l'offensa dans ses sentiments les plus chers. Il rentra à l'hôtel en maugréant tout du long. Il était las d'être parmi ces gens et il ne comprenait pas l'affection de Coqueline pour Pasque. La connivence datant de l'enfance, l'amitié sincère, la solidarité, autant de notions inconnues de lui. Les cousins par alliance se connaissaient depuis toujours, se comprenaient sans se parler, s'épaulaient. Ces deux-là procuraient à Côme un sujet d'études, mais avant tout un sujet d'agacement, car il se doutait que la pureté de leur relation lui apporterait des tourments : ceux de l'incompréhension. De son côté, Pasque trouvait que l'intérêt porté au monchu par les villageois, et par Coqueline en particulier, devenait insupportable. La faiblesse de sa cousine à l'égard du nanti le confortait dans le fait que les femmes étaient des êtres pleins de contradictions. Pour Pasque, c'était une humiliation. Être en compétition permanente avec Côme, sa fortune, son mépris et – il en était persuadé – son hypocrisie était intolérable. Comment lutter contre le prestige dont bénéficiait, en province, tout homme qui avait gagné de l'argent à Paris ? Pasque pensait que Coqueline lui avait échappé et qu'il perdait son temps à la courtiser. Peut-être serait-il plus avisé de rechercher une fille ne voulant pas jeter aux orties leur passé et leurs traditions. Une demoiselle un peu moins belle n'ayant pas la folie des grandeurs, une qui ne se laisserait pas tourner la tête. Mais, au vu des changements de société en train de s'opérer dans leur communauté avec l'arrivée des touristes, cela était-il encore du domaine du possible ? Y avait-il au pays une jeune fille suffisamment rassise pour résister au mirage financier de l'or blanc qui commençait de sourdre ?

De retour chez lui après la veillée du 11 Novembre, Anselme poussa la porte de son chalet, sa fillette endormie contre lui. Enfin, au bout de cette journée de catastrophes et d'opprobres, un peu de paix et de tranquillité dans son foyer ! Le boisselier pensait y trouver son épouse partie avant lui telle une furie avec leur petit Ange, mais l'endroit était vide. Il retira sa veste, allongea sa fille assoupie dans son lit clos, la couvrit d'effets de laine. Il alla chercher le baume à l'arnica que la soigneuse fabriquait avec de la teinture et du gras. Sans réveiller Anne-Aimée, il étala de l'onguent sur l'ecchymose qui allait déjà de la tempe au petit menton. Il évita la plaie contuse placée sur l'os. Bien que peu profonde, elle allait laisser une cicatrice sur la pommette de la fillette. Ce n'était pas la première fois qu'Anthelmette blessait leur enfant mais, cette fois, cela ne partirait pas. Le faiseur de bois cintré avait eu espoir que la naissance d'Ange aurait arrangé les choses entre lui et sa femme, de même qu'entre sa femme et sa fille, mais il n'y croyait plus. C'était pourquoi il lui fallait prendre des mesures. Avant tout, Anselme se devait de protéger Anne-Aimée. Et puis il en avait assez de vivre avec l'ombre des disparus planant au-dessus de leur famille. Le boisselier attendit longtemps Anthelmette, mais elle ne se montra pas cette nuit-là. Elle était chez la Nant-Nant où elle avait pensé trouver refuge. Mal lui en avait pris, car celle-ci lui fit maints reproches. La vieille femme savante lui rappela que, quand elle avait voulu transmettre le secret, elle avait cherché un cœur vaillant, charitable et désintéressé. Aujourd'hui, elle était dans le doute. Et si elle s'était trompée en choisissant la jumelle moustachue ? Ce n'était pas qu'Anthelmette ne fût pas charitable, c'était qu'elle l'était envers tout le monde sauf envers sa fille. La Nant-Nant lui reprocha de se montrer impitoyable à l'égard d'Anne-Aimée. Ce désaveu accabla la soigneuse, déjà dans l'angoisse qu'Anselme ne voulût plus d'elle après l'incident. La vieille femme lui offrit l'hospitalité pour la nuit. Elle lui ouvrit la chambre de son fils où trônait une photographie sépia d'un homme en uniforme de l'armée. Anthelmette ne put fermer l'œil. Au matin, elle s'assit au bord du lit et ouvrit son corsage pour nourrir Ange.

Refusant de s'enfermer une fois de plus dans le mutisme qui l'avait éloignée de son mari, elle avoua à sa devancière être dévorée de remords. Celle-ci lui conseilla de rentrer chez elle et de répéter à Anselme ce qu'elle venait de lui confier. Après avoir mangé une pleine écuellée de soupe au saindoux, Anthelmette installa Ange sous sa pèlerine. Elle croisa ses bras dessus afin qu'il n'eût pas froid et prit congé de son hôtesse. Laissant derrière elle la petite maison tout en bois, la leveuse de maux retourna dans son foyer. En chemin, elle décida de se contraindre à la franchise pour le bien des siens. Il était évident qu'elle n'avait pas digéré les tragédies survenues avec ses parents, son frère de lait et son fiancé. Mais le passé était le passé et il était grand temps qu'elle arrêtât de faire payer à Anne-Aimée ce que la vie et la guerre leur avaient fait endurer. De façon habile, la Nant-Nant avait exercé sur elle l'influence que possédait un esprit au don établi sur une leveuse de maux achevant à peine son noviciat.

Maintenant face à son mari qui l'examinait pour la juger, Anthelmette avait perdu son assurance. Elle vacillait sur ses pieds, aussi mal à l'aise qu'une accusée, ce qu'elle était aux yeux d'Anselme. Il la fixait d'un regard dont la sévérité tranchait avec la douceur de sa barbe. Après avoir écouté son discours de femme repentante durant lequel il avait lissé les ailes de son nez droit, il lui adressa sèchement la parole :

– T'as marqué notre petiote à vie. Si tu lui refais du mal, t'auras affaire à moi, crois-y !

Anthelmette était aussi angoissée qu'un cochon un jour de tuaison. Sûr que son époux n'hésiterait pas à la saigner si un tel incident devait se reproduire. Elle jura de se contrôler. Son désir était de devenir une bonne mère pour leur fille, et elle avait l'espoir d'y parvenir. Anselme s'approcha de sa moitié, lui scruta l'intérieur des yeux. N'y voyant rien de trouble, il décida de lui donner l'occasion de se racheter. Au fond de lui se trouvait encore l'homme amoureux ayant un jour été séduit par une brunette à la bouche surmontée d'une ombre moustachue. Il la désirait toujours, précisément parce qu'elle était une pouliche chamoisée qu'il était impossible de vraiment posséder. Le boisselier appela Anne-Aimée pour lui expliquer que sa maman avait changé. La petite approcha, mais elle n'entendit pas son père s'adresser à elle. Comme souvent, la fillette était plongée dans un monde imaginaire où elle se réfugiait chaque fois que sa mère était là. Un territoire habité de fées, de papillons aux ailes irisées, d'ours gentils. Par malheur, sa génitrice l'en sortait de force et l'endroit devenait alors une cave sombre peuplée de chapelets de rats et de cortèges de cancrelats. Pensant pouvoir rattraper le passé en donnant à Anne-Aimée ce qu'elle avait toujours attendu d'elle, Anthelmette voulut la prendre dans ses bras. Était-ce à cause de ses gestes en bois ? La soigneuse n'y parvint pas. À chaque fois qu'elle s'approchait d'un peu trop près, la petite s'enfuyait en poussant des cris d'orfraie. Anselme encouragea mère et fille à se rapprocher, mais Anne-Aimée ne croyait plus pouvoir trouver sous l'armure la tendresse maternelle qu'Anthelmette lui avait refusée jusque-là. Le mal était fait.

* *
*

Trois semaines plus tard, le Dr Curie, le vétérinaire et Côme regardaient Pasque, prêt à tuer le cochon en ce premier jour de l'Avent. Mieux valait être costaud pour s'adonner à cette activité car le goret se débattait à l'égal d'un furieux, usant de sa masse pour échapper à son sort. En tablier de cuir couvrant, le jeune homme attrapa le suidé et l'assomma d'un coup. Avec l'aide de compagnons à gros bras, il le pendit la tête en bas à un énorme crochet. Sous la bête se trouvait un seau à saigner en bois cintré fabriqué par Anselme. Pasque trancha la jugulaire porcine d'un geste théâtral. Le sang gicla.

Côme s'affala. Le médecin se fit aider du vétérinaire pour étendre le rupin à demi pâmé dans le charreton tiré par Têtu. Les deux ambulanciers repartirent en direction du *Grand Hôtel* afin que la petite nature pût y recouvrer ses esprits. Coqueline voulut les accompagner mais le monchu, blessé dans son amour-propre, s'y opposa.

Le lendemain après-midi, Coco se rendit à l'hôtel pour prendre de ses nouvelles. Quelle surprise elle eut d'apprendre qu'il était rentré le matin même à Paris avec le docteur pour régler des affaires urgentes ! Elle se trouva froissée d'en être avertie par le vétérinaire chargé de lui remettre une trousse-toilette. Elle contenait une méthode Tho-Radia complète, soit une éponge, un savon radioactif au baume du Pérou, du dentifrice aux sels de thorium et un dictionnaire des soins de beauté. L'ouvrage était destiné aux jeunes filles modernes voulant collaborer à une œuvre d'hygiène esthétique. En agissant de la sorte, Côme soufflait chaud, soufflait froid. Certes, il était parti sans prévenir, mais il avait laissé à Coqueline un présent de prix. Ce n'était pas la première fois que l'oiseau s'envolait. Depuis qu'elle le connaissait, il agissait de façon mystérieuse. De lui, elle ne savait rien, sauf qu'il disparaissait des semaines entières, des mois parfois. Et ce ne pouvait être pour rendre visite à ses proches, car il avait dit n'avoir aucune parentèle. Pour tenter d'y voir plus clair, Coco retourna voir l'huissier de soirée avec le billet d'invitation au bal. Elle le pria d'observer de près la forme des lettres et l'allure générale du texte dans l'espoir de déterminer la personnalité du scripteur. L'homme se plia de bonne grâce à l'étude de l'écriture figurant sur le carton.

– L'auteur de ce message n'aime pas être contrarié dans ses choix, précisa-t-il. Il le manifeste en se raidissant physiquement.

Coco opina d'un hochement de tête. Il était vrai que, lorsque Côme était empêché, il se montrait peu conciliant. Il suivait ses idées avec une détermination pouvant aller jusqu'à l'enfermer dans sa propre vision du monde.

– Pas le genre à faire du sentiment ! conclut le graphologue.

Ce disant, il heurta la sensibilité de Coqueline. Dans cette fine analyse, elle retrouvait la personnalité de Côme à qui elle enviait sa liberté d'agir et de penser. Elle aussi aimerait pouvoir lever le camp sans prévenir, mais elle était prisonnière de sa stricte éducation et du poids des traditions. Elle aurait aimé sortir en courant de l'église, dévaler la pente, gagner la plaine. Elle rêvait de se mêler aux gens pourvus, d'avoir la belle vie. Hélas, son promis était reparti et Coqueline se demandait si elle ne s'était pas laissé aveugler par l'éclat d'un faux lustre. Elle remercia l'huissier de soirée et se rendit chez *À tout pied* où elle s'ouvrit à son beau-frère de ses inquiétudes.

– Les affaires commandent, expliqua celui-ci. C'est normal que Côme rentre à Paris pour s'occuper des siennes. Il faut du soin et du temps pour amasser autant de billets.

Elle trouva qu'il y avait de la sagesse dans les mots de Zéphir qui venait de lui dire ce qu'elle avait envie d'entendre. Envolées, les tracasseries de l'esprit ! Coqueline reconnaissait tout ignorer du monde des affaires, tandis que Côme voyait ses œuvres de bienfaisance louangées par beaucoup. Comment ne pas être en admiration devant quelqu'un capable sinon de soigner tous les siens, en tout cas d'améliorer leur quotidien ? Comment ne pas être en extase devant un homme propre à faire de vous une princesse en un claquement de doigts ? Elle décida que, s'il revenait, elle agirait différemment. Coqueline, plus hardie dans ses pensées que dans la vie, le deviendrait aussi dans ses manières. De cette façon, il ne pourrait plus faire autrement que de s'engager. Ce n'était pas qu'elle attendait le bonheur. Non. Elle n'était pas naïve à ce point. Elle cherchait juste un moyen d'échapper à sa condition de femme captive d'une société ancrée dans le passé. Afin de s'y préparer, elle allait utiliser les produits de sa trousse de beauté.

* *
*

Son cochon transformé en jambons, Pasque proposa ses services au *Grand Hôtel*, établissement que le départ de Côme et du médecin avait rendu fréquentable à ses yeux. Le jeune homme s'interrogeait à leur sujet, persuadé que les compères faisaient les généreux avec une idée derrière la tête. Pourquoi le monchu répandait-il des présents parmi les villageois ? Qu'est-ce qui justifiait la gratuité des soins prodigués par le docteur ? Pour quelles raisons le vétérinaire avait-il arpenté les alpages tout l'été, dispensant son temps à prodiguer des soins aux animaux ? En attendant de découvrir ce qui se tramait, Pasque offrit de mettre ses bras musclés et ses jambes solides à la disposition des clients voulant se distraire. Le jour même, le palace confia à cette force brute animale l'animation des activités en extérieur appelées « joies de la glisse ». Cela consistait à faire respirer le bon air aux hivernants. Pasque emmenait les dames en balade en traîneau. Il faisait découvrir le ski-joëring aux messieurs attelés à un cheval non ferré qui les tirait au bout de longues rênes. Il faisait faire du patin à glace aux couples sur le lac gelé de Montriond. Une chose attira son attention lors des sorties : le peu d'habits chauds que revêtaient les clientes malgré les températures glaciales. Pasque questionna les dames qui se laissèrent prendre aux charmes de ce jeune homme parvenu à la virilité. Elles lui confièrent qu'elles portaient des sous-vêtements Iradia du Dr Bauray, avec lesquels il était impossible d'avoir froid. Les généreux pourboires le poussèrent à suggérer à Coqueline de se faire embaucher à l'hôtel pendant la mauvaise saison.

– C'est souvent que les touristes me donnent une bonne-main, lui dit-il pour la convaincre, sans préciser que seules les femmes déployaient une générosité de gentilhomme.

– Je reçois aussi des gratifications à la boutique, et c'est bien ce qui me gêne. Je ne veux plus faire partie de ceux qui reçoivent des pourboires. Je veux passer dans le camp des gens qui les distribuent.

– On peut rêver.

La discorde de leurs opinions divisa leurs deux cœurs, car Coco comptait y parvenir par le biais d'une union avec Côme. De plus, elle n'arrivait pas à concevoir que Pasque voulût rester sur place, qu'il n'eût aucune autre aspiration que monter aux alpages en été et distraire les touristes en hiver. Après les reproches sur son manque d'ambition, Morzine fut un autre sujet de désaccord entre les deux cousins. Pour lui, ce n'était pas un petit village, mais un bourg de belle taille comptant mille trois cent trente-quatre habitants. L'endroit attirait des personnes intéressantes – c'est-à-dire aisées. La venue des curistes à Évian-les-Bains lui donnait de l'élan. Son opinion était à l'opposé de celle de sa cousine qui ne voulait pas travailler au palace, mais y descendre. Pasque voulut lui dessiller les yeux en lui rapportant ce qui s'y disait à propos de Côme : visites de femmes peintes et incitation à la débauche. Sourde aux avertissements, Coqueline priait pour ne plus faire partie de ces gens de montagne dont le sang était en elle. La montagne, justement, qu'elle tenait pour responsable de leur pauvreté et de la rigidité de leur existence. Des sommets qui l'entouraient, elle ne retenait que l'ombre qu'ils projetaient d'un travers à l'autre de la vallée, que les avalanches qu'ils déroulaient jusqu'à leurs chalets. Elle poussait cette aversion jusqu'à vouloir renier ses origines, même si elle pressentait qu'elle prenait un risque à ainsi se couper des siens. Pourtant, depuis qu'elle avait rencontré Côme, elle ne rêvait que de les quitter.

V

1926

Les mois avaient passé et on pouvait voir le travail de sape de la camarde sur Prunelle dont les formes avaient fondu, faisant disparaître ses heureuses proportions. Prudent avait eu raison de penser qu'il lui faudrait mourir pour être enfin loué, car la veuve avait pris conscience qu'un homme sans égal avait disparu. Quand elle ne songeait pas à son défunt mari, elle repensait à ce qu'elle avait entendu lorsque le docteur et Anselme échangeaient ensemble le soir du 11 Novembre. Qu'avait bien pu faire l'embusqué pour craindre de perdre ses enfants ? Chaque jour, Prunelle marmonnait à ce propos, puis ressassait à haute voix la question de Ferdinande. Son humeur influençait la vieille Léonie, gagnée à son tour par de sombres pensées. Prise en étau au milieu de sa mère et de sa grand-mère qui faisaient du noir, Coqueline tournait en tous sens l'absence prolongée de Côme. S'il ne revenait pas, elle n'aurait pour perspective que d'aller à Paris pour entrer en condition, à l'instar de l'aînée. Ses maigres économies détournées de ses gratifications suffiraient-elles pour s'y rendre ? Elle attendait le printemps pour prendre sa décision, tout en espérant qu'il aurait refait surface d'ici là. Elle tuait le temps en appliquant les conseils dispensés dans le dictionnaire des soins de beauté. Elle utilisait de l'eau tiède pour le savonnage, de la froide pour le rinçage. Elle frottait sa peau avec l'éponge dont elle exprimait le liquide en espérant qu'il emportât avec lui les impuretés, véritables repoussoirs à homme raffiné. Sa mère et sa grand-mère la regardaient faire, sans comprendre pourquoi quelqu'un demeurant dans le célibat se lavait deux fois par jour.

– Quand t'auras fini d'étriller le mulet, je préparerai le harnais ! lui jeta Prunelle.

– Il est dit dans le dictionnaire que les ablutions débarrassent la peau des miasmes qui transmettent des maladies, récita Coco.

– C'est quand ta peau va partir en lambeaux que tu attraperas du mal, dit l'ancienne, persuadée que ce lavage à outrance ôtait la protection naturelle de l'épiderme appelée « crasse ».

– Les ablutions sont si nécessaires que la plupart des religions en ont fait un rite obligatoire, osa Coqueline.

– Seigneur Dieu ! C'est pas la peau, mais le catéchisme qui te part en lambeaux !

– Et puis tu te laves dans le vide, car ton beau monsieur n'est pas encore revenu, ajouta la mère. Tu devrais épargner ton savon et ton dentifrice pour quand il sera là.

– S'il revient un jour, lâcha l'ancienne qui avait en travers la remarque déplacée de sa petite-fille à propos du fait religieux.

À l'idée que Côme pût ne jamais revenir, un sentiment de morosité envahit Coqueline. En réaction, elle fit suivre ses ablutions d'une friction énergique, puis s'enduisit de crème dont l'action du radium luttait contre les flétrissures de l'épiderme. Elle termina avec un nuage de poudre de riz avant d'aller donner la bouillie aux cochons qui grognaient d'impatience derrière la cloison de planches.

* *
*

Dans le même temps, Ferdinande luttait contre l'abattement, loin de se douter que sa petite sœur voulait la rejoindre à Paris. Et pour cause : madame venait de rendre l'âme, victime d'une maladie mystérieuse. Ces dernières semaines, la rentière avait perdu beaucoup de poids et était méconnaissable, la destruction progressive de ses os l'ayant rendue difforme. Appelé en urgence, le médecin arriva en compagnie d'un monsieur en complet de molleton bleu qu'il présenta comme étant un confrère. Ferdinande reconnut le docteur en pharmacie du laboratoire Jaboin qui l'avait servie chez l'apothicaire. Le praticien scruta le teint de maquillage aux tons de gras de la défunte, donna l'ordre à ses domestiques de reculer au cas où la maladie serait contagieuse. Suspectant un empoisonnement, il refusa de signer le permis d'inhumer, fit appeler la police. Le juge d'instruction ordonna une autopsie. En attendant d'avoir les résultats, les gens de maison devaient rester à disposition. Le corps de la rentière partit en ambulance automobile pour le centre d'analyse médicale, accompagné d'un garde municipal et de l'homme vêtu de laine mollette bleue. Sur place, le jeune et fringant préparateur en pharmacie de chez Jaboin attendait le véhicule en faisant les cent pas. Les nerfs irrités, il entrait et sortait du laboratoire quand le docteur en complet molleton arriva, les mains fourmillant d'impatience. Dans la tête de ces deux-là se bousculaient des calculs mathématiques, des pensées électriques. Quelqu'un avait-il tenté d'éliminer madame ? Ou était-ce, enfin, ce que l'équipe cherchait depuis le début ? Une fois le garde municipal reparti avec l'ambulance, les entrailles de la morte furent analysées par les deux employés de chez Jaboin. Ses viscères révélèrent la présence de substances toxiques. Quelques jours après son décès, le rapport d'autopsie conclut qu'elle était bien décédée des suites d'un empoisonnement. Au radium. Vu les quantités qu'elle en ingurgitait de façon volontaire, dépassant de loin la prescription faite par son médecin, ses domestiques furent disculpés. Ils n'eurent pas le temps de s'en estimer heureux, car, simultanément, ils apprirent qu'ils seraient mis à la porte. Le légataire n'était pas sans pitié puisqu'il laissait aux gens de maison le temps de se retourner : ils n'auraient pas à quitter les lieux avant le lendemain. Ils étaient licenciés sans compensation financière en raison des termes en retard de la rentière. Morte sans alliance et sans postérité, madame était ruinée, ayant fondu son argent dans le creuset de la potion magique Radithor. Au début de son traitement, la dotée s'était sentie mieux et avait même eu l'impression de rajeunir. Puis elle avait ressenti des douleurs osseuses dans tout le corps ; elle avait également souffert de violentes migraines. Elle avait ensuite maigri d'un coup et ses dents étaient tombées. L'autopsie avait montré que sa denture, ses os, ses tissus et même ses muqueuses étaient radioactifs. Le décès de madame eut comme conséquence que la cuisinière, la chambrière, le voiturier et le valet perdirent en même temps le toit, le repas et l'emploi. Et personne qui les hébergeât quelque temps ou les soutînt un peu financièrement. Ferdinande n'eut d'autre choix que de faire prévenir ses enfants qu'elle avait perdu sa place. En apprenant que leur situation allait changer d'un coup, sa fille et son garçon réagirent de façon différente. Fleur l'ambrée accueillit la nouvelle aussi bien qu'un cadeau du ciel. Comblée des largesses de la Vierge noire d'Einsiedeln, elle remercia la sainte d'avoir accédé à sa prière. Quant au blond Florimont, il décida d'oser ce qui l'obsédait depuis des mois : s'adresser à la raccrocheuse postée près des Halles, toutes les nuits. Depuis le premier soir où il l'avait vue, il s'était senti attiré par cette tête de vierge posée au-dessus d'un buste plat qui se déhanchait plus bas, sans conviction. Sitôt reçu le message de sa mère, le jeunot se donna un coup de peigne et se rendit là où se trouvait la demoiselle habituellement. Elle n'y était pas. Sans doute était-elle allée se mettre à couvert de la pluie. Mais dans quel recoin ? Déboussolé, il marcha, revint plusieurs fois au même endroit. L'heure d'aller ouvrir les huîtres approchait et il ignorait de quoi demain serait fait. Et puis aurait-il le courage de reparaître ? C'était ce soir ou jamais. Alors le blondin s'approcha d'une femme qui appelait d'une voix de voyou en montrant ses mollets. Elle observa ce jouvenceau que l'averse avait mouillé. Il avait une tête de gamin prêt à faire une ânerie. Elle le trouvait trop jeune mais, quand il lui montra l'oseille, elle l'entraîna au bout de la ruelle pour l'écraser contre elle. Lui, encore très vert, lança sa main à l'assaut d'un corsage déjà mûr. Elle releva sa jupe sur ses bas tire-bouchonnés, libérant un relent de crasse et de pommade. Il recula, s'excusa, ne pouvait pas. Il regrettait d'être venu, regrettait de ne pas avoir attendu de tomber sur celle avec une poitrine de guerre. La pierreuse en cheveux jura d'une voix de rogomme. Le jeune homme déguerpit, glissa sur les pavés trempés, manqua de tomber. Lancée à ses trousses, la michetonneuse le rattrapa par le col d'une poigne de bonhomme et il dut s'acquitter de ce pour quoi il l'avait dérangée. Florimont concentra son attention sur les tétons mous secoués par les coups de croupe que la femme mettait comme s'il n'était pas là. À cet instant, il aurait voulu être ailleurs. Sur l'alpage peut-être. Mais il était trop tard pour regretter. Il fallait réfléchir avant. Il se rajusta tandis qu'elle comptait jusqu'à la mitraille pour vérifier que le compte y était. Elle cracha pour lui signifier qu'ils étaient quittes. Chaque pas éloignant le blondin de la ruelle sombre lui procurait un peu plus de soulagement. L'heure égrenée à l'horloge du quartier lui fit savoir qu'il était en retard à son travail. L'écailler se mit à courir tout en retroussant ses manches humides. Quelques minutes plus tard, il ouvrait une huître sur son étalage.

Le lendemain matin, Ferdinande entra une dernière fois dans la dépense pleine de provisions. Elle ouvrit les portes des placards, se mit à manger et à boire. Tout en mastiquant, elle pensait à sa mère qui la privait de soupe durant son enfance parce que c'était tout ce qu'elle méritait. Gamine, Ferdinande avait connu la faim et elle en avait gardé la peur de manquer. Si elle avait accepté d'être chargée du service de la bouche, c'était parce qu'une réserve pleine la rassurait. Alors, avant de quitter à jamais le quartier de la Muette, la veuve se goinfra comme jamais. Après cela, elle referma la porte derrière elle et marcha dans Paris, son costume de cuisinière posé sur son avant-bras ; c'était tout ce qu'elle possédait. Elle se rendit au couvent et en fit sortir Fleur. Pour de bon. Il était temps. La jeune fille aux yeux verts sautillait dans les rues en criant des sous-entendus. Des mèches d'ambre chaud s'échappaient en folie de sa coiffe. Elle en avait assez de s'effacer devant les dominos en camelot, de repasser les collerettes plissées, de chuchoter des prières à longueur de journée. Elle n'en pouvait plus de stationner des heures à genoux sur la dalle glacée pour avoir laissé échapper un mot de patois. Mère et fille se rendirent rue Étienne-Marcel pour expliquer la situation à Florimont. Bizarrement, l'écailler ne sentait pas la marée, mais la femelle. Cette autre odeur venue d'ailleurs fut difficile à supporter pour les deux femmes. Il parut content de les voir arriver. Ferdinande avoua à ses enfants qu'elle leur avait caché l'existence d'une lettre dans laquelle Prunelle réclamait leur présence au chalet. Ils ne la blâmèrent pas ; ils avaient plus important à dire que d'en venir aux reproches. Après une nuit blanche passée à discuter de ce qu'il fallait faire, il fut décidé que Florimont donnerait son congé à sa logeuse et que tous trois quitteraient Paris après cela. Curieusement, le blondin affirma qu'il était inutile d'avertir le chef du pavillon des beurres, œufs, fromages, huîtres, pain et verdure de son départ. Le parti fut également pris de s'abstenir d'informer leur famille restée au pays de la mort de madame. Ils allaient taire cet incident afin de laisser croire à Prunelle qu'ils rentraient uniquement en raison de la lettre. Fleur n'en parla pas, mais elle s'étonnait de la facilité avec laquelle son frère s'était rangé à son avis, poussant leur mère à les suivre sur la voie du retour au village. Ce que le jeune écailler avait gardé pour lui, c'était qu'il s'était lié d'amitié avec un meneur de protestations appartenant au syndicat. Sans bien comprendre pourquoi, il s'était retrouvé sur une liste de grévistes et avait été renvoyé de son travail la nuit précédente, quelques heures après avoir jeté sa gourme à tous les vents des Halles.

Ferdinande, Florimont et Fleur montèrent dans le train du matin. Ils prirent place dans une voiture de cette populacière troisième classe. À l'intérieur régnait un froid de gueux qui rigidifiait les lattes des bancs de bois. Le convoi s'ébranla. La portière ne tenait pas. Elle s'ouvrait à toute volée, se refermait avec un claquement venant de l'enfer. Après chacun des nombreux arrêts en gare, le train repartait dans un ébranlement de ferrailles faisant douter qu'on pût arriver à destination un jour. Il fallut douze heures pour gagner Thonon-les-Bains. Là, l'aînée et ses enfants montèrent dans un autobus Berliet ayant fait la guerre. Il leur suffit de passer le Jotty pour savoir qu'ils arrivaient au pays, tant ce décor alpin était imprimé en eux. Ils se rappelèrent soudain combien ils en aimaient le vert des pelouses alpines, le bleu de l'air d'altitude, le gris des ardoises, le blanc des sommets, le brun de l'épicéa. Ils se souvinrent de la bise qui nettoyait le ciel et du fœhn qui rendait fou. La pente balaya Paris d'un coup. Terminé la vue bouchée, l'absence d'horizon, le manque de déclivité. Les trois voyageurs descendirent de l'autobus à Morzine. Ferdinande regarda en direction d'*À tout pied* avec appréhension. Si la lettre de sa mère l'avait rassurée – et époustouflée –, elle avait encore en mémoire la froideur de ses sœurs au moment des au revoir. Que ferait-elle si sa fratrie se montrait inhospitalière ? Deux gamins jouaient devant la boutique de chausseur. L'aînée pensa que ce devait être les bessons de Zoé. Néanmoins, à bien les observer, l'un avait l'air d'avoir cinq ans et l'autre deux. Non, il ne pouvait s'agir de jumeaux. Une femme encore jeune mais déjà bedonnante sortit sous l'enseigne et les fit entrer. Elle avait les bras ronds et l'estomac pointu. Ce ne pouvait être Zoé non plus. « Qui sont ces gens ? » s'interrogea Ferdinande tandis que la femme rondelette observait ces touristes en habits trop printaniers pour la saison. De façon étrange, il émanait de leur personne une réserve forgée par l'habitude de s'effacer en servitude. « Qui sont ces estivants ? s'interrogea Zoé. Qu'ont-ils donc à tant nous zieuter de la sorte ? » Elle se retourna, appela quelqu'un. Une jeune femme d'une grande beauté sortit à son tour de la boutique. Ce visage à l'ovale parfait, cette pâleur ardente, ces yeux de passion…

– Coco ! s'exclama l'aînée.

Elle venait de reconnaître Coqueline, mais n'eut pas le temps de le dire à ses enfants. Fleur avait lâché sa valise pour courir en direction de ses tantes. Celles-ci avaient déjà franchi le pont de pierre sous lequel beaucoup d'eau était passée. Encouragée par Florimont qui lui avait pris le bras, la veuve rejoignit ses sœurs à son tour. Et ce furent des larmes, des éclats de joie, des embrassades à n'en plus finir. Et tous de se scruter pour voir à quel point chacun avait changé. Malgré ses trente-huit ans et sa tendance à la boisson, Ferdinande avait encore la taille marquée et l'œil ourlé. Zoé, vingt-neuf ans, était devenue une robuste mère. Florimont, dix-huit ans, ressemblait à feu son père de par ses traits aigus et son menton pointu ; de sa maman, il n'avait que la blondeur. Fleur, quinze ans, était longue et ravissante à l'égal d'une rose montée sur une tige. Coqueline promenait la manifeste efflorescence de ses vingt et un ans qu'une imperceptible brume voilait pourtant. Les jumeaux, âgés de trois ans, approchèrent en compagnie de leur père. Zigmond était de robuste constitution, tandis que Zébulon faisait la moitié de son besson. Le premier était un taiseux toujours dans l'action, tandis que le second parlait tout le temps, comme s'il pensait à haute voix. Zéphir embrassa de bon cœur son neveu, sa nièce et sa belle-sœur. Avant de quitter la veillée du 11 Novembre, il avait fait promettre à chacun de taire l'identité de l'homme pour lequel il avait perdu la face. À part Anthelmette et Anselme, partis avant tout le monde, le groupe avait juré par respect pour ceux qui s'étaient sacrifiés. Certes, le cordonnier avait donné son visage à la patrie, mais Ferdinande avait donné son mari. Étaient-ce les démonstrations d'affection ou la fatigue du voyage ? La veuve fondit en larmes, provoquant l'émotion autour d'elle. À moins que ce ne fût, après toutes ces années, sa visite chez *À tout pied* où l'aînée avait retrouvé une tendresse fraternelle à laquelle elle ne croyait plus. Mais Ferdinande savait que le plus difficile était à venir : retrouver sa mère. Entre le moment où elle lui avait écrit et maintenant, il pouvait y avoir eu du changement. Et si, les tourments du deuil passés, Prunelle n'était plus dans le même état d'esprit ? De quelle manière la mère allait-elle réagir, après tout ce temps ?

* *
*

Côme aussi revenait à Morzine avec le Dr Manfred Curie, mais tout était différent en ce qui les concernait. Le voyage, tout d'abord, qui se faisait en première classe. Ils avaient pris le train de midi, dont la locomotive surnommée « le Cigare » faisait sensation. La compagnie PLM ne s'intéressait pas à la traction électrique et voulait pousser la vapeur dans ses limites extrêmes. Les privilégiés se précipitaient pour prendre ce transport par fer reliant Paris à la Méditerranée en passant par les Alpes. Côme partageait l'avis de Coqueline : le bourg montagnard n'était pas un merveilleux lieu de villégiature. Il se demandait pourquoi l'endroit, qu'il fallait rallier en taxi-auto de la gare, plaisait aux diplomates. Qu'est-ce que les ambassadeurs et l'élite du haut négoce pouvaient bien trouver à ce fond de France ? C'était un lieu à éviter dont il s'extrayait dès qu'il le pouvait et où il ne revenait que pour des raisons professionnelles – heureusement qu'il était bien payé. La population y était arriérée, le climat insupportable, les chemins d'accès impraticables, l'ennui considérable. Il se sentait enfermé dans cette vallée encaissée dont il souhaitait partir sans idée de retour. Son désir serait bientôt exaucé, car sa mission touchait à son terme. Le déplacement d'aujourd'hui sur les routes tout en trous était le dernier. Et c'était tant mieux, parce qu'il attendait avec impatience de se libérer de ce boulet de Coqueline. Côme ne comprenait pas l'assiduité de la jeune fille ; il avait pourtant tout fait pour la dégoûter. Pour lui, le pire restait de lui rendre visite à domicile. Certes, Coco était superbe, mais elle empestait. Autour de son habitation, l'air était marié avec l'exhalaison des fumiers de poule, de vache et de cochon. Dans le chalet baigné d'un mauvais jour, tout n'était que puanteur : suif de chèvre, ru du purin, caillé du lait, bouillie du verrat. Ce n'était pas un lieu de vie, mais un fermage pestilentiel imprégnant l'atmosphère, y compris Coqueline dont l'odeur disait la pauvreté. Telle était la perception olfactive de Côme qui lui faisait ainsi sentir l'écart entre sa beauté et la réalité de sa condition. Son goujatisme lui était d'ailleurs reproché par le Dr Curie, car Coqueline était la clé de voûte de leur organisation. Du point de vue du médecin, c'était un miracle qu'elle n'eût pas renoncé au jeune homme à ce stade. Comment pouvait-elle encore se faire des idées quant à ses intentions ? Était-elle désespérée à ce point d'être née à cet endroit ?

* *
*

Après quatre ans passés loin de chez eux, Ferdinande, Florimont et Fleur retournèrent au lieu dit Chez Bourrin. L'aînée entrebâilla la porte du chalet de famille. Passé quelques secondes de stupeur, sa mère alla vers elle. Prunelle avait encore la démarche vive, malgré ses presque soixante ans. En les voyant entrer, la vieille Léonie porta sa main tachée de son à sa bouche ridée. Elle ne chercha pas à se lever de son fauteuil paysan, préférant attendre que ses chers expatriés vinssent à elle. Elle craignait de tomber tant ses jambes étaient devenues molles sous le coup de l'émotion. Aussitôt, il y eut des mots de bienvenue, des bras grands ouverts, des mentons tremblants, des larmes sincères, des embrassements de mère, de grand-mère et d'arrière-grand-mère. Les retrouvailles ne furent pas aussi difficiles que Ferdinande le craignait. Restait Anthelmette ; elle devait être au courant de leur retour, mais ne se montrait pas.

– Elle viendra pas, dit Prunelle qui leur raconta l'incident avec Anne-Aimée.

– Depuis, on la voit plus, regretta la vieille Léonie. Si vous voulez lui causer, faudra aller à elle.

L'aînée se décida à rendre visite à sa sœur de lait dès le lendemain. Florimont et Fleur l'accompagnèrent jusqu'au Crêt. Ils y trouvèrent Anselme qui travaillait dans sa fabrique avec Anne-Aimée. Debout sur un tabouret à assise en épicéa, elle observait ce que faisait son père. L'artisan façonnait du bois de fente dans du pin cembro qu'il amincissait au rabot après l'avoir fendu au coutre. Il plongerait ensuite les deux planchettes dans de l'eau bouillante afin de les courber sans les casser. Ferdinande scruta son beau-frère. Il avait beaucoup changé. De lui ne restait qu'une maigreur. Ses gestes n'avaient plus rien de souples et de déliés. Le boisselier lui parut plus petit qu'avant. Était-ce possible de rapetisser autrement que par l'âge ?

– Ça fait pas un peu rabougri pour des skis ? le taquina Florimont en guise de bonjour.

– C'est sûr que pour un échalas comme toi, ça irait pas ! lui répondit son oncle en lui donnant l'accolade.

Qu'il était bon pour Anselme de les revoir ! Au moins, ces trois-là n'avaient pas fait partie de la fronde du 11 Novembre. Et qu'il était émouvant, pour eux, de rencontrer Anne-Aimée.

– Qu'est-ce donc ? interrogea Ferdinande en se penchant au-dessus du cuvier d'eau chaude.

– Des patinettes pour moi, se rengorgea la petite en répondant à la place de son père.

– Et c'est pour quoi faire ? s'enquit Fleur avec tendresse.

– Une championne de ski, répondit Anselme, conscient que tous avaient remarqué la pommette abîmée de l'enfant.

Fleur applaudit d'avance la fillette pour ses futurs exploits. Celle-ci en rosit de plaisir. Juste après cela, Anthelmette arriva de sa tournée de soins. De famille en famille, sa course l'avait poussée jusqu'à Saint-Jean-d'Aulps avec Ange qu'elle emmenait partout avec elle sous prétexte de l'allaiter. Anne-Aimée avait beau n'être encore qu'une gosse, elle voyait bien que sa mère nourrissait au sein son frère cadet tandis qu'elle n'avait connu que le lait de vache. La gamine percevait l'attention que sa génitrice prodiguait à Ange sans compter, alors qu'elle n'avait jamais cherché à gagner son cœur de petite fille. Ferdinande observa sa sœur qui s'approchait en serrant dans ses bras un garçon émergeant d'un roupillon. Petite brune bouclée, bouche surmontée d'une ombre, c'était bien Anthelmette, en plus femme. Elle était devenue une forte tétonnière au pas lourd. L'aînée craignit d'avoir à essuyer une réaction hostile quant à son retour au pays, mais la soigneuse n'avait pas un comportement agressif. Au contraire, elle se tenait sur la défensive. C'était comme si la jumelle moustachue était sujette à faillir, fautive de quelque chose. Anthelmette embrassa sa grande sœur, puis elle fit de même avec ses neveux. Passé la stupéfaction de se retrouver tous là, un éclat de rire joyeux secoua Ange qui en parut lui-même surpris. À voir son air étonné pour avoir émis un son inconnu de lui, tout le monde éclata de rire, ce qui fit pleurer le bébé. Un autre éclat de rire collectif fusa, puis tout s'arrêta là. Plus de quatre ans avaient passé et il était difficile de reprendre le cours des choses après une si longue interruption. Dehors, la nature s'endormait dans le crépuscule de fin d'hiver.

– On va s'en retourner, dit Ferdinande, sans quoi la nuit va nous prendre en chemin.

– La porte restera ouverte, répondit Anthelmette, formulant à sa façon son désir de renouer avec elle.

Les deux sœurs de lait se firent la promesse de se revoir sans tarder. En partant avec sa mère et son frère, Fleur aperçut Anne-Aimée qui les observait derrière la fenêtre. La petite avait préféré rester dans l'atelier, cet endroit hors d'atteinte d'Anthelmette, capable de la battre pour des futilités. Fleur fut attendrie de voir la fillette agiter la main jusqu'à ce qu'elle eût disparu de sa vue. Il faisait nuit quand tous trois arrivèrent chez Prunelle. La mère les attendait pour manger la soupe avec l'ancienne. Cette dernière tricotait un caleçon serré descendant sous le genou qu'elle destinait à Fleur – voué à protéger la vertu des filles de la famille, chacune en recevait un l'année de ses quinze ans. Maintenant chez elle, Ferdinande couvrit l'endroit du regard en inspirant l'odeur de bois et de fumée. Elle manipula la pipe de feu son père, mémoire d'un homme qui avait été. Demain, elle irait le voir au cimetière. En se contentant d'ajouter un « e » final au prénom de son fils mort, Prudent avait fait de Ferdinande un simple ajout à son éphémère besson qui avait davantage compté qu'elle. Tel était l'héritage que son paternel lui avait à jamais légué. À l'instar de ses sœurs, elle n'avait jamais été traitée aussi bien que les fils que ses parents auraient aimé avoir. Maintenant que son père était décédé, l'aînée avait décidé de s'en accommoder. Au cœur du chalet de famille, elle se rendit soudain compte à quel point Fleur avait raison : Ferdinande avait besoin du passé et de ses senteurs. La vie de valetaille avait étouffé le deuil en elle. Son activité de cuisinière au service de madame avait fait d'elle une autre femme. Elle n'était plus la même que l'endeuillée vulnérable ayant fui le village en 1922.

* *
*

Depuis quelque temps, c'était un véritable défilé dans le chalet des Baud. Toute la communauté venait voir si Ferdinande était devenue une dame à force d'avoir vécu dans un hôtel particulier, si Florimont ressemblait à son défunt père, si Fleur avait déjà tourné femme. Avec une mention spéciale pour Paulin le Veuf et Pasque qui n'en finissaient pas de passer, qui à pied, qui à dos de mulet. Le père avait remarqué que Ferdinande le regardait droit dans les yeux, sans prêter attention à son pilon. Le fils avait trouvé en Fleur et en Florimont une présence réconfortante. Il avait perdu sa mère quand eux avaient perdu leur père. Les trois jeunes savaient ce que voulait dire soutenir le parent survivant. Parce que ce défilé de visiteurs ne semblait jamais vouloir s'arrêter, l'ancienne proposa de réunir tout le monde pour fêter une bonne fois le retour au pays des exilés.

Le grand soir, une foule dense était présente dans la grange. Prunelle débuta les festivités par un épithalame de bienvenue à sa fille et à ses petits-enfants. Elle laissa la place à Florimont qui officiait pour la première fois, encouragé par son arrière-grand-mère. Ses cheveux blonds rassemblés en un cran naturel sur le côté, l'écailler répondit aux questions concernant sa vie parisienne. Toutes portaient sur la nourriture, sujet d'importance pour des paysans ayant toujours manqué. Alors Florimont expliqua à l'auditoire le fonctionnement du ventre de Paris où travaillaient jusqu'à cinquante mille personnes. Lui-même avait œuvré quatre ans au pavillon des huîtres. Il raconta comment les portefaix assujettis à la corvée croisaient les marchandes de soupe à l'oignon et les tasseurs capables d'élever les primeurs en pyramide jusqu'à quatre mètres de hauteur. Le blondin leur révéla l'existence des caves des Halles où se trouvait un monde parallèle, en plus de l'usine électrique de mille chevaux. On pouvait y voir les lotisseurs-gaveurs en train d'engraisser les pigeons avant de les regrouper par lots. Ils collaboraient avec les bombeurs chargés d'aplatir le bréchet des canards pour les rendre plus dodus. Il y avait aussi les compteurs-mireurs, agents de la Préfecture de police chargés de compter les œufs, de vérifier leur grosseur et de les mirer en les observant à la flamme. Travaillaient à leurs côtés les spécialistes des têtes de mouton. Les fraisiers s'occupaient de la langue et des joues à destination des charcutiers ; les cabocheurs fendaient les crânes afin d'en retirer la cervelle à destination des tripiers. L'assemblée buvait les paroles de l'écailler, à l'exception de Coqueline. Tournée vers la porte, elle attendait Côme qu'elle avait invité afin de le présenter à Ferdinande. Florimont décrivit la tenue des forts des Halles, corporation créée sous le règne de Saint Louis. Considérés comme l'aristocratie locale, ils se reconnaissaient au coltin. Ce chapeau en cuir jaune muni d'une calotte de plomb leur permettait de supporter les lourdes charges coltinées sur la tête.

– C'est vrai qu'ils portent des caracos sans manches, comme les femmes ? s'enquit Pasque.

Fleur riait dans ses mains. Elle lui avait raconté cela pour l'épater, sans se douter qu'il aurait l'audace d'en parler en public.

– Ils portent un marcel. Les forts l'ont créé au milieu du XIXe siècle en coupant les manches de leur tricot pour libérer leurs mouvements d'épaules tout en protégeant leurs reins des courants d'air. Ce débardeur porte le nom de Marcel Eisenberg, propriétaire de la bonneterie Marcel où il est fabriqué à la chaîne près de Roanne.

– Alors je fais partie des forts, car j'avais un marcel dans mon paquetage de poilu, rit Zéphir.

Une plainte cafardeuse s'échappa de son instrument à vent dissimulé derrière son masque. Son hilarité entraîna les autres dans le rire. Seule Coqueline restait taciturne pour la raison que Côme se montrait avare de sa présence. Le rêve d'une autre vie, celle qu'elle avait imaginée après leur rencontre, avait du plomb dans l'aile. Ce rêve s'était effiloché au cours des derniers mois. Certes, l'homme était revenu, mais l'espoir de l'entendre faire sa demande était ténu.

– N'importe qui ne peut pas devenir un fort comme ça, reprit le blondin. Il faut passer des épreuves.

– Avec ce que la vie nous a fait endurer ces dernières années, on est tous des forts, intervint la mère des jumeaux.

Zigmond et Zébulon jouaient par terre avec leur cousine Anne-Aimée, assise sur les pieds de sa tante que cela ne semblait nullement déranger. Celle-ci entourait tous les gamins du monde d'une affection protectrice. La fillette faisait exprès de caler son dos contre son tibia, car Zoé ne faisait rien pour s'en dégager, contrairement à ce qu'aurait fait Anthelmette en pareille situation. Enfin insouciante, Anne-Aimée s'amusait à la manière d'une enfant tandis que les adultes estimaient ce qu'il fallait réussir pour être éligible. La mèche crantée de Florimont tomba et lui entra dans l'œil à force de tourner la tête pour suivre les échanges. Il but d'un coup le godet de gnôle qu'Anselme lui proposait, puis il énuméra les épreuves imposées aux candidats.

– Ils ont un essai de force. Ça consiste à porter une charge de deux cents kilos sur soixante mètres. C'est la longueur d'un pavillon.

– Je pourrais essayer, se vanta Pasque dont la puissance naturelle ne laissait pas Fleur indifférente.

– Il faut mesurer au moins un mètre soixante-sept.

– Alors là, c'est mal emmanché, railla Nez de Cuir. Vu qu'on est tous courts de taille !

– Il faut posséder un casier judiciaire vierge.

– Vierge, je vois ce que ça veut dire, mais casier judiciaire, pas trop ! s'emballa Paulin le Veuf, provoquant des rires gras.

– Et enfin il faut avoir le certificat d'études.

– C'est foutu ! crièrent les participants, riant et applaudissant.

Florimont salua aussi bien qu'un artiste de cirque. Le chignon chenu qui se tenait au sommet de la vieille Léonie s'approcha. Le jeune homme reçut ses félicitations. De son côté, Prunelle affichait un sourire peu commun. Quel bonheur d'avoir à demeure Florimont et Fleur, deux jeunes au caractère docile, toujours prêts à aider, s'immisçant dans les conversations des adultes maintenant qu'ils étaient grands ! Depuis le retour de Ferdinande, la mère s'en voulait moins d'avoir mal agi avec ses filles, et la vieille Léonie sentait moins le poids des ans. Prunelle et l'ancienne iraient ensemble remercier la Vierge noire d'Einsiedeln d'avoir réuni leur famille. Ensemble, elles avaient imploré la sainte avec ferveur – quand la situation le justifiait, belle-mère et bru savaient agir de concert.

Prunelle prit Ferdinande à part pour lui parler de quelque chose qui lui tenait à cœur :

– Je sais que t'as laissé une bonne place à Paris.

– T'inquiète donc pas, répondit l'aînée, gênée parce que cette énonciation reflétait mal la réalité.

– Ça peut s'arranger. Un de mes cousins fait l'huissier au *Grand Hôtel*. D'après lui, il y aurait une place à garnir à la dépense. Tu sais y faire, tu devrais aller te présenter.

Ferdinande fit oui de la tête. Elle se sentait mal à l'aise, car elle n'avait jamais évoqué ce qui s'était réellement passé à Paris. Devait-elle dire à sa mère qu'elle n'avait pas rendu son tablier, mais qu'elle avait perdu sa place ? Devait-elle avouer qu'elle était rentrée pour des raisons économiques ? Dans son entourage, qui eût pu soupçonner que c'était la déraison de la rentière qui avait entraîné sa mort ? Ses enfants, à qui le côté bouteille à l'encre de madame n'avait pas échappé. Fleur et Florimont s'étaient confiés à leur ami Pasque. Lui-même s'était ouvert à eux de sa crainte que Coqueline fût davantage loyale à Côme qu'à sa propre famille. Les trois jeunes n'étaient pas les seuls à trouver que quelque chose ne tournait pas rond. Anthelmette s'inquiétait de voir ses proches s'enticher du monchu dont les largesses étaient suspectes. Elle répétait qu'il était anormal de voir Côme inonder la vallée de présents et le docteur soigner gratuitement. Depuis quand les gros argentés de leur espèce se souciaient-ils des gens comme eux ? Beaucoup mettaient les propos de la soigneuse sur le compte de la jalousie. En effet, depuis que tout le monde prenait du radium, on avait moins besoin d'une leveuse de maux. Passé quelques secondes de réflexion, Ferdinande renonça à dire la vérité à sa mère pour se tourner vers Paulin le Veuf qui lui tendait une boisson de bonhomme. Cette veuve se montrait courageuse au physique comme au moral. C'était une femme au gosier en pente, telle qu'il les aimait. Dans l'euphorie générale, personne ne s'aperçut que Coqueline s'était éclipsée. Décidée à jouer son va-tout, elle avait passé sa robe-tailleur blanc et bleu marine, avec l'espoir secret que les choses n'iraient pas jusqu'à leurs dernières extrémités. Une paire de sabots aux pieds, une paire de salomés à la main, elle prit la direction du *Grand Hôtel*. Un peu avant d'arriver sur le plat, elle changea de chaussures et dissimula ses socques crottées dans les myrtilliers. Sa tenue de chez Coco quelque chose et ses talons assortis lui permirent de franchir aisément l'obstacle du gigantesque portier. Sa stature dissuasive n'était que de façade ; le titan était doux comme un agneau. Coco emprunta l'escalier et se dirigea vers la chambre que Côme occupait habituellement. Elle frappa à la porte, patienta jusqu'à entendre l'injonction à entrer de celui qui n'attendait pas la jeune fille. Les premières secondes, l'accueil fut non moins glacial que la bise en hiver, le temps pour le villégiateur de se ressaisir un minimum. Vêtu d'une sortie-de-bain, il lui proposa un café, s'en commanda un sans pouvoir dissimuler qu'il était pris de boisson. Coqueline observa l'endroit. Les plafonds étaient peints, les murs recouverts de tapisserie, les dessus-de-porte sculptés, le foyer encadré de pendants de cheminée, le sol recouvert d'un tapis moelleux étouffant les déplacements. Côme pérora dans un parler franc qu'elle ne lui connaissait pas, puis lui donna un baiser avec une ardeur qui la mit dans un état de malaise moral. Les sentiments de Coco étaient partagés. Elle voulait à la fois rentrer chez elle et rester dans ce monde qu'elle désirait à tout prix intégrer. « J'aurais tort de le rebuter », pensa-t-elle, se forçant à tolérer son débordement de passions. Après tout, elle s'était promis de devenir plus hardie dans ses manières, à la façon des flappeuses aperçues au bal – ces danseuses gambillaient sur des charlestons, vêtues de jupes courtes et de bas roulés de façon à ce qu'on pût les apercevoir au-dessus du genou. Son regard bleu traversé d'un éclat pervers, le monchu lui tint des propos déplacés. Au mépris du péril qu'elle encourait, Coqueline endura des gestes plus libres jusqu'à ce qu'il la poussât vers le lit. Elle voulut s'y opposer ; il la pressa. Comme elle refusait, il eut d'effrayants mouvements, tel celui de prendre sa main pour en disposer. Réalisant que Côme était nu sous sa sortie-de-bain, elle recula pour se dégager. De son recoin, elle le regarda remuer tel un possédé de son côté, sans comprendre. Alors elle vit jaillir d'entre les pans du peignoir quelque chose ayant la consistance de la glu. De quoi s'agissait-il ? Elle jeta un œil sur le tapis ; la substance lui leva l'estomac. Sa pudeur effarouchée, elle gagna la porte de la chambre, en sortit. Elle dévala les marches sans voir que Ferdinande se trouvait au pied de l'escalier. Coco courut hors du palace jusqu'aux myrtilliers. Oubliant que ses sabots s'y trouvaient, elle se pencha au-dessus pour y vomir son dégoût. L'aînée aurait voulu lui courir après, mais on lui avait intimé l'ordre d'attendre là où elle se trouvait. S'étant aperçu de la disparition de Coqueline, ses sœurs l'avaient cherchée jusqu'à ce que Zoé découvrît que la robe de bal manquait. Il était évident que la jeune fille était allée rejoindre Côme. Ferdinande avait aussitôt fait descendre son chignon blond dans sa nuque, la position basse de sa chevelure disant son appartenance aux classes modestes. Elle l'avait recouvert de sa coiffe de travail. Son habit de cuisinière enfilé, elle était partie à la recherche de sa sœur. Sa tenue et son expérience lui avaient permis de pénétrer dans le palace sans trop de difficulté. Elle maîtrisait les codes de la domesticité. C'était simple : ceux bien nés estimaient que tout leur était dû et que les autres devaient être à leur service. L'aînée était entrée dans l'hôtel sous prétexte de se présenter pour la place à la dépense ; elle allait être reçue par le maître queux sous peu. C'était le moment qu'avait choisi sa sœur pour dévaler les marches devant elle, sans la reconnaître, trompée par son uniforme et sa coiffe plate. Afin de ne pas voir sa machination déjouée, Ferdinande dut patienter dans le palace tandis que Coqueline était maintenant à l'extérieur. La situation n'était plus qu'un non-sens. Juste avant que l'on vînt chercher l'aînée pour la conduire en cuisine, trois hommes passèrent devant elle pour aller fumer dans les fauteuils à têtière.

Quel étonnement ce fut pour elle de reconnaître deux d'entre eux ! Celui en complet de molleton bleu était le docteur en pharmacie. Reconnaissable à sa moustache en guidon passée de mode, il avait accompagné le corps de madame au centre d'autopsie. Quant au porteur de lunettes à monture d'écaille, c'était le fringant préparateur qui livrait à la rentière les comprimés gynécologiques et les gaines. Difficile d'oublier ce châtain dont le regard bleuâtre faisait violence à ceux qu'il dévisageait. En revanche, Ferdinande ignorait l'identité de l'individu aux cheveux poicrés de bandoline. Les hommes la regardèrent en passant. Sans savoir pourquoi, elle eut peur d'être reconnue par eux, mais ils ne virent en elle qu'une domestique en tenue de bonniche. Ils lui commandèrent trois whiskys allongés d'eau gazeuse. Elle opina de la coiffe sous laquelle dépassait sa mousseuse masse de cheveux blonds. Sa façon d'être leur parut correspondre à celle que l'on eût attendue d'une servante. Ils se laissèrent tomber dans les fauteuils de cuir velouté. Nul doute que l'aînée n'eût déguerpi sans la présence du commis venu la chercher pour la conduire en cuisine. Que faisaient ces hommes ici ? Une coïncidence pareille, c'était à peine croyable. Quelque chose d'étrange se passait. Le fait que Ferdinande les eût reconnus ne promettait-il pas de donner une importance toute particulière à son retour au pays ? L'entretien avec le chef de cuisine se déroula au mieux pour une femme ayant menti sur la raison de sa présence et dont le cœur tapait dans les tempes. Le seul fait qu'une dame de la haute eût confié à l'aînée sa dépense garnie lui conféra de droit une certaine estime. Elle fut engagée sur-le-champ. Ayant entendu qu'il manquait à l'endroit un spécialiste des fruits de mer dont les clients raffolaient, Ferdinande évoqua Florimont et son expérience aux Halles. Le maître queux se montra intéressé. Avoir un écailler en propre donnerait du prestige à son établissement. L'aînée prit congé du chef cuisinier après s'être engagée à revenir dès le lendemain avec son fils pour faire un essai. Elle avait hâte de gérer l'immense dépense qui la faisait déjà rêver. Elle pressa le pas, impatiente d'informer Florimont qu'elle lui avait trouvé de l'embauche au palace. En revanche, elle ne dirait pas à Coqueline qu'elle l'avait vue rendre impropre à la consommation les myrtilles de saison. Ferdinande avait remarqué le voile de tristesse nimbant le beau visage de sa sœur. Afin de ne pas lui tirer les larmes plus que nécessaire, elle voulait attendre qu'elle parlât en premier de sa mésaventure, sans se douter que Coco ne dirait rien. Celle-ci s'était effrayée de la frénésie de Côme. Après avoir fait preuve de réserve, il émanait maintenant de lui une demande physique trop vive. Coqueline devait absorber cette facette de lui. Et bientôt plus encore, mais elle l'ignorait à ce moment-là. Elle avait compris qu'il était un homme avec des penchants douteux et qu'il lui faudrait les accepter si elle voulait faire partie des gens argenteux. Elle était résolue à devenir comme ces maîtresses entretenues s'estimant obligées, une fois dans le noir du boudoir, à toutes sortes de remerciements. Ce fut dans cet état d'esprit que Coco reprit sa place chez *À tout pied* pour la saison d'été. Son retour fut salué par Zéphir qui avait fabriqué de nombreux souliers à marcher et par Zoé qui n'aspirait qu'à veiller sur Zigmond et sur Zébulon.

* *
*

Le chaud temps arriva d'un coup et, avec lui, le moment de la montée aux alpages pour les mille trois cents vaches du bourg. Les plus braques d'entre elles avaient autour du cou une chaîne avec un plot de bois au bout pour les empêcher de courir. Après la foire du 8 juin, la jeunesse se mit en route au son des clarines pour les chalets de mi-montagne. Elle y resterait un mois avant de gagner Séraussaix, l'alpage de vraie montagne. Cet été-là, ce fut au tour de Pasque d'être nommé premier berger. Il allait devoir marcher un peu plus que d'habitude, mais cela n'était pas pour le gêner. C'était un solide gaillard de dix-neuf ans. Fleur l'accompagnait avec d'autres jeunes gens. Elle n'avait pas grimpé depuis cinq ans, mais ses jambes la portaient bien ; elle irait loin. Pendant ce temps, les adultes restaient au village pour rentrer les céréales et le foin. Sur l'alpage, tous les champs étaient fauchés et ratissés jusqu'aux sommets pour mettre en grange les trois tonnes d'herbe sèche que chaque laitière engloutissait par hiver. Chaque jour, il fallait se lever avant le soleil et se coucher après lui pour soigner les vaches d'Abondance au ventre blanc et à la robe pie rouge acajou. Cela signifiait curer l'étable, traire, écrémer le lait, faire le beurre, fabriquer des tommes de Savoie de trois kilos pièce et donner le petit-lait aux cochons. Fleur était chargée de faire à manger. Pasque vérifiait la bonne santé du troupeau. Il veillait à son déplacement dans les différentes zones de pâtures où les bêtes étaient chaperonnées par des gamins énergiques aidés de chiens de troupeau. Et quand arrivait enfin le soir et que le jeune homme se couchait dans la grange avec les autres gars, ses pensées étaient pour Fleur. Cette demoiselle à l'unique natte ambrée fleurie d'un ruban et aux jambes griffées par les ronciers dans lesquels elle s'enfonçait pour ramasser des mûres. Précédemment trompé dans ses attentes par Coqueline, Pasque observait Fleur chez qui la puberté ouvrait les pétales un à un dans un voluptueux enchaînement féminin. Quelle femme promettait-elle de devenir ? Plus que toute autre, il l'écoutait raconter le couvent, les ruelles populeuses de Paris, la grande gare, le pont dont on ne voyait pas l'autre bout, Notre-Dame, le goût des oranges des Halles dont elle avait chipé un quartier qui allait finir aux poules. Fleur lui avait parlé du jour où elle avait quitté son village. Ni l'immensité de l'édifice religieux où elle avait été placée ni les heures passées à broder n'avaient effacé la tristesse de ce départ forcé. Elle lui avait confié qu'elle avait eu conscience de tout perdre. Dès l'instant où elle avait pris la route avec sa mère et son frère, elle s'était démenée pour revenir au pays. Elle avait un regard désarmant de naturel, un sourire si franc de coquetterie qu'il clamait son innocence. Fleur dormait avec les filles dans les petits couchages du chalet d'alpage. Cette simple pensée tenait Pasque en alerte chaque nuit. Il était troublé de la savoir si près de lui. Il se réjouissait de la revoir avant même le lever du jour, quand il rejoignait l'unique pièce qui sentait bon la soupe de lait et le bacon grillé. Quel plaisir pour la jeunesse de se retrouver dans un endroit chauffé par le poêle à bois alors qu'il faisait faim et cru ! Malgré l'ampleur du labeur quotidien, on voyait combien tous étaient d'humeur enjouée d'être réunis pendant le court été qui leur offrait une liberté inespérée. Ils savaient que les premiers froids les forceraient à redescendre les bêtes dans la vallée. Ils avaient conscience que les premiers flocons les ramèneraient sur les bancs de l'école, ou entre les planches d'un étroit chalet isolé par la neige. Ils connaissaient avec précision la durée des hivers en altitude : ils étaient sans fin.

Ce vent de liberté ne soufflait pas que sur l'alpage en pleine floraison. Il tourneboulait aussi les esprits au village où les adultes travaillaient autour des habitations. Le chaud temps aidant, certains laissèrent le champ libre à une seconde jeunesse plus ardente que la première. Paulin le Veuf s'octroya le droit de détailler Ferdinande, douée pour s'adresser à lui avec retenue, mais sans embarras. Si elle n'avait craint le charivari – inévitable quand un veuf et une veuve se fréquentaient –, elle eût peut-être sauté le pas avec cet homme à la stature élevée qui savait la faire rire. Mais ce tumulte réprobateur pouvant durer des jours lui faisait peur. Au pays, l'état de viduité était considéré comme sacré ; il n'y avait pas de remariage après un veuvage, et encore moins entre deux veufs. Après avoir observé Ferdinande en douce à chaque fois qu'il le pouvait, Paulin le Veuf trouva qu'elle avait toujours sur son visage des traces de beauté, sur son corps des signes d'harmonie. Mais elle semblait avoir renoncé à plaire. Y avait-il encore une femme derrière la veuve de guerre ? La première fois qu'il l'approcha trop près pour les convenances, elle maîtrisa l'expression de ses sentiments quant à sa proximité physique. Elle entendait déjà le raffut des crécelles de bois, des cris, des casseroles entrechoquées, des sifflets entre les doigts. Comme elle aurait honte si cela devait se produire ! Non, il ne fallait pas. La première fois qu'il l'embrassa, Paulin le Veuf sentit croître en lui un mélange d'excitation et de crainte : il avait envie de Ferdinande, mais ignorait comme elle allait réagir en découvrant son baudrier qui retenait entre ses jambes son cuissard à pilon recouvert d'un parcheminage en peau de chèvre. Ce harnachement devait permettre à Paulin le Veuf d'exécuter des travaux agricoles. Grâce à cet attirail, l'ancien combattant ne renonçait pas à travailler. Il devait à la médecine et aux mécaniciens orthopédistes son retour à la vie active, et donc sa contribution à l'effort national. « Comme si j'avais pas déjà assez donné ! pensait-il. Ah, la propagande ramène bien sa fraise quand il s'agit de trimer ! Mais elle ne dit rien sur mon intimité. » Sa prothèse en peuplier lui permettrait-elle d'exécuter des activités privées ? Le remplacement de sa jambe par un appareil oscillant entre un harnais de labour et un remède à l'amour lui rendrait-il la fonction de plaisir alors qu'il se croyait condamné à y renoncer, faute de compagne ? Ce n'était pas gagné pour cet homme de quarante-quatre ans à qui la vie avait presque tout pris. Plus qu'un pilon Ripert à verrou sur lequel s'adaptait un sabot de Gouget, c'était d'un amour féminin dont il avait besoin. Une relation tout en douceur, loin de sa rugueuse jambe de bois et de la foudre qui avait grillé son existence sur pied.

* *
*

Côme se faisait remarquer devant la boutique de chausseur, une feuille enroulée sur elle-même dans une main. Il avait un air intrigant, un regard annonciateur d'une demande. « Le moment tant attendu ! jubila Coqueline en son for intérieur. Cette fois, j'y suis ! » Allant contre la volonté de feu son père, elle s'était assujettie d'elle-même aux règles du monchu – on peut vouloir quelque chose au point de se soumettre. Ses efforts allaient enfin aboutir. Elle sortit d'*À tout pied*, planta ses yeux à la lumière obsédante dans ceux de celui qu'elle n'avait pas revu depuis l'anicroche de la sortie-de-bain. Elle prit en main le papier de la plus chère espèce qu'il lui tendait. Sachant qu'il ne risquait rien – Prudent était mort et Pasque était aux alpages pour l'été –, Côme l'incita à faire sauter le cachet de cire rouge à ses initiales. La feuille de cotonnade faisant à la fois office d'enveloppe et de papier à lettres se déroula d'un coup, libérant une fragrance d'iris. L'angle supérieur gauche comportait une inclusion de fleur. L'espace d'un instant, la jeune femme fut la victime d'une trop complète vision de la situation : l'image de sa propre personne emprisonnée dans les fibres de la matière lui sauta aux yeux. Il était évident que cela les représentait tous les deux. Son geôlier n'avait pas besoin de clés ni de serrures pour asservir la captive qu'elle était. Le texte calligraphié à l'encre bleu marine consistait en une invitation à se rendre au *Grand Hôtel* pour une rencontre privée qui scellerait à jamais la nature de leur relation. Elle aurait bien voulu en savoir plus, mais le regard pers incitait à la réserve. Elle garda le silence à la manière d'une jeune femme qui, à défaut d'être bien née, voulait montrer qu'elle avait saisi cette forme d'éducation qu'est la maîtrise volontaire de soi. Car, après ce qu'elle avait vécu avec le pécunieux la nuit où la glu était tombée sur le tapis, Coqueline n'était plus une jeune fille. Ne voulait plus en être une. Elle se voulait femme. Côme tourna les talons et repartit sans même attendre sa réponse, persuadé qu'elle viendrait. Le fait qu'elle fît semblant de réfléchir ne changeait rien : elle irait, elle le savait.

* *
*

La première fois que Paulin le Veuf dégagea la gorge de Ferdinande, il exposa à ses yeux gourmands la pâleur de cette chair toujours cachée du soleil. Il dénuda ses épaules, embrassa leur arrondi resté longtemps loin d'un bras protecteur. La première fois qu'il déboutonna son caraco, il fut enchanté de libérer deux éminences charnues sollicitant des égards. Il la dévêtit lentement, se trouva bouleversé de discerner à quel point était en quémande cette anatomie de femme désertée par les hommes. La première fois qu'il s'aventura au-delà de ce qui était permis dans leur situation, il se trouva face à un bastion naturel ne demandant qu'à être pris. Ferdinande ferma les yeux pour ne pas voir ce qui arrivait. Leur conduite inconvenante à tous les deux leur vaudrait un charivari d'au moins trois jours. Cinq peut-être. Ce serait long. Très long. Difficilement supportable. Tant pis ! Face à cette forteresse l'accueillant entre ses remparts, Paulin le Veuf se considéra à l'égal d'un conquérant en son nouveau royaume. Et pour la première fois depuis des années, il se sentit puissant. À la hauteur de la vie. Ferdinande ne se laissa pas impressionner par le baudrier. Elle en avait vu d'autres. Sa sensibilité ressemblait à une montagne écrêtée dont les pics auraient été nivelés par les intempéries de l'existence. Quand elle avait appris la mort de son mari, son monde s'était effondré sous ses pieds. La peine avait tout emporté sur son passage. Tout. Même la crainte. À ses yeux, la seule chose vraiment effrayante était cette viduité capable de la condamner au vide charnel à perpétuité. Depuis son retour au pays, le gouffre de sa solitude sentimentale se refermait peu à peu. Certes, plus rien ne saurait être aussi bien qu'avant, mais Ferdinande sentait la vie revenir. Quelque chose bougeait en elle.

* *
*

Voir arriver Coqueline en tenue de conquête ne dit rien de bon à Florimont. Il ouvrait des huîtres à l'écaille devant le palace où se tenait une animation oscillant entre la brasserie parisienne et la guinguette de banlieue. Le blondin était si expert en la matière qu'on aurait pu croire qu'il était originaire des bords de mer. On aurait même pu penser qu'il avait sillonné les bassins pour récolter des naissains devenus des mollusques recherchés. Évidemment, il n'en était rien. Florimont ignorait tout des vagues, de l'écume, des bateaux, du bois flotté, de l'eau salée – peut-être était-ce mieux ainsi, car il ne savait pas nager. Sur la terrasse couverte éclairée à l'électricité, les fortunés jouaient à faire peuple. Étant donné que Coqueline ne faisait rien pour dissimuler la satisfaction jaillissant d'elle, l'écailler comprit qui elle venait voir. Il l'interpella au moment où elle passait non loin de son étal garni de fougère grand-aigle. Il la mit en garde tout en faisant sauter les couvercles d'huîtres plates d'Ostende servies avec un émincé d'échalotes au vinaigre rouge et au poivre.

– Je sais où tu cours, dit-il à voix basse. Fais attention, on entend des choses sur son compte.

La mine réjouie de sa jeune tante se figea.

– Quel genre de choses ?

Florimont lui parla de femmes de mauvaise vie, de sel de morphine et de pratiques amphigouriques. Toutes les bonnes de l'hôtel en portaient témoignage.

– Comment tu peux croire ça ? s'indigna-t-elle.

– Ça m'a été redit tant de fois que j'y crois.

Elle lui répondit d'un haussement d'épaules. Elle savait qu'il serait difficile pour son entourage d'accepter qu'elle quittât son milieu d'origine pour intégrer la bonne société. Et puis fréquenter des prostituées, ce n'était pas le genre de Côme. Certes, il avait des penchants honteux, mais ils lui étaient réservés. Le blondin se désola de voir sa jeune tante se mettre des œillères faisant d'elle une pouliche – pour ne pas dire une ânesse – presque aveugle. Coqueline refusait de voir que les manières du monchu étaient fausses, sa générosité factice, ses mœurs aberrantes. Son neveu de trois ans son cadet leva son menton en galoche tel un bouclier en la voyant s'éventer avec la lettre d'invitation parfumée à l'iris. Où était passée la Coco autrefois folâtre et rieuse ? Cela sautait aux yeux qu'elle s'était fait un masque d'une attitude n'étant pas la sienne.

– Les bonnes rapportent ce qui leur est donné à voir, insista-t-il.

– On sait l'influence de l'opulence sur les têtes faibles.

– Qu'est-ce que t'as à faire la *savantasse*, comme ça ? D'ici, t'en es pas. T'en seras jamais. Tu peux me croire. J'ai travaillé à la capitale, je sais de quoi je parle.

Coqueline posa une main gantée de beurre-frais sur l'avant-bras de son neveu, tapota en signe de remerciement. Il croyait bien faire, mais c'était de son avenir de dame de la haute dont on parlait. Après tout ce temps, elle allait enfin pouvoir récolter ce qu'elle avait patiemment semé. Elle laissa le blondin à ses coquilles sur lit de fougères et monta les marches du perron. Elle jeta son nom au portier qui la salua. Elle sourit au cousin huissier de soirée accoutré d'un uniforme fantaisie avec des pompons aux épaulettes qu'il exécrait. Elle donna un coup d'œil sur la pendule Art déco du hall. Il était l'heure de son rendez-vous. L'escalier avalé en quelques bonds de chevrette, Coqueline colla son oreille derrière la porte de la chambre de

Côme. Elle l'entendit fredonner les paroles de *Nuits de Chine*. Leur chanson ! Ce devait être le signal pour lui dire d'entrer. Quelle délicate attention ! Parce qu'elle crut en avoir reçu l'invitation, elle poussa l'ouvrant sans se donner la peine de frapper, entra et referma derrière elle. La suite donna raison à Florimont. Éclairé d'une lumière tamisée, l'endroit sentait la scabieuse et la luxure. Coco trouva l'homme de sa vie au lit avec, dans une main, une cravache et, dans l'autre, une Américaine portant des reliquats de vêtements. Leurs corps formaient une position inconnue nourrie d'humiliation. Ainsi le monchu se délectait quand les gens lui servaient de repose-pieds. Voilà qui il était ! Coqueline en lâcha le papier comportant une inclusion de fleur ; il tomba sans bruit sur l'épais tapis. Pouvait-elle tolérer de tels agissements ? Combien de temps encore allait-elle fermer les yeux pour éviter d'affronter la réalité ? Côme se redressa pour faire face à Coco dont la position de voyeuse pimentait sa partie fine.

– Pile à l'heure ! jubila-t-il.

L'épanouisseuse se releva à son tour. Elle dégagea le fin collier de perles lui étranglant le cou. C'était une de ces femmes qui mettait un point d'honneur à confirmer sa mauvaise réputation, une balance sur pattes qui pesait sans cesse la richesse des plus fortunés. Le genre à rire trop haut, à boire trop vite, à se farder plus que nécessaire. La demi-mondaine tendit la main en direction de la table de chevet où se trouvait une boîte révolutionnaire. L'ouverture sur le dessus permettait d'attraper une à une des feuilles à démaquiller portant le nom de Kleenex – « *clean* » pour propre et « ex » pour express. Depuis 1924, la société Kimberly-Clark commercialisait un tissu en ouate de cellulose faisant office de serviette à démaquiller pour répondre aux nombreux cosmétiques lancés par les grandes marques. L'Américaine s'essuya l'entrejambe avec ces tissus jetables. Le sarcasme était à son comble. Elle saisit une cigarette enfoncée dans un tube à l'embout nacré, l'alluma. Elle s'approcha de Coqueline, s'appuya contre le mur à la manière d'une starlette, lui souffla la fumée au visage. Côme eut alors un ricanement gingival, comme une babine retroussée. Sa mission était terminée ; il allait bientôt quitter cet environnement décati. Il pouvait enfin se permettre de répudier Coco. Et il avait frappé fort afin qu'elle comprît que tout était fini. Celle-ci aurait voulu lui dire le pire, mais elle n'en fit rien ; c'était au-dessus de ses forces. Elle se retira, dévala l'escalier. Elle repassa sans les regarder devant l'huissier de soirée, puis le portier et enfin Florimont. Certes, Côme correspondait en tout point à sa réputation d'homme de vices empreints de sadisme, mais quel type enivrant ! Toxique comme une drogue prohibée. Coqueline croisa les yeux des femmes en villégiature qui sirotaient du champagne sur la terrasse. Elles virent qu'elle portait sa robe bicolore. Encore ! C'était un détail auquel les messieurs ne prêtaient aucune attention. Seules leurs compagnes remarquèrent que c'était la même tenue à chaque fois. Elles échangèrent un sourire narquois – ce n'est pas sans dégât qu'on joue dans une cour dont on n'est pas. Pour Coqueline, c'était une humiliation. Être en compétition permanente avec ces nanties, leur fortune, leur mépris était insupportable. Comment lutter contre le prestige dont bénéficiait, en province, toute femme née dans les allées de la bonne société ? Elle rentra chez elle sans pleurer tant elle était tombée bas. Elle fulminait contre elle-même, s'en voulait de s'être laissé humilier de la sorte. Elle avait eu l'illusion que tout finirait par s'arranger avec Côme, que des fiançailles l'auraient calmé, qu'il faisait partie de ces hommes qui attendaient le mariage pour se ranger. Mais quand on était né dans un milieu où l'argent ne comptait pas, on s'octroyait d'autres droits. Avec lui, l'idée même du mariage, c'était pire que de vouloir mettre le diable en cage. Coqueline comprit enfin que rien de bon ne l'attendrait jamais avec cet individu. Elle aurait beau se plier à toutes ses volontés, il la rendrait malheureuse parce que, au fond, il ne voulait pas d'elle. Il n'en avait jamais voulu. Au contraire, il avait fomenté cette manigance avec la volonté de se débarrasser d'elle comme si elle avait des poux. Avec lui, jamais elle ne serait la femme madrigalisée qu'elle rêvait d'être.

Le cœur et la tête en capilotade, Coco prit le chemin de Chez Bourrin sans savoir qu'une dispute entre belle-mère et bru se déroulait dans le chalet au même moment. La vieille Léonie reprochait à Prunelle d'avoir toujours à redire sur les femmes de la famille, alors que ces dernières se tenaient le plus souvent à ses instances sans broncher. Ferdinande était du côté de sa grand-mère qui était la seule à pouvoir affronter Prunelle d'égale à égale. L'aînée avait toujours détesté la manière qu'avait leur mère d'établir son emprise sur ses filles, de lait ou naturelles. Quand elles étaient petites, tout ce que leur maman avait décidé l'était sans douter pour leur bien, mais toutes quatre étaient maintenant des adultes et il était temps de les laisser mener leur vie à leur guise. Ferdinande en avait assez de l'entendre reprocher à Coqueline de ne pas savoir s'y prendre avec Côme, à Anthelmette d'avoir épousé un réformé, à Zoé de regarder pousser ses bessons au lieu d'aider Zéphir. Il ne manquerait plus qu'elle s'en prenne à elle et…

– Et toi ! l'attaqua Prunelle. Toujours après boire ! Si c'est pas honteux pour une veuve !

– Je ne buvais pas avant que mon mari soit enseveli vivant, répondit Ferdinande en lui lançant un regard de torpille.

– Moi aussi, je suis veuve. Ça fait pas de moi une siroteuse.

– Alors disons que je bois pour oublier que j'habite avec toi.

– Chez moi, tu veux dire. Personne ne te retient. Tu peux aller dormir sous le pont.

– Pourquoi m'avoir suppliée de rentrer à la maison si c'est pour me fiche dehors maintenant ?

– Parce que je croyais que tu avais changé après tout ce temps. Mais je vois clair que non.

– Avec moi, tu feras pareil qu'avec papa. Faudra que je sois morte pour que tu me trouves des qualités.

– Et encore, c'est pas sûr ! intervint la vieille Léonie, estimant que sa bru pleurait son fils mollement.

– Sacrée mal vissée ! éructa Prunelle à l'intention de l'aînée. Bientôt quarante ans et toujours à faire la maligne comme une gamine. Ah ! Tu te crois au-dessus parce que t'es née en avant de tes sœurs. Mais tu vaux rien mieux qu'elles. Pas une pour rattraper l'autre. Prends la Thelmette, par exemple. Pourquoi qu'elle a marié ce chafouin d'Anselme ? Je sais qu'il n'a pas la conscience tranquille.

– Laisse-le donc un peu ! le défendit Ferdinande. Le pauvre a assez de souci avec sa gamine rejetée par sa mère. D'ailleurs, je le trouve changé. Il est comme rétréci.

– C'est le poids de la culpabilité qui le fait se tasser. Il nous cache quelque chose, c'est sûr.

– Qu'est-ce que tu vas encore imaginer ? maugréa la vieille Léonie, la tête lasse.

– Je me demande s'il n'a pas fait partie de ces insoumis qui voulaient faire la guerre à la guerre.

– Si c'était le cas, l'état-major n'aurait pas pris la peine de le réformer, répondit l'aînée. Il aurait été fusillé pour l'exemple, comme tant d'autres. Laisse-le tranquille. Il est déjà assez malheureux avec la marque qu'Anne-Aimée garde sur la pommette. Pauvre petiote ! Je pensais que la Thelmette aurait mieux su l'atténuer avec son don de soigneuse.

– Pour ça, faudrait qu'elle ait essayé, médit la mère.

Décidément, le naturel de Prunelle ne se laissait pas chasser. Elle n'avait pas changé, toujours encline à reprocher tout et rien à ses filles. Quand cesserait-elle de batailler contre elles quatre ? Par bonheur, Ferdinande pouvait se réfugier dans les grands bras de Paulin le Veuf. Lui, au moins, ne lui faisait jamais grief. Au contraire. D'elle, il aimait tout : le teint de grand air, la gorge trop claire, les crevasses des mains, le plein des cuisses, le brun du bout des seins. Avec elle, c'était jour de sève en permanence. Il commençait toujours par glisser ses doigts dans la nuque de Ferdinande pour dénouer l'attache retenant sa coiffe. Il adorait y déloger son volumineux chignon qu'il libérait, faisant cascader ses mèches d'or dans le creux de son dos.

Tout de suite après ces mots accusateurs lancés par Prunelle, Coqueline poussa la porte du chalet dans sa robe de bal. Était-ce la belle nuit d'été traversée à pied ou ses familières trouvées entre bisbilles et noises ? Difficile à dire. Toujours est-il qu'elle se calma dès l'entrée, passant du dégoût à l'apathie en un claquement de doigts. Un autre soir, elle aurait volontiers pris part à la chicane, mais pas cette fois. Elle se contenta d'ôter ses gants et d'aller se coucher sans manger, prétextant être dans ses jours critiques. « Au moins, elle n'est pas grosse », se dit Prunelle. Depuis quelque temps, elle redoutait que sa fille cadette fît volontairement Pâques avant les Rameaux pour pousser Côme à officialiser. La mine défaite de Coco fit taire les trois femmes qui la regardèrent se préparer pour la nuit tel un automate. Elles vidèrent la querelle, allèrent dormir. De toute façon, il était tard et Ferdinande travaillait à la dépense le lendemain matin ; elle rejoindrait Florimont resté dormir au palace, dans une chambre en mansarde. Une fois dans la solitude de son lit clos, Coqueline sentit son estomac se nouer. Le malaise gagna sa poitrine. Il lui comprima les côtes, lui serra les mâchoires, lui contracta la nuque, lui rigidifia les épaules. Sa couche lui apparut telle une prison dont les portes coulissantes s'étaient rabattues sur elle. L'impression d'enfermement lui amena des larmes dans les yeux, de grosses larmes mouillant tout sur leur passage. Elle reconnut ce type de perles salées. C'étaient des pleurs de gosse. Elle avait du chagrin. Un gros chagrin. Elle s'essuya dans sa manche comme quand elle était petite. Elle préféra renifler avec discrétion plutôt que de se moucher, car elle voulait cacher aux autres qu'elle pleurait à la manière d'une enfant. Cela dura longtemps, puis s'arrêta d'un coup. La morve laissa la place à un sentiment de solitude. Coqueline était suffisamment fatiguée pour dormir, mais le sommeil ne venait pas. Cela faisait longtemps qu'il ne venait plus. Il était devenu une sorte de nique à la nuit. Elle ne cherchait plus à le faire venir, ne l'attendait même plus. Depuis des mois, le tourment tournait autour de la jeune femme, chassant l'endormissement. Et cette fois il était là. Le vilain chagrin. C'était plus qu'un chagrin d'enfant, pire qu'un chagrin d'amour. C'était le chagrin tout court. Des larmes bien formées se remirent à chuter de ses yeux à ses joues, de ses joues à son cou. Son cœur semblait broyé par une peine immense. Elle ne pleurait pas son honneur bafoué ou ses espoirs déçus. Non, elle pleurait son père. Cette fois, Coqueline le pouvait. Elle y parvenait. Enfin. Sa tristesse était augmentée par le fait qu'elle avait manqué les derniers instants paternels pour les passer avec Côme. Pire encore, elle s'en voulait d'avoir pensé que la disparition de Prudent avait du bon dans le sens où il ne pourrait plus se mettre entre elle et le monchu. Coco invoqua les mânes de son père. Elle passa encore une heure à se tourmenter en convoquant la dernière image qu'elle avait de lui. Puis elle décida de sortir de son lit clos pour se libérer de sa cage. Elle voulait boire de l'eau glacée afin de desserrer l'étau de sa gorge. Sa première jambe descendue de sa couche, elle tomba nez à nez avec Ferdinande. Tout ce temps, sa grande sœur l'avait écoutée pleurer au lieu de se reposer avant d'aller administrer la dépense du *Grand Hôtel* qu'elle s'était engagée à gérer de façon fiable et responsable.

– J'aimerais bien que tu me causes en dedans, chuchota l'aînée avec un ton bienveillant. Que tu me dises tout ce qui t'est arrivé quand j'étais à Paris, tout ce que j'ai raté.

Coqueline leva ses yeux rougis vers sa sœur, opina lentement ; son besoin de s'épancher en confidences était immense. À voix basse, elle expliqua en un flot combien sa rencontre avec Côme l'avait transportée. Quels espoirs de mener une autre vie elle avait nourris ! Elle raconta la chute dans la rivière, la foire de Fillinges, le bal, la désobéissance, le décès du père, les regrets. Avec Prudent, cela n'avait pas été simple, lui qui érigeait le peu en vertu. « Où la chèvre est attachée, il faut qu'elle broute », lui avait-il assené. Puis il y avait eu l'amère déconvenue ainsi que son père le redoutait. Coco avait couru à sa perte dès lors qu'il lui avait pris lubie de se rendre au palace. Depuis quelque temps, elle se doutait que Côme n'était pas l'homme qu'elle croyait. C'était pourquoi elle avait voulu assurer ses arrières. Prise dans une déloyale tempête intérieure, elle avait imaginé se tourner vers Pasque si les choses ne se faisaient pas avec le monchu. Son cousin par alliance était solide, honnête, travailleur, agréable à regarder et, surtout, elle savait qu'elle lui plaisait. Elle ne l'imaginait pas sot au point de laisser passer sa chance. Et pourtant… Las de se faire humilier, Pasque s'était détaché d'elle. Pire, il la regardait en affichant le désintérêt le plus total. Derrière cette indifférence se cachait une autre demoiselle. Impossible d'ignorer qu'il avait changé depuis le retour de Fleur dont il semblait épris. Ferdinande tressaillit en apprenant la nature des sentiments qu'éprouvait le jeune homme pour sa fille de quinze ans. Si elle comprenait bien, elle-même et Fleur étaient courtisées par Paulin le Veuf et Pasque. Une mère et sa fille galantisées par un père et son fils. Voilà qui était embarrassant ! Son retour au pays avec ses enfants ne ressemblait en rien à ce que l'aînée se fut imaginée, eût-elle essayé de se le représenter après ces années passées à Paris. Coqueline acheva de raconter son histoire ; elle avait eu des mots durs pour elle-même. Son beau visage à la pâleur ardente était marqué par l'amertume, son cœur par la rancune. Ferdinande sentit qu'il avait fallu du courage à sa petite sœur pour sortir de la maussaderie méfiante dans laquelle elle s'était murée jusque-là. Ce que Coco ressentait était de l'injustice, et la veuve en connaissait un rayon dans le domaine. Elle fit cercle de ses bras et embrassa sa cadette au coin du front. Pour la première fois depuis longtemps, Coqueline se sentit comprise. Elle trouva un instant d'apaisement à son tourment. Après quelques minutes passées dans le silence, Ferdinande lui annonça à voix basse qu'elle aussi avait à lui parler. Elle en était à présent persuadée : quelque chose clochait au pays. Et l'intuition d'une menace qui l'avait cueillie dans l'établissement de grand luxe avait pris possession de l'aînée. Elle avoua à Coco l'avoir suivie à l'hôtel, l'avoir vue passer en courant devant elle, l'avoir aperçue en train de souiller les myrtilliers. Coqueline en éprouva une stupéfaction qui l'écarta un temps du chagrin. Ferdinande lui confia combien elle avait été troublée de croiser deux hommes de sa connaissance dans le hall d'entrée. Deux sous-ordres de madame : le praticien à la moustache en guidon et le jeune préparateur en pharmacie. Car, oui, l'aînée les avait déjà vus. À Paris. Ils travaillaient tous les deux pour le laboratoire Jaboin. Et non, elle n'était pas revenue au village pour faire plaisir à leur mère, mais parce qu'elle avait perdu le toit, le repas et l'emploi. Et si elle s'était retrouvée à la rue du jour au lendemain sans avoir touché ses gages, c'était parce que sa patronne était morte empoisonnée. Au radium.

– Au radium ? Mais c'est impossible ! s'exclama Coco. C'est un fortifiant qui fait grand bien.

– Que tu crois ! En fait, c'est toxique comme le colchique. Avec, on est pareil à des vaches attirées par un beau champ fleuri de mauve. On va y paître sans savoir que le pré est vénéneux. De même que les bêtes, on s'empoisonne lentement. Et puis on meurt.

– Sainte mère de Dieu ! C'est une catastrophe ! Tout le monde en prend par là autour.

– J'ai bien vu. Et c'est justement ce qui m'a mis la puce à l'oreille. Ma patronne prenait du radium parce qu'elle avait les moyens, mais c'est tellement cher qu'elle a fini ruinée. Alors ça m'a bien étonnée de vous voir tous en user en bonnes quantités. Je me suis demandé où vous trouviez les sous pour le payer. Quand j'ai appris que ça vous était offert par des estivants, j'ai trouvé ça curieux. Mais, comme maman m'avait dit que tu allais te fiancer avec l'un d'entre eux, j'ai fermé ma bouche. Je ne voulais pas faire foirer ta relation. Mais quand j'ai reconnu les deux hommes à l'hôtel, ça m'a confirmé qu'il se passait quelque chose de pas catholique. Et puis le portier m'a dit que le jeune avec des lunettes en écaille était ton bon ami. Ça m'a encore plus alertée. Aussi, j'ai voulu en avoir le cœur net. C'est pourquoi j'ai…

– Donc tu connais Côme ? l'interrompit Coqueline qui avait, en vain, fait des pieds et des mains pour le présenter à sa sœur.

– Oui, je connais ce drôle d'oiseau. Sans vouloir te vexer. J'ai même eu affaire à ce laborantin bien avant toi. Et j'ai failli tomber à la renverse quand j'ai appris que c'était ton prétendant.

– Anthelmette arrête pas de dire que ses cadeaux à tire-larigot, c'est pas bien normal.

– Elle a raison. Ses cadeaux sont empoisonnés et il en inonde les parages. Il sature notre entourage de produits radioactifs. Tout le monde en mange, en boit, en étale ou en porte. Même les bessons en ont sur le dos.

– Seigneur ! Les bessons ! s'écria Coco dont la poitrine oppressée se souleva d'un hoquet de contrariété. Il faut dire à Zoé qu'elle leur retire leur laine médicale de suite.

– J'ai aussi remarqué que la mémé suçotait souvent des pastilles d'acacia catechu.

– Elle en mâchouille à longueur de journée depuis le décès de papa. Impossible de la raisonner sur les quantités. Elle dit que ces pilules de cachou la tiennent debout.

– Sûr que non ! la raisonna Ferdinande. Au pays, les femmes qui ne sont pas mortes jeunes vivent vieilles. L'arrière-grand-mère a tutoyé la centaine d'années, rappelle-toi.

– C'est juste. Mais la mémé n'est pas la seule à croire au pouvoir du radium. Zéphir dit être soulagé de sa névralgie avec ses compresses.

– C'est bien là le piège. Au début, ça fait semblant d'aller mieux, avant de rendre pire les souffrances. Ça ne soigne rien du tout. C'est mortel, tu entends ? Mortel !

Afin de le lui prouver, Ferdinande lui raconta combien madame avait maigri malgré ses talents de cuisinière et une dépense pleine. Elle lui expliqua comment les dents de la rentée étaient tombées à cause d'une intoxication au Radithor, fourni par le laboratoire pharmaceutique où travaillaient le Dr Manfred Curie et Côme. Le visage d'une pâleur de marbre, Coqueline porta une main tremblante à sa bouche.

– Du Radithor, tu dis ? Je crois qu'Anselme en prend.

– Ça expliquerait pourquoi il a autant changé, murmura Ferdinande.

– À quoi ça ressemble ?

– À des *botoillons* en verre marron.

– C'est bien ça ! Je l'ai vu en boire. Même que ça rend sinoque la Thelmette. Elle ne comprend pas que son mari préfère se soigner au radium plutôt que de faire appel à son don.

– Alors il faut que j'aille répéter à Zéphir et aux autres ce que je viens de t'expliquer pour les mettre en garde. Mais avant, je dois te dire quelque chose.

La responsable de la dépense raconta à Coco ce qu'elle avait fait la veille. Sous prétexte de monter une commande spéciale dans les étages, Ferdinande s'était glissée dans la suite de Manfred Curie tandis qu'il était en grande discussion avec Côme dans le petit salon. Dans la chambre à coucher, elle avait déposé le plateau garni de mets et de boissons sur l'abattant du secrétaire, puis avait regardé autour d'elle sans trop savoir ce qu'elle cherchait. L'empilement de papiers sur le guéridon en galuchat avait attiré son attention. Elle les avait parcourus rapidement tout en tendant l'oreille de peur d'être prise en train de fouiller dans les affaires d'un client. Rien ne semblait important dans le tas de documents. Au moment de les reposer, une feuille lui avait échappé ; elle avait glissé au sol derrière le guéridon ovale. En se penchant pour la ramasser, la veuve avait aperçu une épaisseur intégrée dans le bois creux du plateau. Elle s'était agenouillée, contorsionnée, pour finalement découvrir qu'une chemise kraft y était dissimulée. Le dossier semblait tenir dans cet emplacement par les quatre coins dont les angles cartonnés étaient encastrés dans la forme ovale du meuble. Ferdinande aurait voulu l'extraire de son logement pour voir ce qu'il contenait, mais elle avait entendu que l'on venait dans le couloir. Alors elle était ressortie de la suite avec le plateau garni qu'elle avait promené jusque-là pour justifier sa présence, au cas où. Les traits décomposés, Coqueline avait écouté avec attention ; elle ne savait plus quoi penser du docteur, de Côme, de toutes ces révélations. Elle avait envie de découvrir ce que contenait cette mystérieuse chemise en papier lourd. Elle voulait comprendre ce qui se tramait, savoir ce qui justifiait la présence des trois comparses ici, apprendre qui était vraiment le monchu. Un préparateur en pharmacie ? Depuis quand les laborantins menaient-ils si grand train ? Si Ferdinande en était venue à raconter ce qu'elle avait fait en cachette, c'était pour donner un but à sa cadette, la voir remonter la pente, reprendre confiance en elle, sentiment dont sa fratrie n'avait que trop rarement bénéficié jusque-là. Et tant pis si l'aînée ne montrait pas l'exemple ; voir Coco se redresser valait bien un aveu de faiblesse. Eût-elle pu lire dans les pensées de sa petite sœur que Ferdinande en eût été inquiète. Coqueline tentait de se calmer mais rien n'y faisait. Dans sa tête, c'était évident : elle irait dérober la chemise cartonnée afin de tirer tout cet imbroglio au clair. Sachant qu'elle pourrait difficilement retourner au palace sans se faire remarquer, et donc prendre, il lui faudrait solliciter quelqu'un d'autre. Et de toutes les personnes auxquelles elle pensait, celle qui avait le plus de chances d'y parvenir était Fleur. Personne ne la connaissait à l'hôtel. Son physique avenant plairait aux hommes et son air angélique ferait qu'on ne la soupçonnerait jamais de rien. L'aînée n'envisagea pas que Coco pût avoir pour dessein de demander à sa fille de quinze ans de voler des documents confidentiels. Pour le moment, Ferdinande estimait que, avant toute chose, il lui fallait informer ses familiers des dangers de la radioactivité. Elle partit faire la tournée des foyers, Coqueline lui ayant promis qu'elle resterait sur place afin d'expliquer la situation à leur mère et à leur grand-mère à leur réveil. Toutefois, l'aînée se trompait sur les intentions de sa cadette dont le but était de profiter du sommeil des deux femmes pour se rendre sur l'alpage. Si elle avait caché son plan à Ferdinande, c'était pour qu'elle n'essayât pas de l'en empêcher. Coqueline, qui faisait des mystères afin d'avoir les coudées franches, se leurrait elle aussi. Réveillée par des reniflements et alertée par des pleurs enfantins, Prunelle avait entrouvert légèrement la porte coulissante de son lit clos afin de comprendre ce qui se passait sous son toit. Elle avait entendu la plus jeune de ses filles pleurer et vu la plus âgée venir la réconforter. Elle les avait également entendues chuchoter entre elles. Son oreille aiguisée avait perçu le motif ayant provoqué le retour de l'aînée au pays. Au lieu de l'enrager, cela angoissait la mère. Elle se faisait du souci pour Ferdinande, craignant qu'elle fût rentrée pour de mauvaises raisons. Au fond de son cœur, Prunelle se réjouissait de l'avoir à la maison avec ses enfants ; elle ne supporterait pas de la voir repartir. Cependant, elle avait plus urgent à traiter : Coqueline avait filé à l'anglaise avec du ravitaillement au lieu de tenir la promesse qu'elle venait de faire. Où s'empressait-elle d'aller au grand matin, une toile dans le dos ? Qu'avait-elle de plus important à faire que d'informer sa mère et sa grand-mère des dangers de la radioactivité ?

* *
*

Sur l'alpage, une aube d'été pointait. Pasque et Fleur se trouvaient dans l'étable. Elle pour traire, lui pour refaire les litières des animaux. Ils aimaient travailler côte à côte, sans se parler. Pour eux deux, le travail relevait d'une vertu cardinale qui s'accommodait du silence. La présence de l'autre suffisait à chacun. Une fois le lait tiré, Pasque libérait une à une les vaches d'Abondance au ventre blanc et à la robe pie rouge acajou. Toutes avaient passé la nuit à l'intérieur, attachées avec leurs veaux. Chacune faisait marche arrière avant de sortir calmement par la porte grande ouverte, imitée par son petit collé à son flanc. Pasque enlevait les bouses fraîches, reformait un lit de paille qu'il éparpillait du bout de sa fourche en bois. Bien que le jeune homme ne lui eût rien dit, Fleur avait compris qu'il avait eu une peine de cœur et cela lui donnait une auréole. Mais c'était à Coqueline qu'il avait chanté la romance, ce qui lui retirait son auréole car cela signifiait que Pasque avait courtisé sa cousine. Toutefois, il avait souffert, aussi avait-il droit à des égards de la part de la jeune fille. De son côté, le montagnard était sous le charme de cette demoiselle aux mœurs simples. Il aimait l'observer quand elle était de dos. Il adorait voir se balancer sa natte ambrée et son ruban tel un hameçon pour la pêche aux sentiments. Cependant, il évitait de trop l'approcher car il subissait une alternance de coliques et de constipation quand elle était près de lui. Pasque fit sortir le dernier veau avec sa mère, pressée de rejoindre les autres vaches d'Abondance déjà sorties de l'étable. Les laitières levèrent à peine la tête au passage de Coqueline. Elles s'étaient donné pour objectif de brouter entièrement l'alpage verdoyant, et ce n'était pas en folâtrant le mufle au vent qu'elles allaient y parvenir. À peine devant l'étable, Coco libéra son dos du grand carré de toile renfermant le ravitaillement qui servait de prétexte à sa venue. En raison de sa myopie, Pasque ne la vit qu'au dernier moment ; il sembla pris au dépourvu par son arrivée. Sa présence indésirable brisa l'harmonie dans laquelle Fleur et lui étaient. Il observa Coqueline. Des cernes de fatigue, bleuâtres comme de la glace, formaient une zone livide autour de ses yeux. Il n'avait nullement l'intention de s'entretenir avec elle. Il voulait tout ignorer de l'affront qu'elle avait subi de Côme, ne savait que le sien, celui qu'elle lui avait infligé dans le passé. Les bras ballants, le jeune homme regardait le contenu du jute en silence. Coqueline lui sourit. Malgré l'opposition à laquelle elle risquait de se heurter, elle était contente de le voir. Les lignes caractéristiques de son visage avaient changé. Ses traits doux étaient encore visibles, mais ses traits ronds avaient disparu. Il n'avait plus rien d'un poupin. Il avait mûri et paraissait encore plus solide qu'avant. Contre toute attente, c'était à Fleur que Coqueline voulait parler et non à lui. Cette démarche ne dit rien de bon à Pasque qui s'éloigna après un temps d'hésitation. Il s'écarta suffisamment des deux filles pour que Coco expliquât la raison de sa venue, mais pas assez pour échapper aux bribes de conversation. La jeune femme tendit à Fleur la poudre de riz Alpha-Radium qu'elle avait montée sur son dos avec le ravitaillement. Sa nièce ouvrit la boîte, l'approcha de son nez et renifla la fragrance parfumée. Coqueline fit mention du décès de madame, prit le produit comme exemple pour expliquer combien Côme les avait grugés. Fleur écouta toute l'histoire avec attention, jusqu'à la demande de vol qui révolta Pasque. Ainsi, Coco était le genre de femme à mettre en danger sa nièce pour satisfaire sa vengeance. Car, pour lui, c'était de cela dont il s'agissait, et non d'une volonté de protéger leur communauté en faisant éclater la vérité. Il craignit d'entendre la réponse de Fleur. Celle-ci ménagea un silence avant de répondre par la négative, au grand soulagement de Pasque. Coqueline insista. Elle rappela que cela avait provoqué la mort de la rentière, que tout le monde risquait gros, qu'il fallait que cessât ce principe de radium à outrance. Fleur comprenait sa position ; elle ne céda pas pour autant. Elle aimait sa jeune tante, mais la considérait comme une agitatrice. En prenant le risque de dérober quelque chose à l'hôtel, Fleur s'exposerait à de graves ennuis et pourrait compromettre sa mère et son frère qui perdraient tous deux leur travail. Où iraient-ils ensuite ? Il n'y avait pas d'autre palace à proximité. Quand bien même ils iraient travailler loin, aucun autre établissement n'aurait à offrir, dans le même temps, une place d'écailler et un poste attaché à un maître queux. Et si, toutefois, Ferdinande et Florimont voulaient se présenter séparément à l'embauche, comment feraient-ils pour être pris au sérieux sans lettre de recommandation ? Mécontente de cette réponse argumentée, Coqueline revint à la charge ; elle tenta de culpabiliser sa nièce qu'elle considérait à présent en tant que rivale.

– Fleur t'a dit non ! s'irrita Pasque.

Il s'était rapproché des filles. À en juger par la crispation qui le gagnait, il ne tarderait pas à perdre patience. Le fait que Coco eût voulu dissimuler la réelle motivation de sa sollicitation ne fonctionnait pas : son visage exprimait la vengeance qu'elle voulait cacher.

– Pourquoi tu ne dis pas la vérité à Fleur ? demanda-t-il.

– Quelle vérité ?

– Que tu veux te venger de Côme parce qu'il s'est servi de toi et t'a ensuite délaissée, comme je l'avais prédit.

Pasque avait démasqué ce sournois de monchu dès le début. Par malheur, Coqueline avait refusé de l'écouter, trop obnubilée par la possibilité d'un mariage d'inclination et d'argent.

– Tu veux vraiment que je lui dise la vérité ?

– C'est le moins à faire quand on veut obtenir quelque chose de quelqu'un.

Coqueline ne supportait plus d'entendre Pasque plaider la cause de Fleur partout et tout le temps. Elle voyait que, entre ces deux-là, c'était madrigalique. Elle croyait à la prédestination dans l'amour et sentait qu'ils avaient été créés l'un pour l'autre. Une situation à laquelle elle rêvait, mais qui semblait la fuir.

– D'accord, dit-elle. Voilà la vérité, Fleur. C'est à cause de ton père si Zéphir est défiguré.

– Mais pourquoi tu lui parles de ça ? éructa Pasque. Tu avais juré de garder le silence.

Ses yeux verts rouillés d'eau salée, Fleur se tourna vers lui.

– Qu'est-ce que ça veut dire ? chevrota-t-elle. Tu étais au courant ?

– Tout le monde est au courant, cracha Coqueline, les joues enflammées de jalousie.

De même que les autres personnes présentes à la veillée du 11 Novembre, Pasque avait promis de se taire après que Zéphir eut dévoilé son lourd secret. Si ce dernier avait fini par parler, c'était parce que Prunelle avait découvert l'identité du soldat qu'il avait tenté de secourir. Maintenant, Fleur était ébranlée ; son ravissant visage se décomposait. À moins qu'on ne lui fournît rapidement une explication, elle connaîtrait bientôt une attaque de nerfs.

– C'est en voulant sauver ton père que Zéphir a eu le nez arraché, ajouta Coco. C'est ça, la vérité.

Des mois plus tôt, son éducation l'eût empêchée de trahir sa promesse. Mais lasse d'avoir été humiliée en public et en privé, elle refusait désormais de se conformer au bon vouloir des autres.

– Tais-toi donc ! tempêta Pasque. Et puis va-t'en ! T'as rien à faire ici.

Il se devait de la faire partir sur-le-champ, sans quoi Dieu sait le mal qu'elle ferait encore à Fleur.

– Si on ne fait rien, tout le monde finira mort empoisonné, menaça Coqueline.

– C'est par toi que tout ça est arrivé, lui reprocha-t-il. C'est pourtant pas faute de t'avoir prévenue contre ce gros malhonnête.

– Ça te fait plaisir de répéter que tu m'as bien prévenue, hein ? Et toi ? T'as prévenu Fleur que t'as la colique à chaque fois que t'as un pet de travers ?

– Dégage ! tonna-t-il en la poussant sur le chemin.

Coqueline haussa les épaules de rage en s'éloignant. Il lui faudrait une heure et demie pour redescendre de l'alpage. Étant donné qu'elle n'avait pas la patience de cheminer sur cinq kilomètres en silence, elle s'engagea dans le pierrier sur lequel elle se mit à courir au risque de se rompre le cou. L'amoncellement de roche brisée dégringolait sous ses pieds. Le bruit des pierres qui roulaient couvrait à peine les cris de fureur qu'elle poussait pour évacuer son emportement. Au bout de sa course folle, elle arriva en bas de la pente où ne se trouvaient plus que des cailloux. Elle rejoignit le sentier entretenu par les vaches d'Abondance sur lequel elle put reprendre sa marche. Depuis des siècles, les laitières tassaient la terre et broutaient les abords des chemins ancestraux, permettant de s'y déplacer avec davantage de facilité. Plus Coqueline approchait de chez elle, plus des sanglots de dépit lui secouaient le dos.

* *
*

Au village, les propos alarmistes tenus par Ferdinande avaient eu du mal à trouver preneur. Son avis sur le radium ne faisait pas l'unanimité, même auprès de ses familiers. De guerre lasse, elle était revenue au chalet de Chez Bourrin. Elle y apprit que Coqueline s'était éclipsée sitôt après son départ, sans avoir informé Prunelle et la vieille Léonie des dangers du radium. Alors Ferdinande répéta son laïus à celles-ci, sans plus de succès que précédemment. Sa grand-mère contesta ses propos, vanta l'intérêt de sucer des cachous Heidelberger. Il était vrai que l'ancienne, qui avait été invalidée par les rhumatismes pendant des années et quasi mourante après le décès de son fils, paraissait maintenant vouloir vivre éternellement. Certes, les rides sur son visage disaient l'enchaînement des saisons, mais ses forces semblaient vouloir rester avec elle. Pour preuve, elle s'était remise à travailler aussi bien que dans son jeune temps. Ses mains tiraient le lait d'Edelweiss, ses bras barattaient le beurre, sa tête raisonnait clair. En dehors de son chignon blanc de vieillesse, elle semblait être immunisée contre la décadence du corps. La plupart de ses conscrits étaient morts. Les villageois trouvaient d'ailleurs étrange qu'elle restât en vie, et plus curieux encore qu'elle recouvrît la santé alors que l'arthrose déformante l'avait fait baisser année après année. Au pays, la rumeur disait que c'étaient les cachous au radium qui la tenaient debout. De quoi faire douter les esprits quant à la prétendue nocivité de la radioactivité. Sur ces entrefaites surgit Coqueline. Mais d'où ? Elle avait le visage marqué par des pleurs secs mais récents et était visiblement de mauvais poil. Mais pas plus que Ferdinande, désappointée d'avoir fait chou blanc de son côté. À peine arrivée, Coco reçut une semonce. Pour commencer, l'aînée lui reprocha de n'avoir pas fait ce qu'elle lui avait demandé, puis Prunelle voulut savoir où elle s'était rendue en cachette, et enfin la vieille Léonie lui demanda pourquoi il manquait du ravitaillement dans la réserve. Prise au milieu de la curiosité inquisitrice des trois femmes, Coqueline leur opposa un mutisme obstiné. Ce n'était pas le moment de révéler son aller et retour épuisant sur l'alpage – Ferdinande apprendrait bien assez tôt ce qu'elle avait dévoilé à sa fille de façon brutale. L'aînée, Prunelle et l'ancienne le prirent mal. Elles la forcèrent à faire usage de la parole. S'ensuivit une conversation où le ton monta jusqu'à ce que Coco fût sommée par sa mère d'aller se calmer dehors. La jeune femme sortit de l'habitation et alla faire les cent pas derrière le chalet où sa grande sœur la rejoignit.

– Si seulement tu me disais ce qui s'est passé ce matin, je pourrais peut-être t'aider, tempéra-t-elle.

Coqueline appuya son dos contre les planches d'épicéa en soupirant. Si elle tut avoir eu des démêlés sur l'alpage, en revanche elle avoua sa volonté d'aller dérober la chemise cartonnée. Elle avait espoir qu'elle contînt des preuves quant aux agissements troubles de Côme. Malgré son aplomb, elle vit le doute glisser sur le visage de Ferdinande ; il forma une ombre qui vint planer au-dessus de la fillette prise en faute qu'elle eut le sentiment d'être. Coqueline avança un argument : c'était le seul moyen pour découvrir le pourquoi de la présence de Côme, du docteur et du vétérinaire. Après quelques instants, elle parvint à amener l'aînée à adhérer à son projet de vol sans effraction. Les deux sœurs discutèrent de cette affaire, de ce qu'il leur fallait faire. L'une et l'autre décidèrent de garder cela pour elles. Peine perdue : Prunelle les épiait depuis l'intérieur du chalet. Elle avait entendu l'essentiel de leur échange à travers les planches disjointes. Afin de se conformer à ce que voulait Prudent de son vivant, la mère décida de chaperonner Coqueline à distance. Elle avait renoncé à intervenir de façon frontale, sentant au ton de sa voix que la détermination de Coco était inflexible. Si elle ne pouvait empêcher sa fille cadette d'aller au *Grand Hôtel*, peut-être pourrait-elle lui venir en aide dans le cas où les choses tourneraient mal. Pour ce faire, Prunelle était bien décidée à la suivre sans se faire remarquer.

Au soir de ce même jour, la mère veilla des heures. Jusqu'à entendre Coqueline se préparer à partir. Derrière les portes fermées de son lit clos, celle-ci enfila sa robe-tailleur cachée sous son drap de chanvre, se glissant dans la peau d'une barboteuse en tenue chic. Avant même le lever du jour, elle quitta le chalet sans bruit, suivie quelques instants plus tard par sa mère. Dans l'habitation restaient deux femmes plongées dans le sommeil. Le dos tourné, la vieille Léonie ronflait dans son lit étroit. Ferdinande, qui avait siroté exagérément pour atténuer sa préoccupation envers sa petite sœur, dormait comme une marmotte.

* *
*

Depuis l'aube de ce beau jour de juillet, Coqueline attendait, cachée dans la logette au cinquième étage du palace. Elle avait pu gagner l'endroit grâce à la complicité de la chambrière à laquelle elle avait brièvement exposé son intention. La bonne avait déjà eu maille à partir avec ces jouisseurs cyniques et estimait qu'ils méritaient une bonne leçon. Avant cela, Coco avait salué de la tête le portier qui la reconnaissait maintenant ; il la classait parmi les demoiselles allant et venant à leur guise dans l'hôtel, bien que son arrivée hâtive fût inhabituelle pour le lieu. Tout le monde dormait à cette heure matinale. Le porte-clés avait du mal à comprendre le rythme de vie des clients, mais il n'en disait rien. Il s'acquittait de sa tâche, à savoir surveiller l'entrée principale de l'établissement hôtelier de prestige sans faire de commentaires. Depuis qu'il ouvrait et fermait la porte à longueur de journée, le titan s'était forgé une opinion sur la faune vivant derrière le double battant de bois. Il trouvait que les gens bien nés avaient les mêmes mœurs nocturnes que les blaireaux : long toilettage, marquages sociaux odorants, jeux de bousculade avec grognements et poils hérissés. Tout comme ces mammifères, les privilégiés étaient des animaux solitaires qui ne pouvaient s'empêcher de vivre en groupe. De sa cachette, Coco entendit une porte s'ouvrir, se refermer. Elle sortit de la logette, guigna à l'angle du mur. Le Dr Manfred Curie venait de quitter sa suite pour aller boire un café. Son départ fut aussitôt suivi par l'arrivée de la bonne chargée d'ouvrir le lit et d'aérer la série de pièces. Coqueline attendit que celle-ci en ressortît, se montra en partie, inquiète de savoir si la chambrière remettrait un tour de clé. En l'apercevant, l'employée hésita. La crainte d'être prise dans l'engrenage d'une affaire à laquelle elle ne voulait pas être mêlée se lisait sur ses traits. D'un autre côté, ces hommes-là se croyaient tout permis, surtout le porteur de lunettes en écaille. Sa tête baissée trahissait un seul souhait : filer au plus vite de là pour ne pas être vue. Elle mima le geste de tourner la clé, mais ne verrouilla pas la porte. Ensuite, elle trotta vers la lingerie d'étage où elle se réfugia. Cela signifiait qu'elle comptait revenir rapidement. Coqueline devait se hâter de fouiller la suite occupée par le médecin. C'était déraisonnable, elle le savait, mais l'incident de la sortie-de-bain restait une plaie ouverte. Elle se glissa en tapinois vers l'appartement, y entra. Elle repoussa la porte derrière elle et parcourut l'endroit du regard. Tandis qu'elle s'avançait dans la chambre à coucher où elle avait repéré le guéridon en galuchat, la porte s'ouvrit dans son dos. Coco n'eut pas le temps de se retourner que déjà une main s'abattait sur sa nuque et l'empoignait par le haut de sa robe-tailleur. Elle gigota pour voir qui la tenait par le col. Ces cheveux bandolinés… le vétérinaire ! Lucien était accompagné du docteur et de Côme. Ce dernier avait été prévenu par le portier que sa jeune amie était arrivée au palace avant l'heure du lever. Il avait aussitôt averti ses deux comparses de ce qu'il craignait être des représailles. Tous trois étaient remontés dans la chambre du monchu, mais elle était vide. Ils avaient alors parcouru les étages jusqu'à la suite du médecin. À présent, le vétérinaire était sur le point de flanquer Coqueline dehors, mais Côme s'y opposa. Pour quelle raison ? Parce qu'il était curieux en plus d'être vénal. Et c'étaient bien ces deux traits de caractère qui l'avaient poussé à accepter cette mission d'espionnage et d'expérimentation. Depuis la disparition de ses parents dans le naufrage du *Titanic*, Côme souffrait de folie circulaire, cette forme de psychose dans laquelle les accès d'excitation et de dépression se succèdent alternativement. Il n'avait jamais compris comment son enfance gâtée avait pu basculer aussi soudainement dans l'orphelinage, le privant d'aisance. Devenu adulte, il se revanchait sur la vie à qui il réclamait des dommages-intérêts pour étancher sa soif d'influences et de compensations. Il était avide de domination, de connaissances et de possessions. L'argent, il allait l'avoir bientôt, et sa curiosité scientifique était satisfaite. Restaient son insatiable appétit pour les femmes et sa volonté d'en imposer, de tout maîtriser. Et dans le cas présent, il ne comprenait pas ce que Coqueline faisait là. Pourquoi était-elle revenue dans l'antre du diable après ce qu'il lui avait fait subir ? Voulant lire en elle, il l'interrogea, mais elle ne lui répondit pas. Frustré de ne pouvoir assouvir son désir, il usa de la force. En bons lâches, Manfred Curie et Lucien laissèrent faire. Coco se défendit de son mieux. Son regard était acéré, ses cris stridents. S'échappant par la fenêtre ouverte un peu plus tôt par la chambrière, sa plainte ulcérée parvint jusqu'à l'oreille au guet de Prunelle, postée derrière l'hôtel depuis l'aube. Reconnaissant la voix de sa fille, la mère Baud fit aussitôt le tour du bâtiment. Depuis l'angle du mur, elle réussit à ameuter Florimont sans se faire remarquer du gigantal portier. Ayant dormi sur place, son petit-fils était déjà au travail. Il nettoyait des moules de rivière dont raffolaient les clients, mais pas en tant qu'aliment. Ils s'amusaient à les ouvrir eux-mêmes en escomptant y trouver des perles aussi grosses que des pois. Elles n'avaient guère de valeur, mais les privilégiés se prêtaient à cette activité comme on joue à un jeu de hasard : en espérant que la chance serait de leur côté – encore. Bien que déconcerté par la présence affolée de sa grand-mère, Florimont alerta aussitôt le porte-clés. L'homme avait été surpris par la brusque réaction de Côme quand il avait appris que Coqueline se trouvait au palace. Mesurant la gravité de la situation, le portier monta les marches quatre à quatre. Dans l'escalier, il tomba nez à nez avec la chambrière qui, affolée par les cris féminins, descendait chercher de l'aide. L'homme frappa à la porte de la suite, entra sans attendre de réponse. Il tira la jeune femme de cette fâcheuse situation de par sa simple présence. Le trio de viveurs n'aimait pas les témoins, encore moins quand ils se présentaient sous la forme d'une stature colossale. À l'extérieur de l'hôtel se trouvait toujours Prunelle. Au bas des marches, elle attendait sa fille en bredouillant des prières qu'elle croyait avoir effacées de sa mémoire un jour de grande colère contre le Tout-Puissant. Elle tâcha de dissimuler son effroi en voyant dans quel état se trouvait Coco. Celle-ci fut soulagée de voir émerger un visage familier dans ce monde de brutes. Et tant pis si une punition maternelle allait tomber sous peu ! Mère et fille remercièrent le porte-clés. Il reprit sa place à l'entrée en leur faisant signe de partir. Sous le regard consterné de Florimont, elles se hâtèrent de s'éloigner de l'établissement, prirent la direction de la boutique de chausseur. Le trajet entre l'hôtel et le pont de pierre leur sembla interminable – il l'était quand une chaussure manquait. Toutes deux allèrent se réfugier chez Zoé qui s'enquit des circonstances les ayant mises dans cet état. Une fois à l'intérieur du commerce, Coco se figea. Dans le miroir de chez *À tout pied*, elle voyait sa figure contusionnée. Elle effleura du doigt sa lèvre gonflée, arrangea ses cheveux emmêlés. Elle s'approcha de son reflet pour observer sa pommette tuméfiée. « Je ressemble à Anne-Aimée », se dit-elle avec amertume. Alerté par leurs voix rendues aiguës par la nervosité, Zéphir accourut. Sa présence mit mal à l'aise Coqueline qui avait trahi la promesse qu'elle lui avait faite le 11 Novembre. Il détailla sa belle-sœur, remarqua que les salomés de sa fabrication ne faisaient plus la paire. Dans un bas troué, un de ses pieds était offert à la vue. « Avec le cuir marine restant, je referai la chaussure gauche perdue dans la bataille », songea-t-il. Puis ce fut au tour de Ferdinande d'entrer dans la boutique. Elle s'était réveillée avec la gueule de bois, avait constaté l'absence de Prunelle et de Coco. Pour faire taire son inquiétude, elle s'était préparée et avait décidé de s'arrêter boire de la chicorée chez Zoé avant d'aller travailler à la dépense. Elle eut la surprise d'y trouver sa mère et Coqueline dont l'état la frappa de consternation. Ferdinande se reprocha aussitôt d'avoir consenti à cette folie. Et enfin Anthelmette arriva de son pas lourd puisqu'on l'avait fait chercher. Elle confia le petit Ange à sa jumelle, puis examina la blessée. La soigneuse se crispa de contrariété en voyant la pommette marquée à l'instar de celle de sa fillette. Rien de cassé chez Coqueline, mais des hématomes. Elle s'était défendue ; elle avait résisté. Sa robe déchirée au col et sous les bras en témoignait. Anthelmette lui prodigua des soins à base de gestes en l'air et d'onguents sur la peau. Les quatre sœurs de lait et leur mère enfin réunies dans une même pièce, il y eut une discussion, des explications, des éclats de voix. Comme du temps de Prudent, la famille décida que la rancune destructrice de Coqueline s'arrêterait là, le temps que la jeune femme se remit. En outre, il était temps pour elle d'aller se reposer ; cela faisait des semaines qu'elle n'avait pas dormi. Zoé l'installa dans le lit de l'arrière-boutique qu'elle occupait l'été lorsqu'elle travaillait chez *À tout pied*. Coco ne se fit pas prier pour s'allonger ; les émotions de la journée l'avaient épuisée. Encore chaussée de son unique salomé, elle joignit ses mains et baissa son menton jusqu'à les rejoindre. Elle ferma ses yeux pour interroger le Seigneur, car elle en avait assez de voir chaque jour germer un nouvel égarement dans les fentes de sa conduite. Elle avait le sentiment de se fourvoyer depuis le début, de n'être pas même capable de voir plus clair qu'un bigleux. C'était d'autant plus désespérant que Pasque avait vu venir Côme malgré sa myopie ! Pendant que Coqueline sombrait dans le sommeil, Fleur arrivait en vue de la boutique devant laquelle les femmes de la famille chuchotaient entre elles. Redescendue de l'alpage sur un coup de tête suite à la dispute qu'elle avait eue avec Pasque, elle s'approcha, les embrassa toutes. Elle était sur le point d'évoquer la visite de Coqueline sur l'alpage, mais elle se ravisa. Sa mère avait l'air préoccupé. Derrière le sourire maternel, il y avait de l'inquiétude. Aussi Fleur justifia-t-elle son retour en annonçant qu'elle était en brouille avec Pasque, mais rien à propos de la terrible nouvelle. Ferdinande ne fit pas grand cas de cette jeunesse amoureuse manifestant une humeur inégale propre à son état. Il y avait plus grave et plus urgent à régler. En écoutant les femmes échanger entre elles, Fleur comprit qu'une mésaventure était survenue au palace.

Dans son demi-sommeil peuplé de cris, Coqueline crut sentir le parfum de la crème Alpha-Radium juste avant de voir apparaître les babines retroussées de Côme. Elle se réveilla en sursaut, entendit un froissement dans la pièce. Elle se leva d'un bond, prête à se battre au cas où il l'aurait suivie jusque-là, mais ce fut Fleur qu'elle vit. Sa nièce s'approcha d'elle, la prit dans ses bras. Elle lui embrassa l'ourlet de l'oreille, un des rares endroits exempts de douleur.

– Tu es bien esquintée, constata Fleur. Que s'est-il passé ?

– Après ton refus, j'ai voulu aller chercher la chemise kraft quand même, mais j'ai échoué. C'est bien fait pour moi. Avec Côme, je commets erreur sur erreur depuis le début. Je ne sais pas pourquoi. On dirait qu'il m'a ensorcelée.

Une sorte d'aura paraissait entourer Coqueline quand elle disait cela. C'était comme si elle n'était pas vraiment présente dans la pièce. Sa nièce la fit se rasseoir pour faire descendre d'un cran son tourment.

– Je ne pensais pas que ton amoureux était une brute pareille, se désola Fleur. Écoute, j'ai réfléchi à ce que tu m'as dit. Je ne peux pas laisser ces gens empoisonner notre famille sans rien faire. Je vais aller au palace et rapporter la chemise kraft.

– Sûrement pas ! Ce sont des ordures. De toi, ils ne feront qu'une bouchée. Jamais je n'aurais dû te demander ça. C'était une erreur de ma part. Une de plus.

Mais Fleur n'avait pas peur. Durant quatre longues années, elle avait subi la violence des filles de bonne famille que couvraient les sœurs en raison des généreux dons de leurs parents. Elle s'était endurcie. Et puis ce moins-que-rien de Côme méritait une correction pour avoir malmené sa tante. Fleur trouvait que celle-ci avait fait preuve de courage en sortant de son milieu d'origine pour se risquer dans le monde inconnu des bien nés. Cette proposition était tentante pour Coqueline, mais elle ne céda pas pour autant. À l'inverse, elle intima l'ordre à sa nièce d'aller retrouver Pasque sur l'alpage. On avait besoin d'elle là-haut. La jeune fille n'insista pas davantage. Elle se retourna, prête à s'en aller. Au moment de refermer la porte de l'arrière-boutique, Fleur entendit derrière elle :

– Quelle raison te pousse à vouloir m'aider après ce que je t'ai dévoilé ?

– Pasque.

Coqueline sentit le sol s'amollir sous son pied déchaussé. Aurait-il poussé Fleur à lui prêter la main ? Pourquoi un tel trouble ? Peut-être lui avait-il pardonné de l'avoir repoussé au profit de ce monstre de Côme.

– Pasque t'a demandé de m'aider ? demanda-t-elle.

– Que non ! s'exclama Fleur. Il ne sait même pas que je suis ici. Je lui ai dit que je rentrais chez moi pour me remettre de ce que je venais d'apprendre sur mon père.

– Quoi, alors ?

– Je veux lui prouver qu'il ne se trompe pas, cette fois. Avec toi, il a beaucoup souffert parce que tu as choisi un autre que lui. Avec moi, ce sera différent. Je me montrerai fidèle envers lui. Mais il doute. Il est devenu aussi craintif qu'un animal blessé. Si je t'aide malgré la rivalité entre nous, il se persuadera de ma loyauté.

Coqueline fixa sa nièce dans les yeux. La jeune fille lui rendit son regard. L'abattement de la première ne fit qu'augmenter. Fleur avait un visage candide, d'une pureté absolue, pouvant faire oublier son vécu. Petite, elle avait perdu son père et avait dû s'aguerrir pour supporter l'enfermement et l'injustice du couvent. Elle y avait vécu en marge d'un monde dont elle pressentait l'amour sans l'avoir éprouvé. Fleur se montrait telle que la vie l'avait façonnée : plus aussi blanche que le lys des Allobroges. La belle enfant n'était pas là par solidarité féminine, mais pour verrouiller le cœur de Pasque. Coqueline fit de son mieux afin de ne pas en paraître affectée, mais son détrônement tant physique qu'affectif l'ébranla au plus haut point. L'espace d'un instant, elle eut envie de chasser sa nièce à coups d'un seul pied, mais peut-être y avait-il mieux à faire avec cette demoiselle racée aux intentions sans détour. À présent, elle devait prendre une décision. Soit envoyer Fleur à l'hôtel sachant que Pasque ne lui pardonnerait jamais de l'avoir mise en danger, soit renoncer à tirer cette histoire au clair. Coqueline avait peur au-dehors d'elle mais, en dedans, elle voulait la chemise cartonnée. Maintenant qu'elle savait qu'un dossier papier était dissimulé à la vue de tous, elle bouillait de découvrir quels documents secrets il contenait. Lui permettraient-ils de déstabiliser Côme autant qu'elle s'était trouvée en porte à faux entre le rejet de son milieu d'origine et l'attrait de celui qu'elle convoitait ? Son plat de vengeance, elle avait envie de le manger pendant qu'il était encore chaud. Froid, il serait certainement moins goûteux. Et puis les trois comparses risquaient de disparaître encore une fois. C'était maintenant ou jamais.

– D'accord, finit-elle par dire.

– Je le savais ! se réjouit Fleur. J'ai une idée pour y arriver. Demain, c'est le 14 Juillet. Je viens de voir mon frère. Il m'a annoncé qu'un bal sera donné au *Grand Hôtel*, en plus du bal populaire qui aura lieu sur la place. Dès demain, l'établissement va embaucher des extras pour aider le personnel habituel. Je pourrais proposer mes services de repasseuse. J'ai acquis un solide savoir-faire au couvent. Sans vouloir me vanter, je serais capable de déplisser les soufflets d'un accordéon. C'est notre chance. Qu'en dis-tu ?

– C'est pure folie, mais je dis oui, consentit Coqueline.

Côme l'avait fait crème, il serait fait crème à son tour. Elle voulut sourire, mais elle dut y renoncer ; sa joue lui faisait mal. La tante et la nièce s'enthousiasmèrent pareillement à des enfants irresponsables avant d'établir la marche à suivre. Coqueline passa du temps pour régler la conduite de Fleur qui devait se plier à ses recommandations et agir rapidement, sans se poser de questions, sans quoi l'angoisse la tétaniserait. Quant à elle, il ne lui restait plus qu'à s'armer de patience dans l'arrière-boutique où il valait mieux qu'elle restât cachée afin de ne pas attirer l'attention avec son visage tuméfié. Cette mission serait digne des aventures les plus débridées, voire les plus excessives. Qu'on en juge avec ce qui advint ce jour-là !

Chaque 14 Juillet depuis 1880, date de création de cette célébration en l'honneur de la République, toute la population était fidèle à ce rendez-vous annuel. La Fête nationale donnait lieu à une honnête sauterie au centre de chaises et de tables que chaque famille apportait selon ce dont elle disposait. La veille, un carré de plancher fort était posé sur la place du village ; un orchestre de musiciens ambulants était embauché par la mairie pour l'occasion. L'un jouait de l'accordéon, l'autre de la viole de gambe et le troisième du violon quart. Au pays, on était peut-être pauvre, mais on était patriote. On fêtait dignement l'anniversaire de la prise de la Bastille. Pour la première fois, l'événement dansant serait doublé d'un bal au *Grand Hôtel* où les clients s'émouvaient moins pour la patrie que pour les plaisirs de la table, de la chair et des affaires. Dans le grand monde, le 14 Juillet avait depuis longtemps perdu son étiquette chauviniste pour afficher celle de festivités où l'alcool coulait à flots. D'un côté comme de l'autre, on s'activait afin que tout fût prêt à temps.

Ce jour de bal citoyen, l'orchestre en plein vent répétait au bourg sous des guirlandes tricolores, tandis que Zoé accrochait des lanternes vénitiennes à sa devanture, espérant attirer les clients. Le 14 avait beau être férié depuis 1880, chez *À tout pied* on travaillait comme cela se faisait dans les stations de bon air et dans les stations climatiques. Le soir venu, la Fête nationale fut annoncée par la fanfare de Morzine, créée en 1897. Bénite par le curé, elle joua *La Marseillaise* avec entrain, applaudie par la foule massée sur son passage – les natifs n'étaient jamais gênés de mêler le populaire et le sacré. Un coup de clairon annonça l'arrivée des autorités au grand complet, autrement dit le maire. Un drapeau bleu, blanc, rouge s'inclina sur son passage alors qu'il lançait le départ de la retraite aux flambeaux. Redescendu de l'alpage pour la nuit seulement, Pasque faisait partie des porteurs de torche avec Zéphir et Anselme. Zoé et Anthelmette attendaient le cortège avec les bessons, Anne-Aimée et le petit Ange sur la place de la mairie où Paulin le Veuf et la vieille Léonie avaient trouvé de quoi s'asseoir, et la Nant-Nant de quoi boire. Quand le cortège arriva devant l'édifice communal, on planta les torches dans la terre aux quatre coins du plancher fort de façon à éclairer la piste de danse. Les musiciens ambulants entraînèrent la foule dans un branle simple et gai dont le but était d'entretenir le souvenir de l'héroïque histoire de la Révolution française. Ce n'était pas pour danser que Pasque avait pris le risque de confier la responsabilité de l'alpage à un jeune peu expérimenté, mais pour parler à Fleur qu'il n'avait pas revue depuis leur dispute. Il voulait lui présenter des excuses, lui expliquer que c'était par loyauté envers Zéphir qu'il s'était tu au sujet de son défunt père. Il la chercha du regard au milieu de la foule. Il ne la trouva pas, pas plus que Coqueline, Ferdinande ou Florimont. Si l'absence de ces deux derniers était justifiée par leur travail, quelle était l'excuse des deux filles les plus jolies de la vallée ? Il était improbable que Fleur et Coco ne fussent pas présentes au bal où elles auraient pu emballer le palpitant de tous les jeunes gens de par leur simple présence. Pourquoi manquaient-elles cette si rare occasion de s'amuser dans leur monde de labeur ? Où pouvaient-elles bien être ? Pasque décida d'attendre près de la piste. Après tout, le bal ne faisait que débuter ; Fleur pouvait encore arriver. Il prit place sur une chaise à côté de son père qui lui reprocha de ne pas inviter les demoiselles à danser. Certaines mangeaient des yeux ce beau gars à la tignasse bouclée et aux bras puissants. À leur grand désespoir, il préféra regarder les couples tourner sous les guirlandes en papier, tout en escomptant voir Fleur surgir. Paulin le Veuf lui donna de quoi s'acheter à manger sur place. Il eut plaisir à voir son fils afficher un franc sourire rattachant à l'enfance son visage sur lequel un air de maturité se dessinait depuis ses déboires avec Coqueline. Pasque se régala d'un *diot* au vin rouge et aux oignons servi entre deux tranches de pain imbibées de sauce. Ce n'était pas tous les jours qu'une marmitée de saucisses fumées embaumait le centre du village. Toutes les trois danses, un orgue mécanique entamait les premières mesures de *La Marseillaise.* Pris d'une joie patriotique, les habitants poussaient alors des cris de « Hourra ! » en l'honneur de la République. Le bal remportait le même franc succès auprès des adultes que les tartes aux myrtilles auprès des enfants gourmands dont les courtes dents étaient colorées de noir bleuté. Après avoir dansé la farandole avec Zéphir, les jumelles vinrent récupérer leurs rejetons respectifs surveillés par la vieille Léonie. Nez de Cuir les laissa pour aller rejoindre son beau-frère qui les avait regardés tournoyer de la buvette.

– Tu dois avoir l'avaloir tout desséché à tant valser, lui dit Anselme. Viens que je te paye une chopine.

Le boisselier n'avait pas dansé ; ses genoux le faisaient souffrir. Il participait en tant que spectateur, sa barbe en éventail posée sur son torse maigre. Zoé et Anthelmette emmenèrent avec elles les petits pour les coucher chez *À tout pied* en attendant leurs hommes. Elles n'eurent qu'à franchir le pont de pierre pour gagner la boutique où Prunelle s'entretenait avec une Coqueline contrite au visage enflé. Leurs échanges étaient couverts par l'écho des rires et des danses qui franchissait la vitrine du commerce de cuir sur bois. Les quatre cousins germains furent étendus dans le même lit clos dont leurs mères fermèrent les portes afin d'assourdir les bruits de la fête. Cela faisait longtemps que les jumelles n'avaient pas eu l'occasion de passer un peu de temps toutes les deux. Elles laissèrent leur mère et leur sœur cadette discuter entre elles et s'installèrent à l'écart. L'intimité aidant, Zoé avoua à sa sœur qu'elle se sentait responsable de la mort de son petit Zian et combien elle avait peur en permanence qu'il arrivât quelque chose aux bessons. Elle lui confia que Zéphir ne s'était pas plus fait au décès de leur fils qu'à son reflet dans le miroir ; une part de lui ne pouvait admettre ce vide laissé, cette béance creusée. Zoé révéla qu'ils utilisaient des redingotes anglaises pour éviter d'engendrer une vie pouvant leur être reprise au moindre moment d'inattention. Anthelmette écouta sa jumelle avec compréhension. Avant la naissance d'Ange, elle aurait passé une avoinée à Zoé pour avoir utilisé des produits au radium au lieu des plantes abortives dont elle avait le secret. Mais comment faire des reproches à sa sœur alors qu'elle-même se massait l'entrejambe avec de la Radiocrèmeline, ses parties sexuelles refusant de retrouver leur élasticité d'antan. Depuis son épisiotomie, plus rien n'allait pour la soigneuse. C'était à peine si elle pouvait rester assise. De plus, elle se faisait du souci pour Anselme. Il avait encore maigri et évoluait avec cette rigidité de corps qui, en temps normal, était celle des vieilleux. Elle le croyait terriblement affecté de par sa faute, incapable qu'elle était de restaurer un lien de confiance avec Anne-Aimée. Les bessonnes discutèrent de l'enfantement. La leveuse de maux tenta de convaincre sa sœur qu'elle n'était nullement coupable du décès de Zian : personne ne pouvait être responsable de la façon dont le Tout-Puissant rappelait à Lui ses brebis. C'était aussi beau qu'un prêche de curé bien intentionné. De son côté, Zoé conseilla à Anthelmette de montrer ses parties intimes à la Nant-Nant. Au cours de sa longue carrière, elle avait glané des tournemains connus des seuls initiés ; elle saurait l'aider à se détendre de la culotte. Toutes deux furent d'accord pour dire que le passage de femme à mère, dans sa férocité, laissait de terribles séquelles. Par bonheur, des contreparties venaient pondérer ce changement d'état hasardeux et douloureux : chacune des jumelles avait deux beaux petits casse-pieds à élever. Que pouvaient-elles demander de plus ?

Au même moment, le meilleur monde se pressait au palace où l'effervescence était à son comble. Ferdinande avait passé des heures à vérifier que tout avait été livré et que les placards contenaient de quoi satisfaire les plus fins palais. On avait même fait venir une sorbetière d'Évian-les-Bains où on en connaissait un rayon en clientèle de prestige. L'été étant radieux ce jour-là, le couvert avait été dressé dehors l'après-midi même. On avait poussé le patriotisme jusqu'aux arts de la table : ces assiettes bleues sur des nappes blanches fleuries de rouge étaient du plus bel effet. Les extras en livrée, embauchés pour cette occasion exceptionnelle, formaient un ballet discret d'allées et venues pour servir le saumon à la sauce genevoise. La seule employée ne passant pas inaperçue était Fleur. Quand elle s'était présentée à l'embauche, elle avait été engagée sur l'heure, mais pas pour faire disparaître les faux plis. Son côté bouton de rose à peine éclos avait sauté aux yeux du maître d'hôtel qui l'employait comme extra de choix. Coiffée d'un bonnet phrygien rouge, Fleur incarnait une Marianne pleine de fraîcheur. Son rôle était de virevolter avec légèreté dans sa robe bleue ceinturée de blanc entre les tables rondes dressées à l'extérieur. Les regards des hommes étaient rivés sur le décolleté de celle qui tenait une place d'honneur dans la fête et représentait la liberté. Pour la jeune fille voulant passer inaperçue parmi les repasseuses pour se déplacer discrètement dans l'établissement, c'était raté. On ne voyait qu'elle, malgré l'orgie de lumignons de couleur. Du buffet juponné où il servait des buccins avec une mousseline de mayonnaise, Florimont se demandait ce que sa sœur fabriquait avec cette cocarde entre les seins. Un orchestre de musiciens aux visages grimés de noir se mit à jouer une musique appelée jazz. Elle n'emporta pas le succès escompté et fut aussitôt remplacée par un rythme endiablé importé des bas-fonds argentins. Des femmes avec une coupe de cheveux à la lapone se levèrent de leurs chaises. Des hommes posèrent leur main au ras de leurs reins où descendaient des décolletés incitant aux divertissements canailles. L'entrain des danseurs n'avait plus rien à voir avec le républicanisme. La ferveur de l'événement historique de 1789 avait été détrônée par une badinerie mondaine. Un fox-trot laissa la place à un charleston que chassa une java. Plus le temps passait et plus Fleur pensait qu'il lui serait difficile de mener à bien sa mission. Cependant, elle n'osait s'éclipser de peur de se faire remarquer. Quand on portait un imposant bonnet rouge, il était impossible de se déplacer sans être vue de loin. Elle observa les clients autour d'elle. Beaucoup étaient occupés à danser, mais pas tous. Côme, le Dr Manfred Curie et le vétérinaire étaient installés autour d'un grand bol à punch flambé. Ils auraient dû quitter le bourg deux jours auparavant, mais l'attrait de la soirée du 14 Juillet avait été plus fort. Ils partiraient le lendemain, après un sommeil réparateur, car ils sentaient une fatigue dans tous leurs membres. S'ils avaient les jambes en nougat, c'était parce que l'huissier de soirée avait préparé lui-même ce qu'il appelait un « punch à la française ». L'homme était excédé d'avoir à porter ce costume fantaisie dont les pompons aux épaulettes lui donnaient un air de soldat d'opérette, alors qu'il avait fait Verdun. Pour se venger de cet affront, il avait versé non pas une, mais deux bouteilles de vieux rhum de la Jamaïque sur deux livres de sucre. Il y avait ensuite mis le feu et avait brassé le concassé sucré avec une poche de cuisine afin qu'il se caramélisât en brûlant. La suite, c'était Ferdinande qui s'en était occupée afin de donner toutes ses chances à sa fille. De la bouche de Prunelle – qui ne cessait plus d'écouter aux portes –, l'aînée avait appris ce que Fleur s'apprêtait à faire à la place de Coqueline. Décidément, rien n'arrêtait les filles Baud ! Ferdinande avait jugé utile d'ajouter deux litres de thé parfumé et des jus de citrons pressés à la boisson. Et pour finir, la touche maternelle : une bouteille de spiritueux à l'orange prélevée dans la dépense. Manfred Curie, Côme et Lucien juraient qu'ils n'avaient jamais rien bu d'aussi bon de toute leur vie de nantis. Bon au point de délaisser le bœuf à la gelée. Tandis qu'ils étaient occupés à tremper la louche dans le bol de punch qui tenait plus du saladier, le portier ouvrit grand le double battant de l'entrée de l'hôtel. Il le cala avec une pierre charriée sur le plat par une crue centennale de la Dranse. Libéré du geste d'ouvrir et de fermer, il quitta son poste un instant pour dire à Fleur qu'elle pouvait y aller. Indigné d'avoir vu les trois comparses brutaliser Coqueline, le titan s'était juré que ces lâches ne s'en tireraient pas si facilement. Foi d'enfant battu ! Malgré sa stature, jamais il n'avait abusé de sa force et trouvait répugnant ceux qui profitaient de leur position dominante pour s'adonner à la violence. Tandis que le cousin huissier de soirée ferait le guet, le porte-clés se chargerait de permettre à Fleur d'entrer où elle voudrait. Si on la cherchait, l'un ou l'autre dirait que Marianne était aux cabinets d'aisances – la République avait des besoins devant être assouvis en toute liberté. La jeune fille aux cheveux ambrés comprit alors qu'elle avait des appuis sur place. Cela l'encouragea à se lancer à l'assaut du palace.

Pendant ce temps, Pasque se tracassait sur la place du bourg. Minuit avait sonné au clocher à bulbe habillé d'un fer-blanc vieilli à souhait. Le jeune homme ne croyait plus que Fleur allait venir danser au bal populaire. Les heures passant, cette gaieté de peuple en liesse l'accablait plus qu'autre chose. À contrecœur, il décida d'aller quérir des nouvelles de Coqueline à Prunelle dans l'espoir d'apprendre quelque chose, mais il ne la trouva pas non plus. Tourmenté par ses sentiments pour Fleur, Pasque n'avait pas remarqué l'absence de la mère. Pourquoi les femmes de la famille manquaient-elles toutes à l'appel ? Cette fois, il en était certain, quelque chose se passait dans son dos. Il s'éloigna des flonflons du bal, prit la direction du *Grand Hôtel* avec l'idée que Florimont pourrait lui donner des nouvelles de Fleur, une fois son travail terminé. Il espérait que l'écailler ne serait pas fâché contre lui s'il avait appris ce qu'il leur avait caché à propos de leur père. Avec du recul, le jeune homme prenait conscience que le frère et la sœur auraient dû être informés des circonstances de la mort de leur paternel. Par leur sens du devoir, leur vécu commun et leur respect des anciens, Pasque se sentait proche de Fleur et de Florimont. Il s'en voulait d'avoir soustrait à leur connaissance ce qu'il savait de la funeste affaire. Il attendrait que l'écailler eût fini de travailler afin de lui expliquer qu'il avait gardé le silence par loyauté envers Zéphir. Il espérait également pouvoir lui parler de Fleur. Pasque était loin de se douter que, dans le même temps, la jeune fille se trouvait à quelques centaines de mètres seulement. Encouragée par le portier, elle montait jusqu'au perron du palace. Le battant tenait grand ouvert grâce à une molasse semblable à celle formant le soubassement du chalet familial. À cet instant-là, il n'y avait personne dans le hall, personne dans l'escalier. C'était le moment de se lancer. Suivie du porte-clés, Fleur le gravit d'un pas normal jusqu'au premier étage où elle se mit à monter les marches deux par deux. L'amplitude du mouvement souleva sa robe bleue, dévoilant l'étonnant caleçon près du corps qu'elle portait sous son déguisement de Marianne. Par souci de discrétion, la jeune fille et le titan n'échangèrent aucun mot. Le couloir du cinquième était désert. Le portier ouvrit la suite du Dr Manfred Curie avec son passe-partout, la fit entrer et repartit aussitôt. Maintenant seule, elle devait s'acquitter de sa tâche en résistant à l'envie d'éclairer la pièce à l'électricité, ce qui serait visible du rez-de-chaussée. La lumière de la fête montant jusqu'aux fenêtres devait lui suffire à se repérer. Elle regarda autour d'elle, reconnut les lieux décrits par Coqueline. Elle chercha le guéridon en peau de poisson. Dans la chambre à coucher, il n'y avait qu'une petite table à pied central répondant à la description. Elle s'en approcha, détailla le gainage du meuble installé près du lit. « C'est donc ça, du galuchat, se dit-elle. Contrairement au pavillon des Halles, ça ne pue pas. » Elle releva le bas de sa robe, s'agenouilla. Un objet posé au sol attira son regard : sous le lit se trouvait une chaussure légèrement pointue à talon. Le salomé perdu par Coqueline ! Fleur tendit le bras et l'attrapa, puis elle se pencha pour mieux voir sous la petite table de facture élégante. Elle devina la chemise kraft, chercha à la sortir de son logement, mais l'objet y était coincé. Elle fit courir ses doigts fins sur les bords et parvint à en glisser un sur la tranche cartonnée. Elle manœuvra doucement, passa une phalange puis une autre, et tira, libérant le papier lourd de sa cachette. Les quatre coins étaient enfoncés. On avait dû forcer pour insérer sa forme rectangulaire dans l'ovale du guéridon. Fleur ouvrit le dossier, en sortit les documents. Elle repoussa les angles cartonnés de l'intérieur afin de lui redonner sa forme initiale, le remit à sa place. Sa forme initiale retrouvée, la pochette se logea de façon sûre dans le profil en œuf de poule où elle demeura sans retomber. La jeune fille défit sa large ceinture, souleva sa robe jusqu'à son nombril, glissa dans son caleçon les feuilles qu'elle coinça contre elle avec l'élastique fort cousu par son arrière-grand-mère. « Quand elle me tricotait cette culotte longue, la mémé ne devait pas penser que je m'en servirais de porte-documents », se dit Fleur en souriant. Elle abaissa sa robe, lissa les plis, renoua la bande blanche autour de sa taille. Elle s'approcha de l'embrasure de la fenêtre. Cachée derrière l'épais rideau, elle constata que le médecin, Côme et le vétérinaire n'avaient pas bougé, esclaves qu'ils étaient du bol de punch. Il était temps pour elle de quitter cet endroit. Elle ramassa la chaussure bleue, ouvrit la porte de la suite, jeta un œil dans le couloir. Désert, de même que l'escalier qu'elle descendit en réprimant son envie de courir. Son geste faisait d'elle une souris d'hôtel. Maintenant, elle savait ce que ressentaient ces femmes qui s'introduisaient dans les palaces pour repérer les choses à voler, ou qui se faufilaient dans les établissements publics pour y barboter des objets de valeur. Elle arriva en bas des marches où les clients voulant échapper à la fraîcheur nocturne s'étaient rassemblés. Fleur remarqua que le portier affichait la même mine que Pasque lorsqu'il était constipé. Alors qu'elle traversait le hall sous le regard tout aussi inquiet de l'huissier de soirée, on lui prit la main par-derrière. Elle se retourna, tomba sur d'immenses lunettes rondes montées en écaille. Côme ! La foule avait fait que, sans le voir, elle avait marché sur lui qui se rendait aux toilettes en titubant. L'effroi sur le visage de Fleur passa inaperçu aux yeux du laborantin. Il était trop gris pour s'apercevoir de son trouble, trop gris pour remarquer qu'elle avait la chaussure de Coqueline dans l'autre main. L'anxiété creusa le ventre de la jeune fille, fit descendre les feuilles de papier dans son caleçon. Qu'adviendrait-il si Côme s'approchait de trop près, ainsi qu'il se le permettait avec les bonnes ? Et si ses doigts fureteurs rencontraient la rigidité des documents qu'elle portait contre elle ? Craignant une trop grande proximité physique, elle tenta de se dégager, mais il resserra son étau sur son poignet. Contrairement à son habitude avec les femmes, le préparateur en pharmacie ne se mit pas en colère. Il était trop ivre pour cela. Et puis il ne disposait pas d'assez de temps pour dresser ce beau tendron. C'était presque dommage, car la prise était de qualité supérieure et aurait mérité un traitement de faveur. Mais l'homme était sur le départ. Et partir, c'était tout ce qu'il voulait. Quitter définitivement cet endroit peuplé d'infâme populace. Déloger, enfin. Les poches pleines, bien entendu. L'huissier de soirée fit signe de ne pas intervenir au gigantal portier qui s'agitait face à la gravité de la situation.

– Alors, Marianne ! On fait sa timide ! s'exclama Côme avec un sourire qui étira les coins de ses lèvres vers le bas. Tu n'étais pas si farouche quand tu tournais autour des tables. Qu'as-tu fait de ton beau bonnet ?

Fleur porta sa main libre à sa tête, blêmit en s'apercevant qu'elle était en cheveux. Elle savait parfaitement où était son bonnet : dans la suite du cinquième étage. Il avait glissé de son crâne quand elle s'était penchée pour attraper le salomé. Elle avait pensé le remettre en se relevant, mais elle avait oublié de le faire, trop accaparée par la découverte de la chemise cartonnée. Sûr que ce satané bonnet gisait au sol entre le lit du docteur et le meuble en galuchat. Parce que tout le monde l'avait vue parader avec, il était évident que cette coiffe rouge au pied du guéridon serait une preuve irréfutable de sa culpabilité. Alors que Fleur avait conduit l'opération sans coup férir jusqu'à présent, voilà qu'elle allait tomber pour un attifet de laine et entraîner dans sa chute sa mère et son frère. Son rythme de cœur accéléré, elle jeta un regard catastrophé au portier. Il avait saisi ce qui se passait quand il avait vu la jeune fille porter une main à sa tête nue. Il profita de ce que l'attention de Côme fut accaparée par sa proie pour bondir dans l'escalier d'un pas de géant. Ayant deviné ce que faisait son collègue, l'huissier de soirée se rapprocha de la double porte en bois sculpté pour le remplacer, si besoin était. En passant devant Fleur, il lui fit un signe discret de l'index. Elle comprit qu'elle devait gagner du temps avec le laborantin. L'espace d'un instant, elle s'en sentit incapable ; ses doigts se crispèrent sur le cuir du salomé. Elle tenta d'esquisser quelque chose comme un sourire, mais c'était peu convaincant. Allait-elle flancher et risquer de compromettre les siens ? Allait-elle échouer si près du but ? Non ! Elle était d'une autre trempe ! Elle planta ses yeux verts dans les yeux bleus du châtain.

De l'extérieur du palace où il attendait que Florimont terminât son service, Pasque crut voir sa dulcinée dans le hall. Sa myopie lui jouait-elle un tour ? Il s'approcha jusqu'au bas du perron pour en avoir le cœur net. D'où il était, il vit Fleur sourire de toutes ses dents à Côme qui la tenait par le poignet. « Non ! s'encoléra-t-il intérieurement. Pas elle ! Pas avec lui ! » Son palpitant, qui cognait comme un sourd jusque-là, semblait maintenant vouloir s'arrêter. Allait-elle, elle aussi, le délaisser pour raison d'argent ? Combien de femmes cet enfoiré allait-il encore lui dérober ? La bile lui remonta d'un coup le long de sa trachée accidentée par les soubresauts d'une vive révolte. La rage le gagna. « M'en vais mornifler ce trou de cul de monchu, moi, tu vas voir ! » se dit-il en retroussant les manches de sa chemise en ortie. Alors qu'il allait gravir les quelques marches, l'immense portier surgit de l'escalier et enfonça sur la tête de Fleur un bonnet rouge sans crier gare. Son geste stoppa net Pasque. Il observa ce qui se tramait devant lui sans rien comprendre. Qu'est-ce que la fille dont il était épris pouvait bien faire ici, habillée telle une cocotte ? Brusquement, Côme lâcha le poignet de Fleur et s'éloigna en zigzaguant, commandé par sa vessie à ras bord qui exigeait d'être soulagée. Libérée de ses chaînes, Fleur se hâta de sortir du *Grand Hôtel* avec la bénédiction du portier et de l'huissier de soirée ; tous deux avaient leur content d'émotion. Ce dernier irait sans tarder informer Ferdinande que l'affaire était dans le sac afin de la rassurer. Fleur ne sut pas expliquer comment cela se fit, mais elle rata une marche et tomba lourdement contre le large buste de Pasque. Il la retint, la releva, ne put s'empêcher d'envier la cocarde qu'elle avait entre les seins. Il s'apprêtait à la sommer de s'expliquer quand elle lui prit le bras et le pria de l'emmener loin de là en marchant d'un bon pas, mais sans courir, comme Coqueline le lui avait conseillé. Il ne se fit pas prier. Du dressoir où il débarrassait les buccins, Florimont aperçut Marianne de dos, en compagnie de Pasque. Voir sa sœur au bras de son ami le réconforta. Avec lui, elle ne risquait rien. Il préférait la savoir loin de cet endroit où les choses n'allaient pas tarder à dégénérer si l'on en croyait le nombre de cadavres que les extras alignaient sous les jupons du buffet. Florimont emporta les coquillages restant à la dépense afin de laisser place à la glace au marasquin qu'agitait en continu le batteur de la sorbetière réfrigérée. Contrairement à ce que Fleur avait commandé à Pasque, elle n'avançait qu'à petits pas. Plus ils s'éloignaient du palace, moins ses jambes la portaient. C'était comme si elles prenaient conscience maintenant de ce à quoi elles avaient échappé. Sentant sa faiblesse, le jeune homme passa un bras autour de sa taille fine. Ce faisant, sa main se posa sur le bord des documents. Il la regarda avec étonnement. Il aurait voulu la questionner, mais le moment était mal choisi. Et puis son air ingénu venait d'avoir raison de sa méfiance. Pasque décida de lui accorder le bénéfice du doute. Il y avait forcément une explication à tout cela. Il passa un bras sous les genoux de Fleur, la souleva avec aisance, la cala contre lui. Il lui sembla voir un sourire sur le visage de la demoiselle, mais l'obscurité était trop profonde pour qu'il en fût certain. Il reprit sa marche comme s'il n'était chargé d'aucun poids. Mieux encore : la dernière fois qu'il s'était senti aussi léger, sa mère et sa petite sœur étaient encore en vie.

– Faudra quand même me dire où on va, chuchota-t-il.

– Chez Zoé, murmura-t-elle à son oreille en passant un bras frêle autour de son cou strié de muscles.

Elle replia son autre bras contre sa poitrine. Pasque remarqua qu'elle tenait dans sa main une chaussure bleu marine. Un rictus amer et silencieux traversa ses joues rasées de frais pour le 14 Juillet. Il avait reconnu l'une des salomés que portait Coqueline le soir où il était allé la chercher au bal pour la ramener au chevet de son père.

* *
*

La claire nuit d'été était avancée lorsque Paulin le Veuf aperçut une forme ronde au-dessus de jambes puissantes. Intrigué, il arrêta son mulet dans la montée des Moulins et observa ce corps en mouvement dont la curieuse morphologie lui semblait familière, mais en partie seulement. Cette silhouette inégale, c'était son fils qui traversait la place du village presque déserte avec Fleur dans les bras, affublée d'un bonnet de la liberté. Paulin le Veuf avait attendu Ferdinande au bal populaire une bonne partie de la nuit, mais elle était retenue au palace. Parti pour aller se coucher, il changea d'avis. Lentement, il fit faire demi-tour à Têtu attelé à son charreton pour rejoindre Pasque qui se dirigeait vers la boutique de chausseur avec son beau fardeau. À l'intérieur du commerce, tout le monde veillait, sauf les enfants et la Nant-Nant. Cette dernière dormait dans le lit bas, le vin vert ayant fait son office. Devant la porte à demi fermée de l'arrière-boutique, une paire de sabots garnis de paille attestait de sa présence. Une fois la vieille femme savante enfoncée dans le sommeil, Prunelle, revenue de l'hôtel, avait informé Anselme, Anthelmette, Zéphir et Zoé de ce qui se tramait sur place. Fleur était allée proposer ses services de repasseuse, activité servant de dispositif de couverture à sa mission. La mère l'avait appris de la bouche de Coqueline qu'elle avait obligée à dire la vérité par le détail. Maintenant, tous pensaient que, si Fleur était en danger, c'était ici qu'elle viendrait en premier, l'atelier étant l'endroit le moins éloigné où elle pourrait se réfugier. Longtemps, le boisselier et le cordonnier avaient guetté la jeune fille dehors, mais Prunelle avait fait rentrer ses beaux-fils. Leur présence prolongée devant la vitrine aurait risqué d'attirer l'attention dans le centre du bourg, très fréquenté en cette nuit de Fête nationale. Pour tromper le temps, Anselme vidait une bouffarde tandis que Zéphir tirait sur une cigarette dont la fumée sortait par-dessous son masque. Anthelmette et Zoé faisaient les cent pas en sens contraire de leur mère de lait qu'elles croisaient au niveau de la cheminée, sans savoir qu'elle faisait un bout de prière en son for intérieur. Assise sur le bord d'un tabouret, Coqueline se rongeait les ongles au point d'avoir le sang aux doigts. Tassée au fond du fauteuil à bascule, la vieille Léonie somnolait sur son chapelet, les mains alanguies. La porte d'*À tout pied* s'ouvrit d'un coup de coude. Tout le monde sursauta. Dans le chambranle de bois, la première chose que vit la famille réunie fut un bonnet rouge s'avançant en pointe sur un front blême. Le visage ridé de l'ancienne roula de côté avant de se redresser ; assise face à l'entrée, elle constata que c'était Fleur qui se trouvait sous la coiffe des révolutionnaires. La stupeur passée, tous se hâtèrent vers la jeune fille. Pourquoi était-elle vêtue d'une robe outrageusement décolletée au lieu d'une austère tenue de repasseuse ? Quid de ce qu'elle avait entre les seins ? Depuis quand les bonniches portaient-elles un bonnet phrygien ? Ils voulaient tout savoir, mais leurs questions demeurèrent sans réponse. Pasque déposa la demoiselle sur ses pieds en douceur, s'assura qu'elle tînt debout.

– J'ai réussi ! lâcha-t-elle dans un cri libérateur en brandissant la chaussure perdue.

Il n'en fallut pas plus au jeune homme pour avoir confirmation que Coqueline était derrière tout cela. Il secoua la tête de désapprobation face au beau visage marbré d'ecchymoses. Coco n'en fut pas surprise ; elle savait combien sa démarche finirait de la déprécier aux yeux de Pasque. Mais cela l'indifférait à présent ; elle avait fait le deuil de leur relation. En revanche, elle était tracassée de ne pas voir la chemise kraft. Se pouvait-il que Fleur fût revenue avec seulement le salomé ? Coqueline n'osa pas poser la question tant elle craignait que Pasque ne lui sautât à la gorge au moindre mot en trop. S'il était visiblement furieux contre elle, cela ne semblait pas être le cas de la Providence, car la réponse à son interrogation arriva sans qu'elle eût besoin de se compromettre davantage. Immunisée contre la gêne, Fleur dénoua la ceinture lui entravant la taille. Elle souleva sa robe et dévoila un ventre rectangulaire sous un caleçon long. Ce fut le moment que choisit Paulin le Veuf pour pousser la porte de la boutique avec le rond de son pilon. Ses yeux tombèrent sur ses familiers faisant cercle autour de jupons relevés beaucoup trop haut pour les convenances.

– On peut savoir ce que vous fabriquez ? s'offusqua-t-il.

– Finis d'entrer et tu vas comprendre, le tranquillisa Prunelle.

Paulin le Veuf claudiqua jusqu'à son fils qu'il interrogea du regard. En guise de réponse, Pasque lui approcha une chaise, l'aida à s'asseoir et lui posa une main rassurante sur l'épaule. Fleur libéra alors les documents coincés par le féroce élastique. Elle brandit la liasse en l'air avec satisfaction. Sa mine réjouie était aux antipodes de la tête déconfite qu'affichait l'ancienne en découvrant quel usage faisait son arrière-petite-fille de sa culotte de chasteté. À l'instar de son père, Pasque manifesta de l'embarras. Un embarras qu'il n'éprouvait pas. En jeune homme de tact, il s'efforçait de dissimuler le plaisir que lui faisait Fleur en se montrant aussi libre d'agir en sa présence. Coqueline bouillait d'impatience. Sans même remercier sa nièce d'avoir subtilisé à sa place la pochette cartonnée, elle se jeta sur les papiers à la manière d'un chien affamé sur un os à ronger. Les autres se regardèrent sans toutefois oser faire de remarques. C'était compter sans Prunelle.

– Mets donc les feuilles à plat, que tout le monde puisse voir, lui ordonna-t-elle, les yeux éclairés d'une lueur bistre source d'autorité.

Bien que Coqueline considérât que cet énigmatique dossier lui appartenait en plein, quand sa mère ordonnait il ne lui restait plus qu'à obéir, à l'égal de ses sœurs. La jeune femme chercha du regard un endroit adéquat, se décida pour le couvercle du pétrin sur lequel elle disposa les documents les uns à côté des autres. Zoé encadra la scène improvisée de deux lampes à pétrole en cuivre. Chacune était équipée d'un verre à étranglement dont l'intérêt était d'étirer la flamme en hauteur pour accroître la lumière. Tous se rassemblèrent autour du coffre de bois dans lequel gonflait la pâte à pain. Il y avait là une carte des environs, un ordre de mission pour un voyage d'études dans la région, des mesures relevées sur des humains et des animaux, des pages de calculs, un arbre généalogique, un dossier médical militaire, un récépissé de la banque, trois stéréophotographies et un courrier raturé. Il s'agissait de l'ébauche d'une correspondance dont l'exemplaire recopié au propre avait été expédié à New York, si l'on en croyait le reçu des Postes. Son autorité naturelle fit que Prunelle prit en main les rênes de ce conseil de famille imprévu. Elle se saisit des feuilles qu'elle distribua en fonction de leur intitulé, gardant pour elle le dossier médical. De ce fait, Zoé se retrouva avec les mesures prises sur ses bébés, Zéphir avec les relevés faits sur ses choux-navets, la vieille Léonie avec les prélèvements du lait d'Edelweiss. Paulin le Veuf reçut en main propre le plan annoté, Anselme l'ordre de mission et Pasque le bordereau bancaire. Fleur hérita des clichés en relief, Coqueline de l'arbre aux ancêtres et Anthelmette du brouillon de lettre qu'elle lut avec attention.

France, lundi 12 juillet 1926.

Monsieur Bailey,

Je m'adresse à vous par cette missive pour vous prier de bien vouloir prêter attention aux résultats de la mission que vous nous avez confiée par le biais du laboratoire Jaboin, étant donné qu'elle touche à sa fin. Après des recherches approfondies, nous sommes en capacité de procéder à la transmission d'un rapport dont le contenu ne peut être révélé ni au grand public ni à la presse scientifique. Les relevés et conclusions qu'il contient, dont nous certifions l'authenticité et la justesse, requièrent la plus grande discrétion. Les données qui vont, pour des raisons évidentes de confidentialité, vous parvenir dans un pli séparé ont toutes été collectées sur des sujets vivants ignorant tout de l'expérience à laquelle ils ont participé à leur insu – condition première et sine qua non *pour que les cobayes humains ne soient pas influencés par des* a priori. *Les résultats sont plus significatifs que n'importe quel discours : tous ces gens, y compris les jumeaux, sont vivants et en meilleure santé, à l'exception de ce sujet féminin décédé pour avoir dépassé les dosages prescrits par son médecin. Notez que cette riche veuve avait pour habitude de n'en faire qu'à sa tête.*

Je vous prierai d'avoir l'amabilité de m'envoyer, ainsi qu'au laborantin Côme Becquerel et au vétérinaire Lucien Pasteur, la somme égale aux trois quarts des émoluments afférents à la mission, à l'adresse que vous trouverez sur la carte de visite jointe.

Scientifiquement vôtre,

Manfred Curie, docteur en pharmacie.

Anthelmette n'en finissait pas de déglutir pour enrayer la nausée qui lui affouillait le ventre. Elle releva la tête, regarda ses proches. Les documents passaient de main en main. Il y avait beaucoup à lire, à déchiffrer, à deviner. L'ensemble de cette histoire contenait trop d'ombres. Cela prendrait le temps qu'il faudrait, mais les protagonistes finiraient par comprendre. À quoi correspondaient les cinq croix tracées sur la carte ? Pourquoi Coqueline était-elle au sommet de l'arbre généalogique, à la place qu'aurait dû occuper l'ancienne ? Qui était la personne sur les trois clichés en relief, si stupéfiants par rapport aux photographies plates ? À mesure que tous avançaient dans leur lecture, leurs nuques ployaient, leurs épaules s'affaissaient, leurs dos se voûtaient. Leur langage corporel exprimait davantage leur consternation que des paroles ne l'eussent fait. Sous le choc, Zoé alla s'asseoir sur le banc réservé aux enfants. Elle remonta ses genoux sous son menton et se berça d'avant en arrière, le regard dans le vide. Coqueline ouvrit la bouche en grand, telle une truite retirée de l'eau. Mais ce n'était rien à côté de ce que la mère avait découvert. D'ailleurs, elle ne savait plus quoi penser. Si ce qu'elle avait lu était vrai, le faiseur de bois cintré était tout sauf un embusqué. Depuis des années, Prunelle menait la vie dure à son beau-fils alors qu'il avait défendu la patrie au péril de sa vie.

– Il est temps que chacun dise aux autres ce qu'il a tu jusque-là, déclara-t-elle en tendant à Anselme son dossier médical.

– Coco m'a appris que c'est en voulant sauver mon père que tu as perdu la face, dit Fleur à Zéphir dont le cuir du masque sembla se plisser de contrariété.

Cette remarque arriva de manière imprévue pour Prunelle dont les lèvres se pincèrent en apprenant que sa fille cadette avait manqué à sa parole. Qu'est-ce qui avait fait qu'elle était devenue cette femme oublieuse de la manière dont elle avait été élevée ? Son attitude nécessitait que l'on rappelât à cette moucharde les valeurs qui lui avaient été transmises par ses parents.

– Je crois qu'on nous doit des explications ! tonna la voix de Ferdinande du chambranle d'entrée.

Dans le brouhaha régnant dans la boutique de chausseur, personne n'avait entendu l'aînée pousser la porte en compagnie de Florimont. Il était près de 2 heures du matin quand les deux employés avaient enfin pu quitter la scène de bal. Au moment de partir, la mère et le fils avaient croisé le maître d'hôtel en quête de la jolie Marianne pour lui donner la pièce. Ne la trouvant pas, il avait cherché à connaître son nom et son adresse, soi-disant pour lui faire envoyer son pourboire. En réalité, il avait remarqué à quel point cette rose à peine éclose avait plu à sa clientèle masculine ; il souhaitait lui proposer une place à l'accueil du palace. De façon contrariante, personne n'avait été en mesure de le renseigner tant était grand le silence protégeant la jeune fille à la cocarde. Le maître d'hôtel n'avait rien appris d'elle, sinon qu'elle était repartie comme elle était venue : en toute liberté.

– On a le droit de savoir, ajouta Florimont qui répandait une odeur de marée couvrant celle du cuir de l'atelier.

Pasque prit conscience que Fleur n'avait rien dit à sa mère et à son frère. Il jeta un regard navré en direction du cordonnier qui émit un souffle ressemblant à ces soupirs d'avant l'effort. Depuis ce jour tragique, Zéphir savait que le moment viendrait où il lui faudrait raconter les derniers instants de feu son beau-frère à sa veuve et à ses enfants. Il leur expliqua qu'il avait cru pouvoir le sortir de sous la gerbe de terre l'ayant enseveli vivant. Il évoqua de quelle manière le fait de lui avoir porté secours lui avait valu un visage troué. Sa voix résonnait dans son masque aussi fort qu'un écho venu de l'enfer. Florimont tenta d'articuler deux idées pour dire quelque chose tandis que Ferdinande cherchait à mettre de l'ordre dans ses sentiments. Sans succès. Rien ne sortait de la bouche de l'écailler ; rien ne s'ordonnait dans l'esprit de l'aînée dont le regard se brouillait derrière les souvenirs de l'homme avec lequel elle avait eu deux enfants. Des images surgissaient que Ferdinande avait jusque-là tenu éloignées. Des gestes équivoques entre mari et femme une chaude soirée d'été, en août 1914. Dernières étreintes avant de partir pour ne jamais revenir, avec, pour le mobilisé, le sentiment d'être arraché à une épouse dont il conserverait la douceur de la peau en souvenir, jusque dans la mort. La veuve découvrait une fin de vie différente de ce qu'elle croyait, ou plus exactement pas celle qu'elle avait imaginée, n'ayant jamais obtenu d'information de l'état-major. Maintenant, elle hésitait entre pleurer et sourire, si heureuse que son époux ne fût pas seul dans ses derniers instants, mais secouée que son sauvetage avorté coûtât son visage à Zéphir. Elle salua sa farouche bravoure, le remercia d'une voix de mêlé-cass dont il mesura la sincérité absolue à ce qu'elle l'empêchait de parler haut. L'hommage de la veuve rejaillissait sur Zéphir, le grandissait aux yeux de toute la communauté. Tous ignoraient comment il avait trouvé la force de construire sa vie sur un tel sacrifice. Sacrifice de son visage, de son identité, de son image, pour tenter de sauver son beau-frère. Envoyé à la boucherie, de même que lui. Dans un silence pesant, Fleur s'approcha de sa mère et de son frère qui étaient collés l'un à l'autre par l'épaule. Elle les prit dans ses bras. Elle savait ce qu'ils ressentaient. Elle était passée par là deux jours auparavant.

– Quelqu'un d'autre veut dire quelque chose ? demanda l'ancienne en bonne animatrice de veillée.

– Je vais mettre de l'eau à cuire, informa Zoé.

Elle ne répondait pas à la question, mais à un besoin que tous ressentaient au cours de cette nuit blanche. Elle disparut un instant et revint avec des vêtements de bébé. Tandis que la bouilloire de métal laissait passer de la vapeur par son col, Zoé jeta dans la cheminée les deux brassières en laine médicale, si souvent portées par ses bessons. Des filaments noirs s'envolèrent par le conduit. Dans les braises s'éternisèrent les boutons de col que les flammes semblaient éviter. Tout le monde avait le regard fixé dessus, s'impatientant de voir les attaches de bois se consumer sous l'effet de la chaleur. En vain. Excédée, Zoé attrapa le tisonnier et frappa les braises avec force, faisant disparaître cette menace sous la cendre. Du moins en apparence. Le docteur, le laborantin et le vétérinaire s'étaient enrichis sur leur empoisonnement, sans que personne – pas même les trois comparses – eût conscience que des maladies malignes induites par le radium pourraient se déclarer des années plus tard.

– Faudrait pas lever la Nant-Nant ? s'enquit Fleur. Elle a peut-être des choses à dire, elle aussi.

– Vaut mieux la laisser se réveiller seule, conseilla la soigneuse qui avait encore en mémoire l'ourse mal léchée trouvée au matin la fois où elle avait dormi chez elle.

Ferdinande et Florimont prirent à leur tour connaissance des documents tout en buvant la chicorée offerte par Zoé. Près d'eux, Anselme affichait un air résigné, son dossier médical militaire en main. Sans même l'ouvrir, il le tendit à Anthelmette qui le regardait avec inquiétude. Il était conscient que l'assemblée savait maintenant ce qu'il avait réussi à cacher jusque-là. C'était au tour de sa femme d'apprendre qu'il n'était pas un embusqué. La lecture du dossier porta un coup terrible à la soigneuse bien que, au fond d'elle, elle sût que c'était la vérité ; seul un aveugle n'aurait pas vu qu'une maladie rongeait le faiseur de bois cintré. Néanmoins, elle était convaincue que toutes les vérités n'étaient pas bonnes à dire, surtout en public. Ce dossier médical révélait que son mari avait subi une terrible injustice et c'était cruel de le lui rappeler. La dernière chose dont Anselme avait besoin était que son histoire sortît au grand jour, jetant le doute sur sa contagiosité.

– Qu'est-ce qui t'est arrivé ? demanda Paulin le Veuf.

– Maintenant que vous savez, je peux tout vous expliquer, soupira le boisselier en frottant les ailes mobiles de son nez droit.

Il évoqua le sort des trente-six mille hommes atteints d'une bronchite du sommet. Réformés en temps de paix, ils avaient été réincorporés pendant la guerre en raison des besoins grandissants en chair à canon. Au front, les terribles conditions de vie avaient fait que leur tuberculose s'était aggravée chaque jour un peu plus.

– Les formes pulmonaires de l'infection se sont répandues sur le front comme si elles étaient poussées par le vent, poursuivit Anselme. Les malades ont transmis le bacille de Koch à beaucoup de soldats en bonne santé, dont moi.

Les mots du boisselier, prononcés sur un timbre caverneux, semblaient monter d'outre-tombe. Un souffle froid passa sur l'assistance.

– Je comprends mieux pourquoi tu portais un « costume à cinquante-deux francs » à tes noces, dit Zéphir qui savait que seuls les soldats en avaient reçu un. Ça m'avait étonné.

La gueule cassée se félicita d'avoir fait fi du passé et d'avoir dépassé ses préjugés pour avancer bras dessus bras dessous avec son beau-frère.

– Bien vu ! s'exclama le faiseur de bois cintré. J'ai pris le risque de le porter parce que je n'avais pas les moyens de m'acheter un costume neuf.

– Qu'est-ce qui s'est passé ensuite ? s'enquit Pasque que l'affaire intriguait au plus haut point.

– Quand je suis devenu pulmonaire, on m'a envoyé dans un sanatorium à Biarritz où le bon air devait me permettre de cicatriser en un mois. Passé ce laps de temps, on m'a signé un certificat de guérison assorti d'un ordre de marche pour le front. Je me suis retrouvé dans les tranchées où j'ai fait une rechute. J'ai alors été hébergé à l'hôpital de La Côte-Saint-André en attendant la décision du conseil de réforme. Sur place, c'était compliqué d'aller mieux, car il n'y avait pas d'eau courante. On allait la chercher dans la Baïse. Et le linge sale était lavé à la ville voisine.

– Mais alors, tout le monde pouvait attraper la tuberculose, fit remarquer Florimont.

– Oui, surtout que l'évacuation des eaux usées se faisait dans la rivière, expliqua Anselme. Alors que tous les environs pouvaient se retrouver contaminés, moi, c'est dehors que je me suis retrouvé. On m'a expulsé avec d'autres gars avant même de passer devant la commission de réforme.

Cette assemblée était confrontée à un diagnostic médical quasi impossible puisqu'on avait ni recours à l'analyse de crachats ni à l'examen radioscopique. D'autres affections présentaient les mêmes symptômes, faisant de certains malades de faux tuberculeux. De plus, les membres du conseil étaient des planqués de l'arrière voulant garder leur place. Ils devaient éviter d'incorporer des tuberculeux tout en se montrant fermes, sans quoi leur salle d'attente aurait été pleine de candidats à la réforme. De cette manière, des pulmonaires étaient incorporés, tandis que des conscrits sains étaient hospitalisés, occupant des lits dont le pays avait besoin.

– Quand on passait devant la commission, il y avait deux solutions, raconta le boisselier. Soit la réforme numéro 1 avec pension pour les militaires ayant contracté la maladie au front, soit la réforme numéro 2 sans pension pour ceux dont la maladie était antérieure à l'incorporation. Je faisais partie de la première catégorie, mais l'état-major m'a dit que, si j'acceptais d'être réformé sans pension, je rentrais chez moi. Si je revendiquais ma pension, j'allais dans une formation sanitaire pire que l'enfer. J'ai choisi le retour au pays.

Le marché proposé glaça le groupe, car cela signifiait que l'armée rejetait dans la population des bombes bactériologiques sur pattes. En échange de bannir à vie les mots « tuberculose » et « sanatorium » de son vocabulaire afin de ne pas effrayer les civils, Anselme avait bénéficié d'un traitement gratuit d'héliothérapie. Cette cure de soleil, riche en rayons ultraviolets, lui avait permis de devenir un de ces éternels convalescents.

– Pourquoi avoir fait croire que tu avais été réformé ? lui demanda Prunelle.

Elle ne comprenait pas quel intérêt avait un soldat à laisser croire qu'il était un embusqué, avec tous les désagréments que cela occasionnait – dont les incessantes remontrances de sa belle-mère, à savoir elle-même.

– Au début, c'était pour me conformer à ce qui est marqué sur mon carnet militaire. Avant de quitter le centre de réforme, j'ai dû jurer sur le drapeau de taire à jamais l'accord passé avec l'état-major. Puis j'ai rencontré Anthelmette dont le fiancé était mort en service commandé. Elle haïssait la guerre. J'ai préféré qu'elle me prenne pour un réformé plutôt que pour un semeur de bacilles. Ensuite, on s'est mariés et les enfants sont nés. Et là, j'ai continué à me taire de peur qu'on les éloigne de moi.

Autour de lui, les visages étaient médusés.

– Tu ne crains pas de les contaminer ? s'enquit Zoé.

Parce qu'elle avait peur rétrospectivement pour ses bessons, elle s'était enhardie à poser la question que tous avaient en tête, sans toutefois oser la formuler à haute voix.

– Aucun risque. Ma maladie a évolué et je ne suis plus contagieux depuis longtemps.

– Ça n'explique pas pourquoi ton dossier médical se trouve dans la chemise kraft, fit remarquer Coqueline.

– Le Dr Manfred Curie a réussi à se le procurer, je ne sais de quelle façon, dit Anselme. Je crois qu'il a le bras long.

– En quoi ça l'intéresse ? s'étonna Pasque.

– Il cherchait un cas comme moi pour expérimenter un médicament encore jamais mis sur le marché.

– C'est quoi, « un cas comme toi » ? demanda la vieille Léonie.

– Quelqu'un qui a le mal de Pott.

– Qu'est-ce que c'est ? interrogea Fleur.

– C'est quand une bronchite du sommet glisse des poumons aux os du malade.

– Dis-moi que tu as refusé ce médicament, s'alarma Ferdinande qui revoyait madame dans ses derniers instants.

– Oui. Au début. Mais le docteur est revenu plusieurs fois à la charge parce qu'il a vu que je peinais à marcher. Quand il m'a dit qu'il pouvait me guérir et que je n'aurais rien à payer, j'ai accepté. J'avais peur de ne plus pouvoir travailler.

– Qu'est-ce qu'il t'a demandé en échange ? l'interrogea Anthelmette.

Depuis le début, elle ne croyait pas que le Dr Manfred Curie fût un homme charitable. La soigneuse était persuadée que le praticien agissait de la sorte parce qu'il y avait un intérêt. Et puis elle n'avait pas digéré le point du mari qui lui pourrissait la vie sans qu'elle pût s'en ouvrir à quiconque.

– Il m'a demandé de le laisser m'ausculter et me mesurer régulièrement.

– C'est quoi comme médicament ? s'enquit Ferdinande.

– Du Radithor.

– C'est ce qui a tué ma patronne !

– Madame est morte ? s'étonna Zoé.

– Morte empoisonnée.

– C'est pour ça que tu es rentrée au pays ?

– Oui.

– Je croyais que tu étais revenue parce que ta mère t'avait suppliée, intervint l'ancienne.

Prunelle émit un râle réprobateur. Sa belle-mère aurait fait battre des montagnes.

– Moi, je croyais que tu étais revenue parce qu'on te manquait, soupira Zoé.

– Je n'avais plus de travail, plus de toit, plus de repas. Qu'est-ce que je pouvais faire d'autre, seule à Paris avec deux gamins ?

– Peu importe la raison de ton retour, l'apaisa Paulin le Veuf. On est heureux de t'avoir de nouveau parmi nous.

Ferdinande lui fit un sourire de gratitude.

– Tout ce qui compte, c'est que tu sois là, dit la mère, provoquant l'étonnement chez ses familiers.

L'aînée découvrit un pan de la personnalité maternelle qu'elle ne connaissait pas encore. Bien sûr que ses sœurs lui avaient manqué ! Elle était vraiment heureuse d'être de retour auprès des siens. Sa mère avait bien fait d'ouvrir leur boîte de Pandore. À présent, Ferdinande se sentait légère d'avoir révélé ce qu'elle avait tu jusque-là. Elle était pleine d'espérance pour l'avenir.

– Le Radithor t'a guéri ? demanda Zéphir à Anselme.

La gueule cassée espérait au moins que ce produit donnait du relâche aux douleurs osseuses de son beau-frère, tout comme les gazes radioactives calmaient sa névralgie au visage. Contrairement à ce que son épouse venait de faire avec la laine médicale des bessons, Nez de Cuir ne jetterait jamais ses compresses sèches au feu. Il avait l'intention de les garder coûte que coûte, mais nul ne le saurait jamais dans son entourage. Ces pochons en soie dans lesquels se trouvait de la poudre de radium étaient le seul traitement apte à amener un apaisement de son supplice facial en même temps qu'un arrêt de l'écoulement pénible qui sourdait de sa béance nasale. À aucun moment il n'accepterait de s'en priver, persuadé que rien d'autre ne lui offrirait cette délivrance partielle des souffrances physiques.

– Hélas, non ! Pas de guérison ! répondit Anselme. Après une courte amélioration, je me suis senti encore plus mal qu'avant le traitement. Mes genoux étaient souvent bloqués, mes hanches rouillées. J'ai arrêté le Radithor, contre l'avis du docteur. Quand il a constaté que je ne buvais plus les botoillons, il est revenu me voir avec de la Tubéradine.

Le praticien lui avait offert cet antiseptique pulmonaire radioactif à dix-huit francs la boîte, ou cinquante francs les trois boîtes prises ensemble – impôt en sus : deux francs. D'après lui, le radium était capable d'atteindre les microbes par rayonnement bactéricide à l'intérieur des os et des poumons où le bacille était à l'abri des autres médicaments.

– Ça a marché ? interrogea Florimont.

– Pas du tout ! J'ai toujours aussi mal et je peine de plus en plus à me redresser.

– Faut jeter ce poison, murmura Anthelmette dont l'inquiétude était palpable.

– Je n'en prends plus depuis des semaines, rassure-toi.

Anselme avait demandé au médecin d'arrêter de venir l'ausculter sans cesse. Il avait provoqué la colère de Manfred Curie contre ce monde paysan débile et ingrat qui refusait de monter dans le train du progrès, quand bien même le billet était offert. Il y eut un temps de silence dans l'auditoire. Ainsi, le faiseur de bois cintré avait préféré passer pour un embusqué que pour un pulmonaire, pensant que le bacille de Koch ferait davantage de lui un pestiféré que la réforme. Durant tout ce temps passé à garder le secret à propos de sa santé, la maladie avait fermenté en lui. Voilà pourquoi il avait accepté d'expérimenter un traitement au radium qui devait dissoudre le mal de Pott, cette tuberculose extra-pulmonaire contre laquelle il n'y avait ni sérum ni vaccin. Aux yeux des siens, une injustice s'était empilée sur une autre. Inutile d'en rajouter. La conversation reprit sous la forme d'un flot de commentaires à propos des documents.

– Je crois que j'ai trouvé à quoi correspondent les cinq croix sur la carte ! annonça Paulin le Veuf.

Il n'avait pas tout de suite compris leur signification car les marques n'étaient pas placées avec justesse, probablement en raison d'une méconnaissance de la région. Il sollicita son fils pour tenir le plan face à l'assemblée. Tout le monde retint son souffle tandis qu'il calait son pilon sur le sol. Il tendit le doigt, le posa sur ce qu'il pensait être un pont.

– Chaque jalon représente un de nos chalets. Le plus grand, c'est celui de Chez Bourrin. Au-dessus, c'est la fabrique de bois cintré, au Crêt. En dessous, c'est le mien, au Plan. Plus bas, c'est la boutique de chausseur, au bourg. Encore plus bas, c'est la petite maison des Nants.

Une expression alarmiste anima les traits de tout un chacun. Les protagonistes furent surpris par la tournure des explications. Ils avaient envie de se désolidariser du groupe, de s'éloigner de cette cabale, mais c'était trop illusoire. Compagnons de galère, ils étaient dans le même bateau, partageaient le même écœurement. Tous avaient été manipulés par Manfred Curie, Côme Becquerel et Lucien Pasteur. Les trois perfides avaient sciemment introduit du radium dans des organismes vivants : des végétaux, des animaux, des gens. Tels des rongeurs au poil ras, les villageois présents avaient servi l'expérience de ces messieurs de la science. Ils étaient des cobayes humains avec un dénominateur commun que personne n'avait encore nommé à haute voix, bien que chacun eût son idée là-dessus.

– Seigneur Dieu ! murmura Anthelmette, le nez collé sur les stéréophotographies. Il faut lever la Nant-Nant de suite.

– Mais, enfin ! Tu as dit d'attendre, lui rappela Fleur.

– Oui, mais c'était avant que je…

– Qu'est-ce que vous machinez ? demanda la vieille femme savante, réveillée par le bourdonnement de la conversation.

Enfin sortie des vapeurs du 14 Juillet, elle pensait boire une chicorée tranquillement quand elle les avait aperçus, tous, avec leur tête d'enterrement. Ne sachant que faire d'autre, Anthelmette lui tendit les trois clichés pris en décalé qui lui brûlaient les doigts. La Nant-Nant les saisit, les fit défiler devant ses vieux yeux, vacilla. Un murmure parcourut l'assistance. Pasque se précipita pour la retenir tandis que Florimont approchait une chaise pour la faire asseoir. Elle recommença à faire défiler les stéréophotographies, les compara, les retourna, lut les annotations au dos. La soigneuse posa une main sur l'épaule voûtée de sa devancière. Tous attendaient que l'une ou l'autre éclaircît l'affaire. Anthelmette ne s'était pas trompée en croyant reconnaître le jeune homme en uniforme de l'armée dont l'image sépia était exposée dans la maison des Nants. Il s'agissait bien du prisonnier décédé en captivité. Sur ces trois clichés en relief, les poses du garçon avaient été immortalisées à l'aide d'un appareil stéréoscopique. Équipé d'un système de double optique, le dispositif permettait de prendre deux images légèrement décalées au même instant. Cette technique avait connu un véritable engouement pendant la guerre de 14-18. Elle donnait l'impression du relief afin que l'on pût mieux voir la vie des détenus sous ses aspects les plus crus. Sur le premier cliché à deux dimensions, la Nant-Nant reconnaissait son fiston alors prisonnier de guerre. Il se trouvait dans un atelier de peinture industrielle où il était contraint de travailler pour l'ennemi. Il fabriquait des montres radioluminescentes pour l'armée allemande. Sur le deuxième cliché, on le voyait marquer les numéros d'un cadran. Au dos était précisé qu'il devait peindre deux cent cinquante montres par jour. Pour cela, il trempait son pinceau en poils de chameau dans un mélange d'eau, de colle et de radium en poudre. Parce que les pinceaux s'abîmaient dans cette mixtion chimique, il lui était imposé d'effiler son pinceau avec sa langue. Certains de ses camarades de misère préféraient l'épointer entre leurs lèvres mouillées de salive. Seuls les prisonniers manipulaient le radium à main nue. Les contremaîtres et les techniciens utilisaient des pinces. Sur le troisième cliché, il était difficile de reconnaître le jeune homme. Il était entouré par les chimistes de l'usine dissimulés derrière des écrans de plomb et des masques. La forme de son visage juvénile était altérée. Sa mâchoire semblait fracturée comme s'il avait été roué vif.

– Ces lâches t'ont battu, prononça la Nant-Nant dont les pensées maternelles étaient agenouillées auprès de son fils, sur le sol glacé d'une prison allemande.

Elle s'était adressée à son garçon comme s'il se fût agi d'un vivant auquel on pouvait encore parler. Une atmosphère confuse imprégna la boutique de chausseur. L'égarement couvrant le visage de cette mère éplorée accentuait le mésaise occasionné par ces noces de la science et de la guerre qui avaient invité un soldat inconnu à festoyer à la table de la camarde. Un jeune mobilisé tombé dans le puits excavé par l'esprit de revanche des nations et par la toute-puissance de l'argent. Car c'était bien l'argent, le dénominateur commun apte à transformer des humains en cobayes.

– C'est peut-être autre chose que des coups, observa Ferdinande avec prudence.

Cette déformation du bas du visage laissait penser à une fracture osseuse, mais la cuisinière avait déjà vu ce gondolage sur le visage de sa patronne. Elle avait entendu le médecin de madame dire qu'il s'agissait d'une nécrose de la mâchoire.

– Quoi, alors ? sanglota la Nant-Nant.

– Les conséquences visibles d'un empoisonnement au radium.

L'explication de Ferdinande faucha l'assemblée. La vieille Léonie cracha dans la cheminée le cachou qu'elle suçotait comme un bonbon. Cette fois, elle avait compris ce qu'on entendait par effets secondaires. Tous tentèrent de démêler les fils de cette histoire qui révélait trois figures menaçantes. Pour commencer, le docteur, le laborantin et le vétérinaire avaient touché une avance afin de conduire une étude sur les méfaits et bienfaits du radium. Le récépissé bancaire l'attestait. L'ordre de mission émanait de William Bailey, fondateur de la société Thorone – contraction de thorium et hormone. L'injonction était claire. Les observations devaient être menées sur des gens ignorant tout de la radioactivité, soit par leur manque d'instruction, soit par leur enclavement géographique. Le mieux étant les deux situations réunies. Il était précisé qu'une forte somme serait versée à la réception des données, une fois que la mission aurait pris fin. Plus le rapport technique serait utilisable par le commanditaire, plus la rétribution serait élevée. Chacun leur tour, les membres de la famille reposèrent les documents sur le pétrin. L'ensemble constituait une bambochade, cette sorte de tableau représentant une scène villageoise cynique où toute l'humanité est enlaidie. Il était difficile, pour eux tous, de concevoir la structure de la réalité complexe qui se trouvait derrière tout cela : l'enchevêtrement de relations enceignant cette affaire, le nombre d'hommes de pouvoir, les institutions médicales, les laboratoires pharmaceutiques, la contexture entre les intérêts privés et publics. À leurs yeux, l'imbrication paraissait plus complexe que celle d'une peau de vipère aspic vivant sur les bords d'un couloir à avalanche. Tandis que chacun réfléchissait à ce qui les dépassait, des gazouillements s'échappèrent du lit clos. Zoé en ouvrit les portes coulissantes et sourit aux quatre cousins encore froissés d'un sommeil enfantin. Elle les fit descendre de leur couche commune, les habilla et les conduisit aux cabinets extérieurs. À leur retour, elle les fit asseoir autour de la table où Anthelmette avait disposé quatre bols de lait épaissi. Zoé y ajouta du miel pour fortifier les petits. Elle déposa sur la table de quoi affronter la journée : tomme, pain, beurre, jambon fumé, chicorée Leroux. Mais les adultes avaient l'appétit coupé. Immobiles et silencieux, ils s'abîmaient dans leurs pensées. Les enfants buvaient bruyamment tandis que les grands se questionnaient intérieurement. Qui eût soupçonné un tel tripotage thérapeutique ? Personne, en dehors de Pasque et d'Anthelmette à qui l'hypocrisie du trio infernal n'avait pas échappé. Dès le début, tous deux s'étaient montrés dubitatifs, voire suspicieux. Pour quelles raisons ? Parce que les agissements des trois imposteurs leur ôtaient ce à quoi ils tenaient particulièrement : sa relation amoureuse pour Pasque, son activité de guérisseuse pour Anthelmette. Mais leurs proches avaient refusé de les écouter quand ils avaient exprimé leur méfiance. Maintenant que la communauté avait ouvert les yeux, Pasque rappela que tout avait débuté lorsque Coqueline s'était montrée réceptive aux avances de Côme. Pour lui, elle était blâmable et il le lui fit savoir haut et fort :

– Tout ça, c'est de ta faute. Tu as agi comme une martre rentrée de plein gré dans un piège tendu par des pelletiers.

Sa cousine par alliance broncha sous l'insulte, mais il poursuivit son accusation sur le ton le plus courroucé qu'il put. Il dévida l'écheveau des bévues commises par Coco au quotidien, à travers la trame de cette vie dont elle voulait se défaire à tout prix. Chez elle, tout n'avait été qu'égarement, alors qu'il l'avait alertée maintes fois sur la duplicité de Côme.

– Si cette malavisée se trouve au sommet de notre arbre généalogique, c'est parce qu'elle a été le cheval de Troie permettant aux charlatans d'entrer dans notre cercle, poursuivit-il en enfonçant toujours le même clou.

Il était dans le vrai. Une fois acceptés par l'entourage de Coqueline, les médicastres avaient pu les inonder de radium sous toutes ses formes. La force avec laquelle Pasque conduisait le débat à charge fit prendre conscience à l'assemblée de la blessure que la jeune femme avait infligée à son amour-propre. Ses familiers fixèrent sur elle leur regard que le trouble durcissait. La sensation d'être prise en faute telle une enfant ayant suivi un inconnu pour des bonbons traversa l'esprit de Coco. Puis son visage à la pâleur ardente exprima une façon de bravade. Vis-à-vis des siens, elle joua son rôle de belliciste jusqu'au bout en affichant un masque grincheux aux yeux boutefeux dont les paupières refusaient de s'abaisser sous le poids de la culpabilité. Elle enrageait en raison de l'intimité dévoilée par cette chemise cartonnée. Que Côme eût été de mèche avec le docteur et le vétérinaire – et qu'il l'eût roulée dans la farine par-dessus le marché – constituait une humiliante situation qu'elle se serait bien passé d'étaler en public. Que cette machination eût pu être voulue par cet estivant qu'elle espérait épouser lui réduisit le cœur en une poudre aussi fine que celle dont elle enfarinait son beau visage. Qu'on pût organiser l'empoisonnement de ses proches contre de l'argent renvoyait Coqueline à ses vaines espérances, à la douleur de ses amours perdues, à son projet avorté de changement de vie. Car cet état de choses, elle l'avait voulu. Son comportement d'alors trahissait sa détermination à renier ses origines sans comprendre que, au lieu de se détacher des siens, elle les entraînait dans sa folle entreprise. À dire le vrai, c'était contre elle-même qu'elle était le plus en colère. Elle s'en voulait de n'avoir pas fait machine arrière alors qu'elle avait remarqué le comportement double du laborantin, préférant considérer que ses cadeaux valaient engagement. Percevant ce que Coqueline ressentait, la Nant-Nant songea que, pour en être arrivée à se blâmer elle-même, il fallait qu'une bête humaine se fût glissée dans son cœur de demoiselle crédule. La vieille femme savante se souvint de ce jour d'avril 1925 où elle avait ranimé Côme devant l'église. Après avoir marqué d'une croix d'eau bénite chacune de ses joues, elle avait éprouvé une vive brûlure aux doigts. Elle avait eu l'impression d'avoir trempé ses mains dans un seau de braise à la chaleur infernale. Elle se rappelait parfaitement le doute qui l'avait assaillie. Son esprit chrétien avait eu du mal à l'admettre, mais elle avait toujours regretté d'avoir ramené Côme à la vie. Elle se reprochait de n'avoir rien dit quant à son pressentiment l'avertissant que cet homme était nuisible aux autres.

– Coqueline n'est en rien fautive d'avoir croisé le chemin d'une âme fourvoyée, considéra-t-elle afin de rendre une justice à la jeune femme. N'est-on pas tous un peu responsables de ce qui arrive ?

– C'est juste, dit Prunelle. C'est mal fondé de semoncer Coco alors que les trois saligauds dorment en paix, tout près.

Que n'y avaient-ils pensé avant ? Pasque, Zéphir et Florimont se levèrent comme un seul homme et sortirent de l'atelier de cuir sur bois, entraînant dans leur sillage Fleur, Anthelmette et Zoé. Ils partirent tels des fous en direction du palace, disparurent aux yeux des femmes restées plantées devant la boutique. Si personne ne retenait les gars, il y allait avoir trois morts parmi les charlatans – dont un grave. Les épaules en avant à la manière d'un taureau, Pasque voulait se charger personnellement de Côme qu'il rêvait de saigner comme un cochon. Zéphir n'était pas contre, à condition qu'il pût ensuite éviscérer cette crapule pour avoir fourni de la laine radioactive à ses bessons. Florimont avait l'intention de corriger d'importance ces pédants sans pareils pour avoir abusé sa parenté déjà éprouvée par la guerre et la funeste malédiction familiale.

Dans le commerce où il se trouvait toujours, Paulin le Veuf s'entretenait tout bas avec sa chère Ferdinande tandis que la vieille Léonie consolait de son mieux la Nant-Nant. L'ancienne avait elle-même perdu un fils ; elle avait des mots de situation. Prunelle profita que chacun fût occupé à converser gravement pour se rapprocher d'Anselme qui rassurait les petits avec des termes choisis. Il était temps qu'elle reconnût s'être trompée sur le compte de son gendre. Depuis sa découverte, elle regrettait encore plus son inconduite à l'origine de l'incident durant lequel Anne-Aimée avait été blessée. Au boisselier, elle fit son mea-culpa à mi-voix. À peine eut-elle terminé de reconnaître ses torts qu'Anselme se leva pour suivre Paulin le Veuf venu lui proposer de rejoindre les gars partis en courant. Le tuberculeux et l'unijambiste grimpèrent de leur mieux dans le charreton. Coqueline voulut se joindre à eux, mais Paulin le Veuf lui opposa un refus dont le motif non avoué était la peine de cœur qu'elle avait infligée à son fils.

– T'en as bien assez fait comme ça, toi ! lui assena-t-il. Allez, hue, Têtu ! Hue donc !

La jeune femme fut piquée de cette fin de non-recevoir. Les deux hommes ne virent pas son visage se contracter sous cette nouvelle vexation à surmonter. Ses jupes dans les mains, elle était déjà partie à la poursuite des gars, devançant pour un temps le charreton emmené par le mulet. Tandis qu'elle courait, son cerveau était en ébullition ; des idées de vengeance s'y bousculaient. Il y avait de quoi s'effrayer car, dans l'existence, toutes les fureurs sont semblables : elles ne débouchent jamais sur autre chose que des drames. L'Opinel que Coqueline avait mis dans la poche de son jupon tapait contre sa cuisse à chaque foulée. Sûr que Côme allait être surpris de voir de près ce couteau gravé d'une main couronnée rappelant que la Savoie avait été un duché. Cette même main qui baptisa le Christ, trois doigts levés, annulaire et auriculaire repliés. Une drôle de tête que ferait le laborantin quand il sentirait le froid de la lame en ses chairs. Un beau cadeau d'adieu qu'elle allait lui faire.

Durant ce même moment, le portier se tenait sur le perron du palace, regard au loin. De l'entrée surélevée du bâtiment, il voyait arriver trois hommes qui couraient à en perdre haleine dans sa direction. Les reconnaissant, le titan descendit les premières marches. Son gigantisme arrêta Pasque, Zéphir et Florimont en bas de l'escalier.

– Qu'est-ce qui vous arrive ? leur demanda-t-il.

– On a deux mots à dire à qui tu sais, répondit Florimont à son collègue.

– Ça ne va pas être possible. Ils ont levé le camp.

– Quand ça ?

– Vers 3 heures du matin.

De son poste de travail, il avait observé le va-et-vient nocturne du bagagiste chargeant les malles sous le contrôle du cocher attendant au bas du marchepied que ses trois clients fussent enfin assis dans la voiture. Au moment du départ, le portier avait remarqué le regard enragé du docteur à la moustache en guidon, l'air contrit du vétérinaire aux cheveux bandolinés et l'expression de délivrance sur le visage du châtain aux yeux pers. Après un fracas de portière et un ébranlement de fer, le titan avait vu l'équipage s'éloigner et cheminer à la lumière des falots balancés par les cahots de la route. Le cocher avait reçu des ordres auxquels il s'était tenu : crever les chevaux si nécessaire, mais rallier au plus vite la gare ferroviaire.

– Qu'est-ce qui s'est passé ? s'enquit l'écailler.

– L'abus de punch, sûrement ! répondit le porte-clés avec un clin d'œil complice. Dans la nuit, les trois confrères ont déclenché un esclandre sous le toit de l'hôtel, houspillant tous les employés. J'ai dû monter pour les calmer avec l'huissier de soirée. Le docteur et le vétérinaire s'accusaient mutuellement d'avoir perdu des papiers importants, à ce que j'ai compris. Celui avec des lunettes tentait de les séparer, mais il était cuité et ses deux comparses semblaient enragés. Ils ont ferraillé un bon moment les uns contre les autres. Emportés par une soudaine panique, ils ont insisté pour partir sur-le-champ malgré l'obscurité. Ils ont grassement payé le voiturier pour qu'il les descende à Thonon. Ils doivent être dans le train pour Paris à l'heure qu'il est.

S'être fait dérober le contenu du dossier sous son nez était humiliant pour Manfred Curie, habituellement plus prompt à voir venir les coups et à les parer avec habileté. Certes, il en avait perdu ses nerfs, mais ce vol ne le mettait pas en difficulté pour autant, les originaux ayant été envoyés par la poste au commanditaire deux jours plus tôt. Le praticien et ses complices seraient payés, de toute façon. Ce que le trio avait craint, c'était la réaction des individus qui avaient maintenant les documents en main. Comment réagiraient-ils, surtout s'ils étaient directement concernés par l'étude menée ? Voilà pourquoi les médicastres s'étaient préoccupés de partir sans attendre l'arrivée d'une éventuelle expédition punitive.

Le bruit d'une carriole se fit entendre. Le portier leva la tête, regarda au-dessus de Pasque, Zéphir et Florimont, retournés pour voir qui arrivait. Les hurlements d'un chien à l'attache transpercèrent la brume matinale de laquelle surgit une Coqueline à bout de souffle, rattrapée au dernier moment par le charreton. Qu'elle l'avait attendu, ce moment ! Entre le jour où Côme l'avait humiliée devant l'épanouisseuse et cette matinée où elle allait le planter d'une lame aiguisée, trop de temps s'était écoulé. Coco avait souvent fréquenté le palace ; l'endroit lui était familier. Et aujourd'hui, une inquiétude la tenaillait qui ne ressemblait pas à ce qu'elle éprouvait à l'accoutumée. L'angoisse était là, différente du sentiment d'imposture habituel. Par-dessus tout, elle craignait de ne pouvoir accomplir ce pour quoi elle était venue au pas de course. De toutes parts, des regards la cernaient. À présent, elle reprenait son souffle, les doigts blanchis de crispation d'avoir trop appuyé sur la soie du couteau qu'elle avait en main. En face d'elle, Pasque, Zéphir, Florimont et le portier la scrutaient avec appréhension, tandis que Paulin le Veuf et Anselme l'observaient avec incrédulité dans son dos. Sur le visage féminin, des marques de coups bleutées et de la sueur. Sur les visages masculins, des expressions de stupéfaction et de fascination. Les attitudes de Coqueline défiaient la raison. Après avoir porté Côme aux nues, voilà qu'elle désirait le perforer. N'était-ce pas un comportement aberrant ? Après les hommes, ce fut au tour de la jeune femme d'apprendre que les trois lâches étaient partis durant la nuit. Les fourbes ayant décampé, l'esprit de revanche ne put être tourné contre personne. Et cela valait mieux, car la rage ressentie par tous aurait causé des dommages dont aucun ne se serait jamais remis. Tel fut le pouvoir bénéfique de cette fuite.

* *
*

La lettre postée le 12 juillet par le Dr Manfred Curie arriva trois semaines plus tard à New York. La secrétaire du laboratoire Bailey du radium la déposa sur le bureau de son patron. L'homme d'affaires prit connaissance du courrier en revenant du local où ses ouvrières fabriquaient du Radithor. Parmi la pile de correspondance, une enveloppe venait de France. L'entrepreneur l'ouvrit, en sortit la missive rédigée par l'homme à la moustache en guidon. William Bailey prit connaissance du contenu, se montra satisfait de l'étude menée ; il se réjouit des résultats qui allaient en sa faveur. Tout autre docteur en pharmacie aurait refusé sa demande d'expérimenter sur cobaye humain, mais pas Manfred Curie que sa pesante homonymie – et de forts émoluments – avait poussé à accepter cette proposition sujette à caution. Son nom patronymique lui faisait du tort en permanence, l'obligeant sans cesse à expliquer qu'il n'était pas de la famille de Marie Curie, qu'il n'avait jamais participé à ses recherches, jamais fait de découverte exceptionnelle. Il était membre du Club des 3H – Homonyme Homophone Homographe. Ce cercle fermé était fréquenté par des hommes qui portaient un patronyme ayant une prononciation et une graphie identiques à celui d'un personnage célèbre. Il y avait rencontré Côme Becquerel et Lucien Pasteur avec lesquels il avait des points communs. De même que le Dr Manfred Curie n'avait pas découvert le radium, le laborantin n'avait pas détecté la radioactivité spontanée de la matière et le vétérinaire n'avait pas mis au jour le vaccin contre la rage. Les trois anonymes souffraient d'un même syndrome d'infériorité. Voilà pourquoi, appât du gain aidant, ils avaient saisi l'occasion donnée par l'Américain de prendre une revanche sur le destin qui s'amusait à les ridiculiser en société depuis des années.

Ce mois d'août 1926, les trois complices quittèrent Paris pour se rendre au Havre, répondant à l'invitation de William Bailey de le rejoindre à New York afin de poursuivre leur fructueuse collaboration. Les homonymes embarquèrent sur le *Washington*, bateau empruntant la ligne reine de la Compagnie générale transatlantique fondée par les frères Pereire. À bord du palais flottant se trouvait une clientèle fortunée ayant soif de luxe, de confort et de modernité. Durant la traversée, tout fut fait pour éviter la monotonie aux passagers. Curie, Becquerel et Pasteur purent jouer au golf, s'adonner au jeu de palets, nager en piscine et assister à un combat de boxe. Voilà ce que les membres du Club des 3H appelaient « prendre leur revanche ». Ils avaient hâte de rejoindre William Bailey. Peu leur importait que l'homme eût fait de la prison en 1905 pour des affaires frauduleuses. Peu leur importait qu'il fût condamné pour avoir fait la promotion d'un traitement contre l'impuissance à la strychnine. L'Américain, issu d'une famille pauvre et nombreuse, avait fait fortune en achetant du radium purifié au Laboratoire américain du radium. Il avait eu l'idée de le mettre en bouteilles, d'y ajouter de l'eau distillée et de multiplier le coût de revient par cinq cents. Le radium étant un élément naturel, tous les produits qui en contenaient pouvaient être commercialisés sans même faire une demande de mise sur le marché. Le Radithor était donc vendu de façon légale et comptait parmi ses adeptes le maire de New York, des célébrités et de grands sportifs. Tous en vantaient les mérites. On pouvait dire que William Bailey avait la bosse du commerce, à défaut de posséder un code de déontologie.

VI

1927

Les fortes précipitations de ce mois d'avril retardèrent l'arrivée des habitants du Crêt et de Chez Bourrin. La Dranse de Montriond grondait au niveau du pont ; il fallait faire preuve de hardiesse pour le traverser. Et, sous des airs de gens prudents en affaires, Prunelle, la vieille Léonie, Fleur, Florimont, Anthelmette, Anselme et leurs enfants avaient la trempe aventurière. Tous arrivèrent chez *À tout pied* en fin de matinée, juste à temps pour les relevailles de Zoé. Dans la boutique de chausseur se trouvaient déjà Coqueline, Ferdinande, Paulin le Remarié et la Nant-Nant, habillée à miracle comme à l'accoutumée lors de festivités. En dépit de ce que l'on avait pensé auparavant, le grand départ céleste de la guérisseuse n'avait toujours pas eu lieu. Depuis cinq ans déjà, elle gardait l'œil sur celle à qui elle avait transmis son ministère, décidant ainsi de la destinée irrévocable d'une Anthelmette obligée à utiliser le secret. Seul Pasque manquait à la réunion de famille ; il était parti faire son service militaire dont la durée avait été ramenée de trois ans à dix-huit mois. Une demi-lune plus tôt, Zoé avait donné naissance à des bessonnes, l'arrêt des redingotes anglaises ayant fait son office sans attendre. La soigneuse regardait sa sœur jumelle avec autant de fierté que Zéphir, gratifié de deux fillettes sur lesquelles veillaient leurs grands frères Zigmond et Zébulon. À l'instar de Zoé, Anthelmette avait forci avec le temps. D'ailleurs, Prunelle trouvait que ses filles de lait ressemblaient de plus en plus à feu leur mère – sûr que de là-haut Anne voyait que sa sœur n'avait pas démérité avec ses filles. Contrairement à ses pratiques religieuses relâchées de ces dernières années, la mère s'était rendue chaque matin à l'église depuis la double naissance. Chaque fois, elle avait demandé la confession au curé, satisfait de ce retour en dévotion. Parce que Prunelle avait prié avec ferveur pour que ses petites-filles fussent épargnées – mais sans rien demander pour elle-même –, le Puissant avait prêté garde à cette égarée qui avait besoin de toute son attention. Maintenant âgées de quinze jours, les bessonnes ne pouvaient plus tomber sous le coup de la malédiction familiale, puisque le délai était dépassé. Par miracle, les lois de l'hérédité ne s'étaient pas appliquées pour elles deux. Ravie en extase devant Dieu qu'Il eût interrompu la fatale continuité née du sang, Zoé reçut les visites de relevailles avec un édifice de paille sur la tête. Il avait été monté avec des épingles par Ferdinande selon le souvenir qu'elle avait de l'échafaudage floral porté par madame lors des soirées mondaines. Volontairement ridicule, la coiffure monumentale en herbe sèche avait pour but de se moquer des nanties tout en affichant le bonheur simple des parents. Passé ces moments de rires, il fut temps pour Zoé de retourner à l'église pour la première fois après ses couches. Une vingtaine de personnes prirent place derrière elle en Sainte-Marie-Madeleine. Le curé jeta un regard réprobateur à l'accouchée en découvrant la coiffe de dentelle blanche posée en équilibre au sommet du monticule capillaire. Il fut tenté de réprimander la brunette à propos de cette extravagance insensée avant d'y renoncer. Elle avait marié une gueule cassée sans broncher et subi la perte d'un petit. Cela méritait de la tolérance. Le curé orchestra la cérémonie d'action de grâces avant de se joindre au repas de relevailles auquel étaient également conviés le portier et le cousin huissier de soirée. En sortant du bâtiment religieux, une tache de couleur mouvante attira l'attention de l'homme d'Église. Il regarda par terre, tomba sur le bas des jupes légèrement relevé de Zoé. Elle tenait son ourlet à distance du sol en raison des routes rendues boueuses par les intempéries. Le prêtre s'aperçut avec stupeur que l'accouchée était juchée sur des talons rouges de quatre bons centimètres. Il manqua de s'étouffer. S'il avait tu sa bouche au sujet de la paille dressée dans les mèches crêpées, cette fois, il tempêta contre ces supports écarlates placés sous les chaussures. Zoé fut sermonnée avec sévérité au sujet de l'aplomb de ses semelles. Elle écouta la capucinade, prit un air repentant. Sa bouche aux lèvres d'une couleur plus pâle que l'incarnat promit au prêtre que cela ne se reproduirait pas. En bon croyant, il prêta foi aux paroles de cette brave mère de famille. Un malentendu se glissa entre eux deux. Elle entendait par là qu'elle éviterait de les porter à l'office, et non qu'elle ne les mettrait plus jamais. Pourquoi se priverait-elle de telles merveilles ? Cette paire de chaussures lui avait été offerte par Zéphir, son amour d'orfèvre en cuir, doué pour ériger le métier de chausseur au rang d'art. D'un point de vue historique, les talons avaient été importés en France par Catherine de Médicis qui se trouvait trop petite. Quant aux talons rouges, ils avaient été popularisés par le frère de Louis XIV, rentré avec les talons teintés de sang du carnaval au marché des Innocents où se trouvaient les abattoirs. Les deux éléments réunis symbolisaient la royauté, et Nez de Cuir traitait sa femme comme une reine. À tout le moins.

Quelques semaines auparavant, Zéphir avait reçu une lettre l'informant qu'une souscription en faveur des gueules cassées avait été lancée. Contre cinq francs, on avait droit à un billet pour la tombola qui serait tirée le 30 juillet 1927. La valeur des lots offerts dépassait deux millions de francs. Dans le même temps, Paulin avait vu ses revenus diminuer alors qu'il travaillait plus qu'avant puisqu'il remplaçait Pasque au *Grand Hôtel*. À la place de son fils parti au service armé, c'était lui qui faisait faire du traîneau aux dames. L'État avait aussitôt déduit sa pension d'invalide de son salaire afin qu'il se trouvât à égalité avec les travailleurs valides qui ne touchaient pas d'allocations. Heureusement pour Paulin, sa vie ne se résumait pas à cette absurdité puisque Ferdinande lui avait dit « oui » en novembre 1926. Ce faisant, elle avait accepté d'endurer un charivari de trois jours qui avait manqué de les rendre tous deux fous et sourds. Paulin et l'aînée avaient uni leurs deux veuvages pour en faire un mariage. Ils s'étaient mis en ménage dans le chalet du Plan. Tel un jeune couple, ils s'étaient rapidement retrouvés avec un enfant : Fleur, venue habiter avec eux en attendant le retour de Pasque du service armé. Et c'était bien ainsi, cet éloignement entre ces deux jeunes gens épris, car la demoiselle aux yeux verts n'avait que seize ans ; on n'engageait pas sa vie à cet âge-là. Il lui faudrait patienter encore un an. Quand le gaillard de vingt-deux ans rentrerait au pays, il ferait les choses correctement. En garçon de la règle et du devoir, il demanderait alors la main de la plus innocente créature qu'il lui fût donné de rencontrer. Une fois l'accord obtenu, il l'étreindrait comme s'il en avait été séparé mille ans. Fleur, sa Fleur aux cheveux d'ambre chaud, qui lui avait redonné confiance en la gent féminine, en la vie aussi. Lorsqu'il pensait à elle, une brûlure foudroyante lui creusait le ventre. Pasque était ce jeune homme amoureux plié en deux sur des jambes musculeuses. Il avait dix-huit mois devant lui pour régler ses humiliants problèmes de fonction. Afin d'y parvenir, il avait demandé à revoir ce médecin militaire qui l'avait équipé de lunettes épaisses d'un demi-centimètre avec lesquelles il avait enfin la vue longue. Pasque solliciterait son aide pour traiter cette constipation maladive que rompaient des diarrhées hâtives. Après lui, le prochain à partir au service militaire serait Florimont. Le blondin aux traits aigus et au menton pointu venait d'être recensé par l'état-major. Contrairement à Fleur, son frère était resté dans le chalet de famille avec sa grand-mère et son arrière-grand-mère qu'il avait toujours préférée. Il se rendait utile auprès d'elles, tout en travaillant l'été et l'hiver au *Grand Hôtel* avec sa mère.

Le repas de relevailles eut lieu dans l'arrière-boutique où Coqueline avait élu domicile après que Zéphir y eut fait des travaux pour rendre l'endroit habitable à l'année. C'était tout ce qu'elle avait requis pour revenir travailler chez *À tout pied.* L'endroit ne manquait pas d'originalité. Donnant sur la boutique, l'unique pièce nichée le long de l'atelier sentait le cuir et le bois. Disposer d'un logement privé avait permis à Coco de recouvrer paix morale et santé mentale après avoir été la faille par laquelle l'ennemi s'est engouffré. La bonne marche des affaires semblait avoir cicatrisé les plaies infligées l'année précédente. En plus des autochtones et des touristes, l'échoppe de chausseur était fréquentée par des bûcherons, des cloutiers et des tanneurs. Tous y venaient, portant en bandoulière l'espoir de vendre leur marchandise à cette femme aux heureuses proportions qui faisait aller la boutique d'une main de fer. Le sens pratique de Coqueline lui avait fait raccourcir un peu ses jupes ; son esprit insoumis l'avait poussée à jeter sa coiffe aux orties. Elle travaillait tête nue, ses soyeux cheveux auburn à peine retenus par un ruban de velours vert. Coco n'était plus seulement une demoiselle de magasin. Elle était maintenant apte à mener des marchandages parfois dignes de saynètes à plusieurs personnages. La tâche exigeant le plus d'aptitude était la sélection de peaux fine fleur destinées au pied de luxe. Habile négociatrice, elle avait vu s'élargir le cercle de ses missions, car Zéphir était incommodé par le défilé incessant de chalands et de pourvoyeurs intrigués par son masque. Il préférait se réfugier dans son atelier où il fabriquait des souliers demi-bottiers pour la marche intensive. Quant à sa chère Zoé, elle couvait avec amour leurs deux paires d'enfants dans la partie habitation. Elle considérait Zigmond et Zébulon non moins que des merveilles. Elle était si fière de ses jumeaux qu'elle ne voyait même pas qu'ils étaient laids, chacun à leur façon. L'aîné était aussi gros et rougeaud que le puîné était maigre et blafard. Pour eux deux, la patience de Zoé était sans limites et ce n'était pas de trop. Zigmond avait un caractère affirmé qui passait par ses poings. Il lui arrivait souvent de se battre contre les autres enfants quand ils se moquaient du masque de son père, de la petitesse de son frère, de la cicatrice de sa cousine. Zébulon avait la curiosité insatiable. Sans cesse, il questionnait tout le monde sur tout, cherchait une logique à l'univers dans son entièreté. Il aimait beaucoup Anne-Aimée parce qu'elle s'interrogeait également, mais de façon différente. Souvent, la fillette aux yeux les plus touchants du monde posait des questions en apparence naïve, mais qui prenaient tout leur sens, plus loin dans la conversation. Les deux cousins germains raisonnaient à voix haute, en toute tranquillité, protégés par le rempart physique qu'était Zigmond. Et que dire des jumelles venant de naître ? Qu'elles étaient toutes chiffonnées ? Qu'elles affichaient un air fâché ? Inutile d'en parler. Comme toutes les mères aimantes, Zoé n'en avait nullement conscience et c'était bien comme cela. Pour elles deux, son dévouement maternel était déjà infini.

Coqueline avait proposé que le repas de relevailles de sa sœur de lait eût lieu à son modeste domicile. Elle aimait y recevoir famille et amis. Mais personne d'autre. Aucun soupirant n'en avait franchi la porte. La jeune femme au visage à l'ovale parfait évinçait tous les prétendants osant se présenter à elle. L'état d'épouse lui faisait peur, pour ne pas dire horreur. Elle refusait de remettre sa vie entre les mains d'un mari tenté d'en disposer à sa guise. Elle s'opposait au fait de se laisser enfermer dans la clôture du mariage. Coco n'en reparlerait jamais, mais toute sa vie il y aurait un accroc à son cœur. En dedans d'elle, son palpitant continuait de saigner au goutte-à-goutte. L'organe battant perlait comme si elle se l'était écorché avec un hameçon pour la pêche au gros. Sa seule dépense pour meubler son logement avait été l'achat d'un phonographe Pathé, évincé depuis 1920 par l'avènement de la radio. Sur un disque 78 tours à deux faces, Coqueline écoutait *Nuits de Chine.* Elle fredonnait les paroles, ses yeux de passion troublés de larmes. Cela avait lieu uniquement quand elle était seule. Le reste du temps, elle rejetait l'idée d'être subordonnée à un homme, affirmait que l'union sacrée était une prison pour femme. Contrairement à sa sœur Zoé, elle voulait travailler ; femme au foyer, ce n'était pas un métier. Et puis les enfants avaient tendance à mourir à tout bout de champ. Alors autant ne pas se crever la couenne à en faire. Prunelle avait eu du mal à accepter la volonté de sa fille cadette de vivre en célibataire et de subvenir seule à ses besoins. C'était comme si la décision de Coqueline faisait écho à son incapacité à faire aller droit ses filles. Pourquoi fallait-il qu'elles fussent toutes quatre aussi compliquées ?

Coco avait convié tout le monde chez elle, mais n'avait pas cuisiné la soupe grasse pour autant. C'était Anthelmette qui s'était chargée de faire cuire un jambon de porc au bouillon, puis de tasser des tranches de pain blanc au fond d'une marmite en terre. Dessus, elle avait déposé des lamelles de tomme, puis de nouveau du pain et ainsi de suite jusqu'à ce que le récipient à anses fût plein. En plus du bouillon de viande, elle avait versé du beurre chauffé dans un caquelon sur les couches alternées. L'ensemble avait reposé. Quand le tout fut bien imprégné, la soigneuse le disposa dans des assiettes creuses, accompagné de la viande bouillie, servie à part. C'était si goûteux que personne ne prêta plus attention à la pluie battant à la vitrine de la boutique. Réchauffées, les femmes de la famille retirèrent leurs bonnets plats en dentelle. Zoé enleva sa coiffe de l'échafaudage de paille qui penchait dangereusement de côté. Anthelmette reçut de vives félicitations pour son plat mijoté qu'elle mangea debout, la position assise lui étant à jamais inconfortable. Avec le point du mari, le Dr Manfred Curie lui avait infligé le pire qu'un homme pouvait faire à une mère : l'empêcher de redevenir une femme. Cruauté d'un geste chirurgical qui visait à faire plaisir à l'un des époux en tailladant l'autre sans lui demander son avis. Et échec total, car le boisselier n'avait plus de rapports intimes du tout, sa moitié ayant été recousue trop serrée. Quand ils avaient voulu reprendre leur devoir conjugal, ils n'avaient tout simplement pas pu. L'application d'une épaisse couche de Radiocrèmeline au pouvoir sédatif n'y avait rien fait. Maintenant que les choses s'étaient arrangées avec Anthelmette, Anselme enrageait de ne pouvoir l'honorer. C'était le poing du mari qu'il aurait bien mis dans la figure de ce médicastre envolé en même temps que Côme et que le vétérinaire. Sur les conseils de Zoé, la soigneuse avait sollicité la Nant-Nant. Cette dernière avait été horrifiée de voir jusqu'où certains hommes étaient prêts à aller pour entraver les femmes. Ce n'était pas un point de suture, mais deux qu'il y avait en trop. La seule solution était de se rendre à l'hôpital de Thonon-les-Bains pour se faire découdre, puis recoudre moins serrée, si toutefois un médecin philanthrope voulait bien lui venir en aide. Après réflexion, Anthelmette y avait renoncé, car elle avait déjà trop souffert de cet endroit. Mais la véritable raison qui l'avait amenée à se résigner était autre : son époux perdait sa vitalité. Le Mal de Pott lui mordait les os autant qu'une meute de chiens affamés. Ses vertèbres s'effondraient les unes sur les autres ; sa colonne se tassait, faisant naître sous ses pas des sons creux dans son squelette. Le faiseur de bois cintré s'affaissait sur lui-même. Seule restait une enveloppe corporelle trop grande pour l'homme qu'il avait été. Mais il gardait bon moral car c'était dans les yeux admiratifs d'Anne-Aimée qu'il voyait son reflet. Pour la fillette, son père était un magicien capable de métamorphoser la forêt en objets, un amateur de sève assez habile pour transformer les arbres en sculptures, un amoureux du bois doué pour changer les branches en patinettes. Tout l'hiver, elle avait préféré tirer ses petites planches par les lanières tels des chiens en laisse, plutôt que de les chausser et de skier avec. Et Anselme l'avait laissée faire. Si Anne-Aimée ressentait l'affection que son père lui portait, elle savait aussi que jamais sa mère ne l'aimerait. Mais les choses avaient changé. Aujourd'hui, c'était au tour d'Anne-Aimée de rejeter Anthelmette. Il fallait la voir s'opposer à elle, ses petits bras croisés avec une force dérangeante. Par chance, la fillette n'éprouvait pas de ressentiment à l'égard de son petit frère. Elle estimait qu'il n'y était pour rien s'il régnait sur le cœur de leur mère. Et Ange rendait son amour à sa sœur que leur père chérissait, plaçant par conséquent Anthelmette en porte à faux dans sa propre famille. À l'inverse, la matoiserie du docteur, du laborantin et du vétérinaire avait redoré le blason de la soigneuse à l'extérieur. Elle avait retrouvé sa place au sein de la communauté où elle était souvent appelée pour lever les brûlures dues au radium. Sous l'action du rayonnement, de nombreux villageois avaient des rougeurs sur la peau. Elles se transformaient ensuite en dartres, puis en plaies. Avec ses éternels gestes en bois, Anthelmette leur coupait alors le feu, sa bouche moustachue priant Dieu de bien vouloir mettre Sa Sainte Main avant la sienne. La sensation de brûlure cessait, mais pas l'irradiation. Deux mois après le soin, il restait encore sur leurs corps des zones grisâtres indiquant une profonde mortification des chairs.

La fête des relevailles fut gaie, notamment grâce au vin blanc offert par Zéphir. La soupe grasse engloutie, le cousin huissier de soirée entama une chanson de route apprise au front. Le gigantal portier sortit son harmonica de sa poche pour accompagner la composition chantée sortie d'une tranchée, et modifiée pour la circonstance.

– Y avait un monchu vétérinaire qui soufflait dans le derrière des chevaux. Avec un petit tube en verre, pour les rendre plus beaux, les chevaux. Un jour, un cheval récalcitrant souffla dans le tube avant le vétérinaire qui avala le tube en verre. On a bien ri chez les amis. On l'enterra au cimetière. Et sur sa tombe, on écrivit cette épitaphe singulière que chacun peut lire aujourd'hui…

Et le chanteur de reprendre au début, accompagné par les convives qui répétaient les paroles de façon approximative. La mère se leva pour toupiller au son de la musique à bouche. Les sœurs de lait au complet s'approchèrent de leur maman, firent cercle autour d'elle. Peu importait si ces quatre-là avaient vécu neuf mois en Prunelle ou pas. Puisque chacune avait goûté son sein nourricier, elles étaient toutes ses filles. Main dans la main, elles dansèrent une ronde autour de cette femme au regard jaune bistré qui avait fait de leur quatuor une fratrie. Elles tournèrent jusqu'à entraîner leur mère dans la joie, tournèrent en rond jusqu'à faire s'effondrer leurs chignons. Cotillons retroussés, mouchoirs de cou dénoués, rubans de taille emmêlés, toutes cinq riaient à gorge déployée.

Épilogue

Au début des années 30, une plainte pour publicité mensongère fut déposée contre William Bailey après le décès d'Eben Byers, un sportif milliardaire – grand consommateur de Radithor – dont une mystérieuse maladie avait corrodé le corps. À sa mort, il ne pesait plus que quarante kilos et était défiguré par les opérations subies pour juguler la destruction de ses os. Le laboratoire Bailey du radium fut sommé de cesser ses activités après l'autopsie d'Eben Byers dont les dents avaient fixé le radium au point d'émettre de puissants rayonnements sur les photographies prises par le médecin légiste. Tombés dans la nasse, Manfred Curie, Côme Becquerel et Lucien Pasteur affirmèrent d'une seule voix que non seulement ils n'avaient jamais trempé dans les intrigues, mais encore qu'ils ne les avaient même pas soupçonnées. Les produits au radium étant en vente libre, ils ne furent pas inquiétés. La mort du sportif ne permit pas non plus la condamnation de William Bailey, car celui-ci brandit devant la cour les résultats louangeurs d'une étude scientifique menée dans un bourg montagnard français – et tant pis s'il avait empoisonné tout un village pour s'innocenter. William Bailey s'en sortit en prétextant avoir bu lui-même plus de Radithor que n'importe qui au monde. Il mourut d'un cancer de la vessie, sans jamais admettre la nocivité de sa potion.

Note de l'auteur

Après la Première Guerre mondiale, les gens ont soif de vie et de modernité. Ils veulent être nourris au petit-lait du progrès. Ils ont confiance dans les découvertes incessantes de la science, cherchent à accéder aux médicaments nouveaux mis sur le marché par les chimistes, physiciens, laborantins et pharmaciens. Ils veulent vivre longtemps et en bonne santé. La presse médicale et les quotidiens publient chaque jour des exemples de guérisons extraordinaires survenues grâce à la radioactivité. Le radium est à la mode et son émanation, le radon, devient la panacée aux yeux du grand public. On s'enthousiasme pour ce remède miraculeux dont le rayonnement éclaire un avenir radieux. Dans les années 20, il est l'objet d'un véritable engouement. Jusqu'à la fin des années 30, il est considéré non moins qu'une source de santé et de longévité, vanté pour tout guérir et soulager toutes les douleurs : goutte, lumbago, arthrite, cancer, hypertension, cécité, impuissance, hémorroïdes, varices, jaunisse, cystite, asthme, emphysème… Les médecins rédigent des ordonnances de radium, persuadés qu'il est aussi bien accepté par le corps humain que la lumière par les plantes – quatre cent mille flacons de Radithor sont vendus entre 1925 et 1930. On retrouve du radium dans des bougies, des affine-nuque en caoutchouc, des torchons à vaisselle, des gels contraceptifs. On en trouve aussi dans les tonics capillaires Caradium, les cotons à repriser Radium, les appâts Radia « qui attirent les poissons et écrevisses comme l'aimant attire le fer ». Il y en a dans les suppositoires Vita pour restaurer la vie sexuelle, dans les feuilles irradiées Radi-Endocrinator à placer sur les glandes endocriniennes, et même dans Zoé, « le soda atomique qui donne une énergie infinie, comme la pile atomique ». Si l'on parcourt les dépôts de marque à l'Institut national de la propriété industrielle entre 1927 et 1934, on trouve une centaine d'occurrences évoquant de près ou de loin la radioactivité. Pour mieux vendre ces produits, l'industrie pharmaceutique utilise une pratique commerciale courante à l'époque : la recherche d'homonymies avec des sommités scientifiques. Pour preuve : en 1934, une gamme de produits hygiéniques est déposée à l'INPI au nom d'Antoine Pasteur. En mars 1930, la marque Radio-Thorium est déposée par le Dr Alfred Curie qui fera ensuite enregistrer la marque Tho-Radia en novembre 1932. « La Science a créé Tho-Radia pour embellir les femmes. À elles d'en profiter. Reste laide qui veut ! » peut-on lire sur la réclame. Jusqu'en 1962, cette crème composée de chlorure de thorium et de radium est diffusée en pharmacie par la SECOR, société dont l'un des gérants vit à New York et l'autre à Paris où se trouve le siège. Puis viendront les poudres, savons, dentifrices, lait de beauté, eau de Cologne, rouge à lèvres dont la présence de radium dans les composants disparaîtra au lendemain d'Hiroshima. Le danger de la radioactivité n'est, à l'époque, pas plus identifié ni reconnu que celui des rayons X pourtant responsables du décès de plus de trois cents radiologues. Henri Becquerel et Pierre Curie souffrent d'érythèmes de la peau pour avoir gardé des échantillons radioactifs dans leurs poches. Marie Curie a les mains brûlées et subit les effets mortels d'une anémie pernicieuse résultant de l'accumulation de radiations.

À l'époque, le principe de précaution n'existe pas plus que l'hygiène industrielle. Ces manquements à la sécurité élémentaire font que la peinture fluorescente irradie les jeunes ouvrières fabriquant des cadrans de montre de trois façons : de l'intérieur lorsqu'elles passent leur pinceau entre leurs lèvres pour l'affiner, de l'extérieur par l'accumulation de peinture au radium dans les locaux industriels, et enfin par l'inhalation de radon. Toutefois, certains soignants s'interrogent. C'est ainsi qu'en 1924 Theodore Blum, un dentiste new-yorkais, identifie la nécrose phosphorée du maxillaire, maladie ensuite connue sous le nom de « mâchoire radium ». Sur trois mille femmes peignant des cadrans de montre, cinquante-cinq ont des cancers ; beaucoup meurent de tumeurs malignes. Longtemps, on pense qu'une activité en plein air compense le rayonnement subi. Dans les années 30, un seuil limite est fixé pour contrôler les effets immédiats du rayonnement, sans prendre conscience de l'arrivée différée d'un cancer. Un exemple parlant est celui des tumeurs cancéreuses développées par les jeunes adultes ayant été en contact, durant leur enfance, avec du radium (talc, laine, savon, lait de toilette…). Il faut attendre les années 50 pour entendre que l'exposition doit être la plus réduite possible. De nos jours, il existe la norme radium permettant de déterminer une dose de tolérance.

Le radium se retrouve aujourd'hui dans certaines eaux minérales – Badoit, Saint-Yorre, Vichy Célestins par exemple. L'utilisation du radon perdure dans des stations thermales : Plombières-les-Bains dans les Vosges, Bourbon-l'Archambault dans l'Allier, Évaux-les-Bains dans la Creuse, Spa en Belgique, Jáchymov en République tchèque, Münster en Allemagne, Salzbourg en Autriche, Misasa au Japon… Les cures thermales ne devraient leurs actions thérapeutiques qu'aux émanations radioactives dont on sait la présence, comme l'avait déjà compris Pierre Curie qui se montrait méfiant de façon naturelle.

Chez le même éditeur

La Promesse de Nora
Le Gîte de la vallée perdue
Le Sorcier de la combe
Noblesse de paille

CHAUVY Véronique
Une promesse bleu horizon

COGNÉRAS François
Compagnon du rail
Les Enfants des hautes terres

COLLIN Yvon
Journal d'un instituteur

de campagne

CORDOUAN Manuel
La Carte maîtresse
Les Amants d'Alger

CORNAILLE Didier
La Photo de classe
Les Compères
Les Indignés de Montservier

COSEM Michel
L'Aigle de la frontière
Les Soleils de la tourmente

COSSON Jean-Michel
L'Incroyable Énigme d'Anthelme
Mangin - l'Amnésique des tranchées

CROIZIER Jean-Pierre
La Bonne Providence

DEBRIFFE Martial
La Fleur de l'ombre
Le Poison de la vengeance
Le Secret de la Villa Marianne
Le Serment de la Saint-Jean
Les Peyrie

DELAGE Alain
L'Étrangère de Collonges
L'Inconnu de la Saint-Blaise
L'Ombre de la garrigue
Les Rubans de la vengeance
Les Secrets de Fontvives

DELOMME Martine
Un été d'ombre et de lumière

DEMELLIER José
La Toquée

DESFORGES Jean-Louis
L'Ombre de la fauvette
La Ferme des Solitudes
Les Âmes des Grandes Combes
Les Deux Sœurs
Pierre des montagnes
Rivière amère

DOURIAUX Hugues
Les Collines de Jorance

DOYON Marilou et Martine
J'ai survécu au débarquement

DUCLOZ Albert
Julie bon pain
Le Chant d'Aurore
Le Violon d'or
Les Amours prisonnières
Les Jacinthes sauvages
Les Trois Promesses
Pascalou
Un sourire pour Mathilde

DUPORGE Bernard
La Cabane du berger
La Fiancée des sables
La Sans Pareille
Les Amants de la lagune
Maria de la lande

DUPUY Daniel
Le Pont du diable
Un brin de bonheur
Une saison enivrante

ÉCOLE-BOIVIN Catherine
L'Enfant-Loup de Blanche

FABRE Jean-Luc
Le Serment des Justes
Les Semeurs d'espérance

FAINDT Roger
Bleuvent
Le Chant du loup
Le Dernier Soldat

FARNEL Joseph
À l'ombre du Carreau
Canou
Chez Julotte
La Ballade du petit Joseph

GANZ-MULLER Catherine
Anna Pencoat

GAY Marie-Claude
Faustine et le bel amour
Le Secret des Solignac
Le Vallon des sources

GIARD Michel
Passeurs de mots
Un sou de bonheur

GIBERT Sylvie
Fleurs Bleues

GIMBERT Yveline
La Méprise
Le Crépuscule du loup
Le Retour de Rose
Une singulière prédiction

GLATT Gérard
La Chouette Idée d'Alexandre Pluche
Le Destin de Louise
Le Temps de l'oubli

GONZALÈS Daniel
Le Chemin des amandiers
Le Temps des cigales
Les Feux du printemps
Les Terres rouges

GOURÉVITCH Jean-Paul
Villa Maldoror

GRESSIER James
Le Vol de l'alouette

JEANJEAN Roland
L'Aven de la Dame Noire

JUDENNE Roger
L'Année du nouveau franc
La Petite Suzanne

LABORIE Christian
L'Appel des drailles
L'Arbre à palabres
Le Brouillard de l'aube
Le Saut-du-Loup
Le Secret des Terres Blanches
Les Bonheurs de Céline
Les Drailles oubliées
Les Hauts de Bellecoste
Les Sarments de la colère
Terres noires

LACOMBE Michel
La Rebouteuse
La Sauvageonne des Maures
La Vagabonde de Saint-Ours
Le Domaine des Rochettes

LEBERT Karine
Le Secret d'Emma
Les Brumes de Vouvray
Les Mystères de Camille
Les Sortilèges du Tremblay
Loin de Margaux
Nina et ses sœurs

LEMAIRE Philippe
Gus
Le Chemin de poussière
Le Crépuscule des chimères

MANSIET-BERTHAUD Madeleine
La Noblesse du cœur

MERCADIÉ Louis
L'Enfant du buron
L'Enfant trouvée

MOSCA Lyliane
La Dame de Champbrise
La Fille de la Buissonnière
La Malédiction de Bois d'Orville
Les Amants du moulin
Les Gens de Laborde
Un parfum de trahison

MOUCHEL Jean
La Bonne Fortune de Sébastien

MULLER Christine
La Fille du régisseur

NAVARRO Christine
L'Éventail d'ivoire
L'Impossible Oubli
La Chevelure d'ébène

NEGRI (DE) Gérard
Le Cœur des cimes
Les Ruisseaux d'ombre

PALET (DE) Marie
Céline, une vie toute simple
La Demoiselle
La Tondue
Le Pré d'Anna
Le Secret de Miette
Le Temps des aubépines

Le Valet de pique
Le Vent sur la vallée
Le Village retrouvé
Les Brumes du causse
Les Femmes de Cardabelle
Les Terres bleues
Mademoiselle Fine
Sidonie des Bastides
Un chemin de rocailles

PARAILLOUS Alain
La Vallée des Joncières
Le Bois des serments
Les Diables de la sablière
Les Fleurs de pierre

PEYRAMAURE Michel
Les Amants du maquis

PINCE Jacques
La Colline aux framboises
Le Dernier des Bourdignot
Tustou et Marie

PLAIT Annie
Le Serment d'Agnès

PLUCHARD Mireille
L'Étoffe des jours
La Tresse d'or
Le Mas de la Sarrasine
Le Moulin du Prieuré
Le Petit Bâtard
Les Diamants noirs
Les Sentes buissonnières
Un parfum d'amour éternel

POISSONNIER Bruno
Les Aventures extraordinaires de Gaye-Bordas

PROST Emmanuel
La Descente des anges
Les Enfants de Gayant
Un été 48

RAPET Judith
La Mélodie des roses
Le Disparu du bois de la Caillette
Les Terres de Gabrielle

ROCHE Florence
Des monts de Résistance
L'Héritage maudit
L'Honneur des Bories
La Bastide du colonel
La Trahison des Combes
Le Dernier des Orsini

ROCHE Gérard
Gévaudan le Roman de la Bête

ROSSET Jean
L'Aube de la liberté
La Limousine d'Hautecombe
Les Derniers Porteurs de terre

ROYER Roger
L'Envol du Choucas
L'Or de Justin
La Bastide rouge
La Colline des Maures
La Dame de la Callune
La Main blanche
La Matoune
Le Médecin de Maurevers
Le Fort Saint-Jean

SABOURIN Pierre
Les Fiancés de Saint-Laurent

SAND George
Les Contes d'une grand-mère *

SOYEZ Jean-Marc
Les Galoches de Julia

TAMAIN Louis
L'Encre violette
Le Temps de l'école
Médecin de campagne

TEMPÈRE Jean
Le Choix d'Émilienne

THIRAULT Nadine
À l'encre bleue
Le Troisième Fils

TOUATI Claude-Rose et Lucien-Guy
L'Ardoise du temps
L'Arrière-Saison
La Ronde du destin
Les Rameaux d'argent
Quand le vent s'apaisera…

VAISSIÈRE Marie-Louise
Le Temps du pain noir
Les Carnets d'une institutrice 1931-1948
Marie, fille de cocagne

VALADE Corine
L'Audace d'une étoile
Léopoldine
Victoire

VALÈRE Katia
Le Dernier Refrain
Le Destin d'Antoinette

VERRIER Michel
La Maison au bout du chemin
La Rivière aux secrets
Le Fils de la Bigotière
Les Loups du Pilat
Le Disparu des Grands Bois

VINCENT Claude
Le Pain de lune
Les Roses de l'hiver

WOUTERS Josette
La Maison de Lou
Le Passage à canote

Imprimé en France
Dépôt légal : mai 2018
ISBN : 978-2-8129-2253-4
www.deboree.com
livres@centrefrance.com

Achevé d'imprimer en février 2018
sur les presses de l'imprimerie *La Source d'Or*
63039 Clermont-Ferrand
Imprimeur n° 14393

Dans le cadre de sa politique de développement durable,
La Source d'Or a été référencée IMPRIM'VERT® par son organisme consulaire de tutelle.
Cet ouvrage est imprimé - pour l'intérieur - sur papier bouffant 80 g main de 1.8
provenant de la gestion durable des forêts.